배심원

배심원

초판 1쇄 발행 2021년 3월 5일

지은이 이인철
펴낸이 장길수
펴낸곳 지식과감성#
출판등록 제2012-000081호

디자인 장홍은
편집 장홍은, 최지희
검수 김혜련, 최지희
교정 정은지
마케팅 고은빛, 정연우

주소 서울시 금천구 벚꽃로298 대륭포스트타워6차 1212호
전화 070-4651-3730~4
팩스 070-4325-7006
이메일 ksbookup@naver.com
홈페이지 www.knsbookup.com

ISBN 979-11-6552-699-3(03810)
값 13,000원

- 이 책의 판권은 지은이와 지식과감성#에 있습니다.
- 이 책 내용의 전부 또는 일부를 재사용하려면 반드시 양측의 서면 동의를 받아야 합니다.
- 잘못된 책은 구입하신 곳에서 바꾸어 드립니다.

지식과감성#
홈페이지 바로가기

진실은 반드시 따르는 자가 있고
정의는 반드시 이루는 날이 있다

배심원

이인철 장편소설

| 작가의 말 |

우리 누나는 간호사였다. 하루는 나에게 이렇게 말했다.
"환자들은 죽을 때가 되면 좀 다르게 살걸 하고 후회를 늘어놓지. 또한 잘못한 일을 바로잡고 싶어 해. 눈 감을 때 후회가 되면 잘못 살아온 거야."
그리고 덧붙였다. 비록 과거를 바로잡진 못해도 되풀이해서는 안 된다고.

이 글에서는 욕망을 향한 인물들의 질주를 보여 준다. 어쩌면 당연한 것으로 보일 수 있다. 하지만 그 도덕적 경계를 벗어날 때 선의의 피해자가 생긴다는 것이다.
그리고 그 고통의 화살이 언제든지 자신에게도 향할 수 있다는 것을 마음에 새겨야 한다.

재벌 후계자가 교통사고 사망 사건을 일으켰다. 이들의 비호 세력이 공권력과 결탁했다. 그리고 증거조작을 하고 증인과 배심원들을 매수하여 거짓을 진실로 만들었다. 그 결과 무죄인 사람이 유죄가 되었다. 물론 이런 일은 권력자에 의해 과거에도 반복되었고 지금도 일어나고 있다.

작가는 주인공을 통해 이 거짓들을 하나씩 부수고 싶었다. 아니, 결국에는 정의가 이겨야만 했다. 그래야만 누나가 말했던 메시지를 이 사회에 조금이라도 전할 수 있기 때문이다.

'인과응보(因果應報), 사필귀정(事必歸正).'
내가 좋아하는 말이다. 이승이 아니면 저승에서라도 억울한 사람들이 그나마 위로를 받지 않을까라는 생각에서다.
선을 베풀기는 어려워도 악을 행하기는 쉽다. 그런데 심판이 없다면 세상은 너무 불공평하지 않은가!

이 작품을 집필함에 있어 도움을 받은 웹툰 '동네 변호사 조들호' 해츨링 작가님께 고마움을 전합니다.
그리고 부족한 졸작을 출간해 주신 '지식과감성#' 장길수 대표님과 편집인 정은지 님, 장홍은 님, 최지희 님께 감사드립니다.

이인철 배상

| 목차 |

작가의 말　　　　　　　　　　　　　　　　　　　4

❶ 죄책감　　　　　　　　　　　　　　　　　　8
❷ 진실을 향하여　　　　　　　　　　　　　　　19
❸ 블랙박스의 행방　　　　　　　　　　　　　　42
❹ 검찰과 법원을 포섭하다　　　　　　　　　　　51
❺ 악연　　　　　　　　　　　　　　　　　　　67
❻ 스파이　　　　　　　　　　　　　　　　　　87
❼ 개천의 용　　　　　　　　　　　　　　　　103
❽ 동병상련　　　　　　　　　　　　　　　　　113
❾ 증인 매수　　　　　　　　　　　　　　　　123
❿ 선과 악의 대결　　　　　　　　　　　　　　136

⑪ 배심원 선정　　　　　　　　　　　　　　　176
⑫ 치열한 법정 공방　　　　　　　　　　　　188
⑬ 아군을 확보하라　　　　　　　　　　　　204
⑭ 재판을 하루 더 하다　　　　　　　　　　224
⑮ 배심원 매수 작업　　　　　　　　　　　　234
⑯ 조작된 증거　　　　　　　　　　　　　　257
⑰ 배심원 평결　　　　　　　　　　　　　　273
⑱ 진실과 거짓　　　　　　　　　　　　　　284
⑲ 인과응보　　　　　　　　　　　　　　　308

1
죄책감

　연우는 자신하던 도원그룹 입사 시험에서 떨어져 졸지에 취준생이 되었다. 전혀 예상치 못한 낙방에 자존심이 상한 그는 재도전을 결심했다. 친구들은 취직을 하였으나 그는 원룸에서 다시 취업 준비를 하고 있었다. 독립은커녕 부모님께 경제적 도움을 받는 처지였다.

　그날도 연우는 책과 씨름하고 있었다. 벽면에 '도원 입사까지 나의 하루하루는 죽었다'라는 결의에 찬 표어가 보였다. 이때 그의 휴대폰이 울렸다.

"엄마, 웬일이세요?"

"공부하느라 힘들지? 오늘 생활비하고 네가 좋아하는 옥수수 보냈다."

"고마워요. 잘 먹을게요. 아버지는요?"

"비닐하우스에 가셨어."

"평생 공직에만 계셨던 분이 일은 힘들지 않으시대요?"

"이제 익숙해져서 괜찮아. 조만간 도희랑 한번 내려오려무나."

"곧 과거 시험에 장원 급제해서 금의환향할 테니 미리 돼지 잡아 놓으시고요."

"우리 연우, 허풍 떠는 건 여전하구나. 그래도 건강은 꼭 챙겨야 하는 거 알지?"

"네."

"등기요!"

전화를 끊자마자 집배원의 음성이 들렸다.

건네받은 등기 봉투에는 '국민참여재판 배심원 안내서'라고 쓰여 있었다. 내용물을 훑어보는 연우의 얼굴에 희비가 교차했다.

"정당한 사유 없이 불출석 하면 과태료가 200만 원 이하라고? 또 배심원으로 선정되면 하루 여비가 12만 원에, 탈락해도 6만 원을 준다는 거네. 일당치고 수입이 꽤 짭짤한데?"

매스컴에서 국민참여재판과 배심원이라는 용어를 얼핏 들어본 적은 있었지만 자기와는 무관하다고 여겼다. 그는 포털 사이트 검색창에 '국민참여재판'을 쓰고 엔터를 쳤다. 그 단어와 연관된 블로그들이 많이 올라와 있었다.

"우리나라에 2008년부터 국민참여재판이 도입되었구나. 만 20세 이상 국민 중에서 무작위로 배심원을 선정하고, 형사 재판에 출석해서…."

연우는 국민참여재판에 참석하기로 결정했다. 사실 불출석할 명분이 딱히 없었고, 무엇보다 일당에 매력을 느껴서다.

그는 질문서를 작성하다 '설마' 하는 표정을 지었다. 사건 피고인의 이

죄책감 | 9

름이 왠지 낯설지 않다.

'설상태.'

잠시 생각에 잠겼던 그는 가만히 휴대폰을 집어 들었다. 여러 친구들에게 연락을 취해 보고는 중얼거렸다.

"하긴, 상태를 기억한다는 것이 도리어 이상하지."

이때 걸려온 휴대폰에 그의 음성이 격앙되었다.

"지금 재판받는 피고인이, 우리 동창 그 상태가 맞다고!"

연우는 상태를 수소문하였으나 미미한 존재였던, 그와 교류하는 사람들은 없었다. 몇 명의 친구를 거쳐 가까스로 상태의 연락처를 알 수 있었다. 그는 연우와 같은 구(區)에 살고 있었다. 관할 법원이 동일했기에 연우에게 '배심원 안내서'가 송부된 것이다.

"요즘 원수는 맛집에서 만난다고 했는데… 이제 와서 만나게 되다니… 이게 인연인지 악연인지 모르겠네."

만약 이 재판의 피고인이 진짜 상태라면, 연우는 아픈 기억을 넘어서 그에게 씻지 못할 빚이 있었다.

머리가 혼란스러웠다. 의자에서 일어나 천천히 창가로 다가갔다. 멀리 건너편으로 중학교 전경이 펼쳐졌다. 운동장 곳곳의 은사시나무 잎사귀가 바람에 나부끼며 은빛을 발하고 있었다.

어느 교실에서 장난치는 학생들의 모습과 과거의 악몽이 오버랩되었다. 그것은 중학교 3학년 때 벌어진 사건이었다.

쉬는 시간에 3-2반 교실은 소란스러웠다. 그때 한 학생이 문을 열고 들어오며 소리쳤다.

"히틀러가 소지품 검사한대!"

친구들은 후다닥 자기 자리로 돌아가느라 정신이 없었다.

그 순간 연우는 불안한 눈빛으로 자기 가방을 주시했다. 마침 짝꿍인 상태는 아직 입실하지 않았다. 그는 주위의 눈치를 보면서 슬쩍 상태 가방에 술병과 담뱃갑을 옮겨 놓고는 시침을 뗐다. 그리고 콩닥거리는 가슴을 억누르며 어제 일을 떠올렸다.

연우는 집에서 자신의 생일파티를 열었다. 부모님은 여행을 떠나 없었다. 그는 케이크 촛불을 껐고, 친구들이 축하와 함께 선물을 건넸다. 흥겨운 분위기였다. 그중 한 친구가 가방에서 술과 담배를 꺼내 연우에게 권했다. 그는 손사래를 쳤으나 친구들은 자연스레 피고 마시는 것이 아닌가!

불현듯 지고 싶지 않은 객기가 발동했다. 담배 연기에 캑캑거리며 알코올로 몽롱했지만 어른이 된 듯하여 기분은 좋았다. 그 후로는 필름이 끊어졌다. 늦잠에서 깬 그는 거실에 있던 술병과 담배를 가방에 쓸어 담고 학교로 내달렸다. 정문을 쏜살같이 통과하고는 지각을 면한 것에 안도의 숨을 내쉬었다. 등교하면서 버리려고 했던 술병과 담뱃갑은 잊은 지 오래다.

만약 이것이 발각된다면 한순간 불량 학생으로 낙인찍혀 반장인 연우에게는 치명적이다. 당시 상태는 어머니가 안 계셔 늘 꾀죄죄한 차림이었다. 게다가 성적도 바닥인 그를 연우와 친구들은 왕따시켰으나 마음 여린 상태는 그저 순응하며 지냈다.

드디어 소지품 검사가 시작되고, 상태의 가방에서 술병과 담뱃갑이 나왔다. 그는 어쩔 줄 몰라 했다. 악명이 높아 '히틀러'라는 별명으로 불리던 학생 부장과 담임 선생님은 번갈아 가며 상태를 매질했다.

"저는 모르는 일이에요. 정말 몰라요."

"이 자식, 공부도 못하는 놈이 술, 담배까지 해?"

"교복 좀 빨아 입어라. 홀아비 자식 티 내냐?"

부인하는 그의 말은 변명으로 치부되어 매를 더 벌었다.

"와! 설사똥 대단한데, 저거 완전 내숭이네."

친구들의 야유 속에 연우는 눈을 질끈 감고 이 광경을 애서 외면했다. 다음 날 학교로 불려온 허름한 복장의 상태 아버지가 담임에게 연신 고개를 조아렸다. 친구들은 교무실 창문을 통해 힐끗힐끗 보며 수군댔다.

"상태 아버지가 절름발이래."

"설사똥에서 설내숭으로 별명이 하나 더 늘었다며?"

이 사건은 10일 정학 처분으로 마무리되었다. 그런데 그 기간이 지났음에도 상태는 학교에 출석하지 않았고, 결국 퇴학 처분이 내려졌다. 연우는 그의 빈자리를 보면서 죄책감이 들었으나 사실을 밝힐 용기가 없었고 끝내 진실은 묻혀 버렸다. 상태의 사건은 큰 파란을 일으켰지만 곧 잊혀져 갔다. 단, 연우를 제외하고는.

연우가 고3일 때, 길에서 상태와 마주쳤다. 그는 여동생 상아의 손을 잡고 있었다. 중학생인 상아는 단정한 교복 차림이나 상태는 기름때로 얼룩진 옷에 머리는 장발이었다. 학교를 다니지 않는 느낌을 받았다.

"어, 연우구나. 반가워!"

상태는 아는 체를 했으나 연우는 과거의 죄의식으로 못 들은 척하며 빠르게 지나쳤다. 그 이후로 그는 상태에게 두 번의 상처를 준 것에 후회하곤 했다.

연우는 이 국민참여재판에서 어떻게라도 그를 도와주어야만 마음의 빚을 갚는다고 생각했다. 연우의 전화를 받은 것은 상아였다. 두 사람은 커피숍에서 만났다. 10여 년 전의 여중생은 어느덧 아름다운 숙녀로 변해 있었다. 살짝 웃는 얼굴에 가지런한 치아가 매력적이었다.

"상태 오빠와 중학교 동창이었다고요?"

"네."

"그런데 저는 처음 뵙는 것 같아요. 하기야 우리 오빠는 친구가 별로 없기는 하지요."

"저는 옛날에 그쪽을 한번 본 적이 있어요."

"언제요?"

"아마 제가 고등학생이었을 거예요."

그녀는 기억이 나지 않는 듯 고개를 갸웃거렸다.

"오빠 친구라면서요. 말 놓으세요."

"그, 그래도 초면인데…."

"전에 봤다면서요? 제 이름은 설상아예요. 지금부터 오빠라고 불러도 되지요?"

"그, 그래. 난 최연우야."

상아는 당돌한 면이 있었다.

"연우 오빠는 어떻게 우리 오빠 사건을 알았어요? 학교 다닐 때 친했나 봐요."

"친, 친구를 통해서… 그, 그런 편이지."

뜨끔한 연우는 당황하며 얼버무렸다.

"상태는 어떻게 된 거야?"

"오빠 친구 중에 도진 오빠라고 있어요. 도진 오빠가 두 달 전쯤 오빠에게 대리 운전을 시켰지요. 그런데 교통사고가 난 거예요."

"그래서?"

"상대방 운전자와 임신한 부인이 숨졌어요. 하지만 오빠 말로는 사고가 나기 전에 분명히 도진 오빠와 운전을 교대했다는 거예요."

"목격자는 없어?"

"현장에 출동한 구급대원과 경찰은 우리 오빠가 운전을 했다고 진술했어요."

"혹시 상태가 술을 마셨나?"

"도진 오빠가 억지로 권해서 양주 3잔을 마셨나 봐요."

"그런데 왜 도진이라는 사람이 상태에게 운전을 시켜?"

"사실 이런 일이 한두 번 아니에요. 도진 오빠는 술만 마시면 오빠에게 운전을 시키곤 했어요."

"지가 뭔데?!"

연우가 울컥하자 그녀는 얼굴이 어두워졌다.

"우리에게 그런 사연이 있어요."

이어 상아는 어린 시절을 떠올렸다.

성국의 대저택 정원에서 만복은 사다리에 올라 열심히 가지치기를 하고 있었다. 그는 땅에 떨어진 잔가지들을 포대에 담고는 절뚝거리며 대문으로 걸어갔다.

성국에게 넥타이를 매주던 아내가 볼멘소리를 냈다.

"여보, 우리 집사 바꿔요. 주변에서 장애인 집사를 두었다고 얼마나 수군대는지 알아요? 어디 창피해서 심부름을 보낼 수가 있어야지."

"그런 소리 말아. 설 집사처럼 성실하고 부지런한 사람 구하기 힘들어. 그리고 아내 병간호하면서 애들을 키우는 게 쉬운 줄 아나? 사람이 참으로 안됐어."

성국이 아내를 타이르며 밖으로 나왔다.

공놀이를 하던 초등학생 도진과 도희가 출근 인사를 하려 뛰어왔다. 성국은 정원 구석진 곳에 있는 상태와 상아를 손짓으로 불렀다. 상아가 쭈뼛거리는 상태의 손을 끌고 갔다. 성국이 지갑에서 지폐를 꺼내 둘에게 나눠주었다. 역시나 아내는 못마땅한 표정이다.

"우리 아빠 돈이야!"

도진이 상태의 손에서 돈을 낚아챘다. 상아는 얼른 돈을 허리 뒤로 감추고 모퉁이로 달아났다. 성국은 어이없어 하고는 다시 상태의 손에 돈을 쥐어주며 머리를 쓰다듬었다. 곁에서 감격한 만복이 서둘러 차문을 열었다. 그리고 차가 사라질 때까지 연신 허리를 굽혔다.

"나에게도 좀 말해 줄 수 없을까?"

"오빠, 도원그룹 아세요?"

"도원그룹! 아, 아니 몰라."

연우는 자신이 입사하려는 회사의 이름을 듣고는 깜짝 놀랐다. 그러나 왠지 아는 체를 하면 안 될 것 같아 내색을 감추었다.

"사실은 도진 오빠가 도원그룹 회장님의 아들이에요."

"정말? 그런데 어떻게 아는 사이야?"

"우리 오빠와 도진 오빠는 초등학교 동창이에요. 전에 아빠가 백 회장님 자택의 집사를 한 적이 있었어요. 그때 우리 가족이 그 집에서 얹혀 살았지요. 다른 사람들은 우리를 무시했지만, 회장님은 인간적으로 대해 주셨어요. 엄마의 수술비뿐만 아니라 그 집에서 나온 후에도 아빠에게 일자리를 마련해 주셨어요. 그러다 보니 아빠는 회장님을 은인으로 여기고 신처럼 받들어요. 마찬가지로 오빠도, 도진 오빠가 뭘 시키면 거절을 못해요."

"그랬구나…."

연우는 이제야 이해가 된다는 듯 고개를 끄덕였다. 그리고 조심스럽게 입을 열었다.

"그동안 상태는 어떻게 지냈는데?"

"아! 연우 오빠는 중학교 동창이라 알겠네요. 갑자기 오빠가 학교를 그만둔 걸요."

"왜?"

연우는 모른 척 물었다. 혹시나 사건의 전모가 밝혀질까 심장이 요동쳤다.

"아직도 저는 그 이유를 모르겠어요. 아빠 말로는 오빠의 책가방에서 술병과 담배가 발견되었다는 거예요. 그래서 정학을 받은 이후로 학교에 가지 않았어요."

'나의 잘못된 행동이 상태를 중학교 중퇴로 만들었구나…'

그는 마음이 아프다 못해 아려왔다.

"그런데 이상한 게 있어요."

"뭐가?"

"오빠가 술, 담배를 했다면 확실히 제가 알아요. 늘 함께 있었거든요. 아마도 이 사건처럼 그때도 누명을 썼던 것 같아요."

"그, 그럴 수도 있겠지."

연우는 양심의 가책으로 추측성 호응을 했다.

'아! 상태는 끝까지 자신의 누명을 말하지 않았구나. 바로 짝꿍인 내가 진범이라는 사실을 알면서도.'

그는 글썽해진 눈을 얼른 손등으로 닦았다.

"오빠, 왜 그러세요?"

"아, 아니. 눈에 뭐가 들어가서. 그 이후로는?"

"검정고시에 몇 번 떨어지고 자동차 정비를 배웠어요. 그리고 카센터에서 일하다가 이 사건이 일어난 거예요."

이제야 그는 전에 상태를 만났을 때 옷에 기름때가 묻은 사연이 이해되었다.

순간 무언가를 떠올린 연우의 눈이 반짝였다.

"그래! 차량 블랙박스를 보면 알 수 있어!"

"그런데 블랙박스가 없는 거예요."

"블랙박스가 망가진 것도 아니고 사라졌다는 거야?"

"네."

"상대방 차의 블랙박스는?"

"그 차의 블랙박스는 고장 나 있었대요. 분명히 뭔가 잘못되었어요. 저는 우리 오빠의 말을 믿어요. 오빠도 친구니까 우리 오빠가 거짓말할 사람이 아니라는 것은 더욱 잘 아실 거 아니에요?"

"물론 나도 상태를 믿지."

그는 중학교 때 사건의 진실을 알기에 의식적으로 맞장구를 쳤다. 상아의 믿음은 확고했다. 비록 짧은 시간이었지만 그녀는 상태와 다르게 주관이 또렷하고 당찼다.

"좀 도와주세요. 지금 제 주변에는 오빠를 도와줄 사람이 없어요."

상아는 애원하기 시작했다. 과거의 죄책감으로 무작정 상아를 만난 그는 난처해졌다.

그때 대학교 선배인 강지상을 떠올렸다. 그는 동아리 체육 대회가 있을 때마다 참석해 후배를 잘 챙겨 주던 친한 선배였다.

"나와. 갈 데가 있어."

"네?"

영문을 모르는 그녀는 구세주를 만난 듯 기뻐했다.

2
진실을 향하여

변두리에 낡은 2층 건물이 보였다. 입구에는 '변호사 강지상 법률 사무소'라는 목간판이 걸려 있었다.

'이런 지저분한 곳에 웬 변호사가 있나?'

연우는 실망스런 감정을 숨기고 앞장서 계단을 올랐다.

상아의 표정도 마찬가지다.

그는 변호사 간판이 붙은 문을 노크하고 들어섰다. 그녀도 마지못해 뒤따랐다. 구석진 곳에 빈 술병과 중국집 그릇이 쌓여 있었다. 신문지로 얼굴을 덮은 채 소파에서 자고 있는 사람이 보였다. 인기척에 잠에서 깬 지상은 귀찮은 듯 천천히 몸을 일으켰다.

"어? 네가 웬일이냐?"

"선배님, 잘 지내셨어요?"

카리스마 넘치던 예전의 그는 간데없고 폐인 같은 모습이었다.

"오랜만이네. 요즘 어떻게 지내?"

"취준생이에요."

"범생이였던 네가? 어떤 회사인데?"

"나중에 말씀드릴게요. 선배님, 변호사 일은 어떠세요?"

"보다시피 내 꼴이 이래. 패소 변호사로 소문나서 사건 수임도 없어. 만날 뭐 믿어라, 어디에 가입해라 하는 사람들만 와."

"그러면 어떻게 지내세요?"

"가끔 국선 변호인으로 선임돼서 밥은 굶지 않아. 그나저나 손님이 오셨는데… 뭐 마실 게 있나?"

지상이 냉장고 문을 열자, 소주병이 우르르 쏟아지며 깨졌다. 이에 지상은 멋쩍은 표정을 지었다. 연우가 잽싸게 달려가 바닥을 정리했다.

"이분은 누구셔?"

"친구 동생이에요."

"설상아라고 합니다."

"그런데 무슨 일로?"

연우는 사건의 전말을 이야기하기 시작했다.

상아는 낙담한 눈빛으로 술병과 빈 그릇을 물끄러미 바라보았다. 설명이 끝나자 지상은 시큰둥하게 나왔다.

"목격자들이 한결같이 상태라는 친구가 운전했다고 진술하므로 이 사건은 정황상 무죄 입증이 불가능해."

"우리 오빠는 거짓말할 사람이 아니에요."

"거짓말을 하는 게 아니라 기억이 없는 거겠지요."

그녀의 부정에 지상은 냉정했다.

"강 선배!"

이때 문이 벌컥 열리고 수진이 소리치며 들어왔다.

"저, 버르장머리는… 여전하군. 여전해."

"그러니까 도와주겠다는 거야? 말겠다는 거야?"

지상을 향해 쏘아붙이던 그녀가 상아를 보고 놀란 토끼눈을 했다.

"상아 씨가 여기는 웬일이야?"

"어! 하 변호사님 아니세요? 저는 오빠 사건으로 왔어요."

상아는 눈짓으로 지상을 가리키며 '이 변호사는 아니다'란 듯 고개를 저었다. 연우와 지상은 두 사람이 구면인 것에 어리둥절했다.

"하 변은 어쩐 일로 행차하셨나?"

"내가 이 사건 국선 변호인으로 선정되었잖아요. 그런데 나는 교통사고 사건을 처리한 경험이 없잖아. 좀 도와주세요. 선배님, 그러실 거죠?"

지상의 뚱한 말투에도 그녀는 아랑곳 않고 애교를 부렸다. 지상은 턱으로 연우를 가리키며 말했다.

"후배에게 대략 사건을 들어 봤는데 무죄 입증은 불가능해. 그리고 패소할 사건에 변호인이 많다고 이기겠냐? 형량 줄일 방법이나 찾아봐."

"내가 조사한 바로 의뢰인은 무죄라니까!"

"뭘 조사해? 교통사고를 다룬 적도 없다면서?"

"그, 그건 그렇지만…."

꽁지를 내리던 수진이 고성을 질렀다.

"지금 의뢰인은 억울하다며 주장하고 있단 말이야!"

"그건 원래 피고인들이 아니, 의뢰인들이 하는 말 아냐?"

지상은 상아의 눈치를 보고는 얼른 피고인에서 의뢰인으로 용어를 바꿨다. 그리고 수진의 귀에다 소곤댔다.

"의뢰인이 변호인을 속이는 게 하루 이틀이냐?"

"강 선배. 이 사건에 누가 개입된 줄이나 알아?"

"그건 알아서 뭐 해? 패소할 사건에."

지상은 관심이 없다는 듯 신문을 뒤적였다.

"태, 양, 로, 펌."

"태양로펌이라고!"

"음, 음…."

수진의 또박또박한 발음에 그는 화들짝 놀랐다. 이어 신음소리를 내더니 곧 반색했다.

"넌 내가 태양로펌이라고 하면 앞뒤 안 가리고 뛰쳐나올 줄 알았냐? 정신 차리고 내 말 잘 들어. 태양로펌은 국내 최고 로펌이야. 싸움도 상대를 봐 가면서 하는 거야. 설익은 정의감으로 맞설 수 있는 상대가 아니라고."

"설익었든 다 익었든 사과는 사과지. 설익었다고 사과가 배로 변하는 건 아니잖아. 안 그래?"

"너 혼자 이렇게 뛰어다닌다고 뭐 바뀔 거 같아? 아무리 바꾸려고 해도 안 되는 건 안 되는 거지. 세상은 원래 그런 거야."

"그럼 달라질 게 없다고 뛰지도 말까?"

그의 체념성 발언에 수진은 돌발했다. 문득 지상은 뭔가 짚이는 듯 중얼거렸다.

"태양이 개입되었다면… 이번에는 증인들을….”

"당연하지. 그래서 내가 국민참여재판이 유리할 것 같아 신청했어.”

"그거 하나는 잘했네.”

"그렇죠! 잘했죠!”

모처럼 칭찬을 받은 수진은 신났다.

"국민참여재판은 그 자리에서 배심원들의 마음을 얻어내는 게 중요해. 재판부보다 배심원들을 일일이 설득해야 하므로 더욱 힘들 지도 몰라. 또한 무죄가 아닌 유죄로 나오는 판결에서는 도리어 형이 무거워질 수 있어. 다행이라면 국민참여재판의 무죄율이 10% 정도로 일반 재판의 4%보다 월등히 높으니 어쩌면 유리할 수도 있다는 거지.”

"태양로펌은 승소를 위해서라면 별짓을 다 하는 집단이잖아. 강 선배. 일단 의뢰인을 한번 만나나 봐요. 네?”

"우리 오빠는 절대 거짓말할 사람이 아니에요. 변호사님, 제발 도와주세요. 부탁이에요.”

"상태는 제가 잘 알아요. 분명 잘못된 게 틀림없어요.”

상아의 매달림에 연우도 가세했다. 모두가 지상에게 목매는 상황이 되었다. 그는 마지못해 말했다.

"먼저 의뢰인을 만나보고 그 뒤에 피박을 쓸지 말지 결정하지.”

"강 선배, 정말 고마워.”

"아직 그 인사를 받기는 일러.”

"그래도 시동은 걸었잖아.”

"아무래도 내가 하변에게 낚인 거 같은데?”

"빨리도 알아챘네."

수진은 어린애처럼 좋아했다. 그때 연우가 조심스럽게 입을 뗐다.

"저… 이 국민참여재판에 예비 배심원으로 선정되었다고 통지를 받았어요."

"그래? 무작위로 뽑히는 거라 로또만큼 당첨되기가 어렵다는데 우연치곤 대단하네. 정식 배심원으로 선정될지는 모르지만 말이야."

지상은 그에게 당부하듯 주지시켰다.

"만일 배심원으로 선정되더라도 우리 관계가 드러나면 상대방에서 기피 신청을 할 테니 반드시 비밀로 부쳐야 돼."

"네."

국민참여재판의 내용을 인터넷에서 검색했던 연우는 그 의미를 금방 알아차렸다.

"난 의뢰인에게 면회를 가 봐야겠네. 하 변은?"

"나는 재판이 있어서…."

"저도 함께 갈래요."

"넌 안 돼. 면회 신청서에 기록이 남으면 우리 관계가…."

"앗! 그렇지요. 그냥 따라만 갈게요."

"저도요."

상아도 가겠다고 했다. 사실 연우는 과거의 죄책감으로 상태를 만날 자신이 없었다.

변호인 접견실로 수인복을 입은 상태가 힘없이 들어왔다. 다소 왜소한 체격에 남자치곤 하얀 피부, 처진 눈매가 선해 보였다.

'저런 눈빛을 가진 사람이 거짓말을 할 리가 없다!'

지상은 잠깐이었지만 자신을 바라보는 상태의 눈망울이 한없이 맑다고 느꼈다.

"강지상 변호사입니다. 동생이 설상아 씨지요? 그분의 의뢰로 왔습니다."

"저는 이미 변호사가 있는데요…?"

"변호인은 많을수록 좋습니다. 상태 씨, 거짓말이라는 날개는 당신이 숨고 싶은 곳 어디든 데려다 줄 거예요. 하지만 다시 돌아오는 길은 어디에도 없습니다. 그러니 진실을 말해 주시겠어요?"

미세하게 흔들리는 상태의 어깨가 흐느끼고 있었다.

"변호사님. 저. 정말 믿으세요?"

"네. 저는 웬만하면 다 믿어요. 많은 의뢰인들이 그런 질문을 하는데 이건 믿고 안 믿고의 문제가 아닌 것 같아요. 난 우리가 만족할 만한 결과를 얻는 데만 집중할 겁니다."

"…"

"상태 씨. 저에게는 무슨 말을 해도 괜찮습니다. 변호사법 제26조에 변호인은 의뢰인의 비밀을 지켜야 하고 의뢰인에게 불리한 진술을 할 수 없으니까요."

"네."

"궁금한 게 많지만 하나하나 짚어서 물어보죠. 그날 술을 마시고 운전을 했다면서요?"

"양주 3잔을 마셨어요. 원래 체질적으로 알코올 분해 효소가 떨어져 술을 못 마셔요. 도진이도 그걸 알고 자꾸 권했죠. 제가 비틀거리는 걸 재미있어 했어요. 게다가 빈속에 술을 마셔서 속이 울렁거려 줄 수도 없었어요."

"사고 당일의 상황을 말씀해 주실래요?"

"제가 도진이의 연락을 받고 술집에 도착했을 때 이미 세 사람은 많이 취해 있었어요."

"계속 얘기해 봐요."

상태는 고통스런 얼굴로 그날의 기억을 떠올렸다.

"야, 나야! 지금 이리로 바로 튀어와!"

"어. 나 오늘 약속 있는데…."

"약속? 너 미친 거 아냐? 야, 나라고. 도진이라고!"

"그… 그래, 갈게."

상태는 달려가며 자신의 처지를 토로했다.

"나는 쇠사슬에 끌려가는 노예와 다름없어."

"왜 이렇게 늦었냐?"

도진이 타박을 주었다.

"차, 차가 밀려서."

"상태구나! 이게 얼마 만이야."

"그동안 잘 지냈어?"

준영과 영채가 상태를 보고 반가워했다. 두 사람도 상태와 초등학교 동창이었다.

"도진이 유학 마친 기념으로 뭉친 거야. 너도 한잔할래?"

"아, 아니. 나 술 못하잖아. 그리고 운전도 해야 하고…."

"야, 마셔! 분위기 깨지 말고. 대리 부르면 되잖아."

도진은 준영의 손에서 술병을 낚아채 상태의 잔에 술을 부었다. 이어 술잔을 높이 쳐들고는 외쳤다.

"우리의 야망을 위하여 건배! 야, 빨리 마시라니까."

그가 머뭇거리자 도진이 윽박질렀다. 상태는 잔을 비우고는 독한 술맛에 혀가 아렸다. 도진의 압박에 그는 2잔을 더 마셨다. 상태의 얼굴은 불그스름해졌다. 이때 도진이 뜻밖의 제안을 던졌다.

"우리 속초로 바닷바람이나 쐬러 갈까?"

"좋지."

"나도 좋아."

친구들은 찬성하였으나 상태는 어찌할 바를 몰랐다. 운전할 사람은 바로 자신밖에 없었기 때문이다.

"자, 나가자."

"나 화장실 들렀다 갈게. 먼저들 나가 있어."

"나도."

준영과 영채가 화장실에 간 사이 두 사람은 술집을 나왔다. 주점 앞 도로에 도진의 외제차가 세워져 있었다.

"네가 운전 좀 해라."

"내가? 안 돼. 나 술 마셨잖아."

상태는 도진이 던진 차 키를 얼떨결에 받아들고 고개를 절레절레 저었다.

"뭐? 너 지금 개기냐? 몇 잔이나 마셨다고. 그리고 네가 평생 이런 고급 차를 운전이나 해 보겠냐? 가문의 영광인 줄도 모르고 말이야."

"아니… 술도 마셨고, 길도 모르고…."

"닥치고 운전하라고 새끼야. 평소에는 잘 하던 새끼가 왜 빼고 지랄이야."

상태의 멱살을 잡은 도진은 칠 듯한 기세였다. 더 이상 버틸 힘이 없던 그는 운전대를 잡을 수밖에 없었다.

운전석에는 상태가, 조수석에는 도진이, 뒷좌석에는 준영과 영채가 잠들어 있었다. 차는 깜깜한 국도를 달렸다. 한참 후 잠에서 깬 도진이 창밖을 보더니 짜증을 냈다.

"아직도 멀었냐?"

"이제 거의 다 온 것 같아."

"이래서 어느 세월에 가냐? 지금부터 내가 운전할 테니 차 세워!"

도진이 버럭 소리를 질렀다. 상태는 운전석에서 내려 조수석으로 옮겨 탔다.

그는 무심코 정면에 있는 '속초 10km'란 교통 표지판을 보았다. 뒷좌석의 두 사람은 여전히 자고 있었다.

"기억을 잘 더듬어 봐요. 그것 외에는 다른 기억이 없습니까?"

"처음에 제가 운전한 것은 맞아요. 그러나 속초에 거의 도착해서는 도진이와 확실히 교대를 했어요. 그런데 사고 후에 정신을 차려 보니 꿈인지 생시인지… 제가 운전석에 있는 거예요. 친구들도 제가 운전을 했다고 하고… 변호사님, 저는 도진이와 자리를 바꾸면서 '속초 10km' 도로 표지판을 똑똑히 봤어요."

"교통 표지판을 말이지요?"

"네."

"그리고 결정적 증거인 차량 블랙박스가 사라졌다는 거네요?"

"네."

상태는 괴로운 듯 세차게 머리를 흔들었다. 지상은 면회실에서 나오며 혼잣말을 했다.

"분명 뭔가 있어… 3시간! 그 3시간에 모든 진실이 담겨 있는 거야. 이 사건에는 여러 개의 거짓들이 존재해. 이 거짓들을 진실의 조각으로 맞춰 나가야 돼. 비록 짧은 검사 시절이었지만 나는 많은 피의자들을 조사했어. 그래서 나름 촉이 있지. 거짓말이란 눈덩이와 같아. 구르면 구를수록 더 커지게 되지. 그런데 저 친구의 진술은 신뢰할 수 있어. 그렇다면 누명을 쓰고 있다는 것이 아닌가! 그러나 상대방은 한국의 경제를 움직이는 대기업 승계자야. 더욱이 그를 변호하는 측은 국내 최고의 로펌이잖아."

지상은 착잡했다. 싸울 엄두가 나지 않았다. 아니 두려웠다.

구치소 마당의 상수리 나뭇잎이 맥없이 떨어지고 있었다. 낙엽이 바람에 날려 땅바닥에서 이리저리 뒹굴었다. 지상은 그 낙엽이 지금 자신의 처지와 꼭 닮았다고 생각했다.

'여기서 숨는다면 나는 또 사람을 죽이는 거나 마찬가지야. 그러면 한평생 죄책감 속에서 살게 되겠지….'

지상은 걸음을 멈추고 갈등하기 시작했다. 마음속에서 진실과 거짓이 싸우고 있었다. 상태의 울먹거림이 귓전에 맴돌았다.

"나는 어쩔 수 없이 갈 수밖에 없었어요. 전 원래 그렇게 살아왔어요. 양반과 머슴의 관계로요."

지상은 자신의 어린 시절을 떠올리며 연민이 솟구쳤다. 그 순간 마크 트웨인의 말이 스쳤다.

'진실이 신발을 신고 있는 동안 거짓은 세상을 반 바퀴 돌 수 있다.'

마침내 그는 이 재판에 참여하기로 결정하고 보폭에 힘을 주었다.

면회실 밖에서 연우와 상아는 초조하게 기다리고 있었다.

"상태는 잘 지내요?"

"변호사님. 오빠에게 필요한 영치물을 넣었다고 전하셨지요?"

고개를 끄덕인 지상이 그녀에게로 얼굴을 돌렸다.

"태양로펌을 아세요?"

"네. 도진 오빠를 변호하는 로펌이잖아요. 그런데 왜요?"

"태양로펌이라면 선배님이 검사하다가 스카우트돼서 근무했던 로펌이잖아요."

"태양로펌에서 근무하셨다고요?"

"그래요. 나와는 악연인 로펌이죠. 덕분에 그 로펌에 대해서는 좀 알아요. 승소를 위해서라면 수단과 방법을 가리지 않는 포식공룡이에요. 그런 로펌이 변호한다면 우리는 계란으로 바위를 치는 격이나 다름없어요."

"그러면 어떡해요…?"

상아는 울상이 되었다.

"상아 씨, 오빠의 말을 믿는다고 했지요?"

"네."

"목격자들이 한결같이 오빠에게 불리한 진술을 하는 것이 이상하지 않나요?"

"저도 그게 좀…."

"도원그룹과 태양로펌이라면, 증인은 물론이고 검찰, 재판부까지 손아귀에 넣었을 거예요. 식은 죽 먹기로."

"선배님, 도원그룹과 태양로펌은 무슨 관계인데요?"

"태양이 도원그룹의 사건 수임을 도맡아서 하지. 한마디로 가장 큰 스폰서 겸 돈줄인 거야. 이 사건에서 우리의 법정 공방 상대가 누구지?"

"백도진이지요."

"맞아. 그 백도진을 변호하는 측이 태양로펌이고. 더구나 백도진은 도원그룹의 후계자이고. 이제 얼추 그림이 그려지나?"

"이해가 되네요."

"상아 씨, 제 말 잘 들으세요. 오빠를 전적으로 도울 사람은 당신이에요. 마음을 단단히 먹고 공룡과 싸울 준비를 하셔야 돼요. 어쩌면 만리장성을 무너뜨리는 것보다 더 힘들 수도 있어요."

"오빠를 위해서라면 무엇이라도 할 거예요."

그녀의 표정은 결연했다.

"그 말씀은 도와주신다는 거지요?"

"아니면 왜 또 너를 보겠니? 내일 사무실에서 봐."

연우의 물음에 익살을 부린 지상이 빠르게 걸어갔다.

"야호!"

연우는 팔짝 뛰며 환호성을 질렀다. 그러나 상아의 얼굴에는 그늘이 드리웠다.

이윽고 눈물을 터트렸다.

"오빠는 저에게 있어 엄마나 다름없어요. 아프셨던 엄마를 대신해 어릴 때부터 집안일을 하고, 저를 보살펴 줬던 건 오빠였어요…."

그녀는 하염없이 울었다. 여자의 울음이 긴 이유는 울음 안에 담긴 뜻이 그만큼 복잡 미묘하기 때문이다. 여자는 한 가지 사실로 울기 시작하지만 그 한 가지만 갖고 끝까지 우는 경우란 거의 없다. 숱한 이유들이 우는 도중에도 끼어들어 계속 울 수 있게 만드는 원동력이 된다. 그리고 더는 이유를 생각해 낼 수 없을 때에야 비로소 울음을 멈춘다.

상아는 어린 시절이 주마등처럼 지나갔다.

성국의 대저택 정원 골목으로 반지하방이 보인다. 안방에는 엄마가 몸져누워 있다. 머리맡에는 약봉지가 수북하다. 초등학생인 상태가 빨래를 하고 밥을 짓는다. 벽에는 깨끗한 상아의 옷이 걸려 있고, 상태가 그녀의 머리를 빗어 준다.

"무정한 아빠와 아픈 엄마에게 못다 한 투정을 오빠에게 부리곤 했지요. 그때마다 오빠는 불평 한 번 없이 다 받아 줬어요. 자신보다 저를 먼저 챙겼지요…."

그제야 연우는 중학교 때 그의 옷차림이 늘 꾀죄죄했던 이유를 알게 되었다. 그는 상아를 위로해 주고 싶었다.

"우리 바닷바람이나 쐬러 갈래?"

"네? 좋아요."

두 사람은 전철을 타고 월미도로 향했다. 평일이라 그런지 한적했다. 연우는 부서지는 파도 소리가 마치 상태의 절규하는 음성처럼 들렸다. 불현듯 동생 연희가 떠올라 두 눈에 눈물이 그렁그렁 맺혔다. 안타까움이 겨울바람에 실려 갈비뼈 사이로 불어왔다. 바다를 바라보는 상아의 눈에도 슬픔이 가득했다. 그는 이 분위기를 바꿔 보려 말을 꺼냈다.

"내가 재미있는 이야기를 해 줄까?"

"뭔데요?"

"맹구가 차를 몰고 가는데 아내가 전화를 했대. '여보! 조심해요. 지금 교통방송을 들었는데 당신이 가는 도로에 차 한 대가 역주행을 하고 있대요!' 그 말을 들은 맹구가 숨을 헐떡이며 말했대. '이런 젠장! 한 대가 아니야. 백 대는 넘어!'"

"풋. 맹구가 역주행을 했다는 거네요."

그녀는 눈이 반달이 되어 미소를 머금었다.

연우가 이야기보따리를 또 풀었다.

"남자와 하룻밤을 잔 후 지방별로 여자들의 반응이 어떻게 다른지 알아?"

"어떤데요?"

"서울 여자는 '자기, 나 어땠어?' 충청도 여자는 '몰러유, 책임져유' 경상도 여자는 '지는 이제 당신끼라예'. 그러면 전라도 여자의 반응은 어떨까나?"

연우의 코맹맹이 소리와 구수한 사투리 흉내는 훌륭했다. 그녀는 모르겠다는 듯 고개를 가로저었다.

"전라도 여자는 '앞장서! 느그 집 워디여?'"

상아는 까르르 웃었다. 해맑은 웃음소리에 그도 덩달아 기분이 좋아졌다.

"연우 오빠에게 이런 면이 있을 줄은 몰랐네요."

"이제 마지막으로 하나 더."

"또 있어요? 해 주세요."

"프랑스 교포 3세가 한국에 와서 어느 회사에 대리로 취직을 했어. 그가 점심을 먹고 왔더니 과장님이 '김 대리 입가심으로 계피사탕 먹을래?'라고 했대. 그는 한국 사람이 소의 피로 만든 선짓국을 먹는 줄은 알았지만, 개의 피까지 사탕으로 먹을 줄은 몰랐던 거야. '제가 드라큘라도 아니고 무슨 개피로 입가심을 해요'라며 싫다고 했대. 그러자 과장님이 '그럼 눈깔사탕은 어때?'라고 했대. 그는 놀라서 '그거 누구 거예요?'라며 물었는데 과장님이 씨익 웃으면서 '내가 사장 것 빼 왔어'라는 말에 기절초풍했대."

그녀는 배꼽을 잡으며 털썩 주저앉았다.

"눈을 떠보니 과장님이 그에게 기력이 많이 떨어졌다고 몸보신을 해야 한다며 자기 집으로 가자고 했대. 그는 불안해서 '무슨 보신이에요?'라는 물음에 '가서 우리 마누라 내장탕 먹자'라고 하더래. 그 말에 3일을 못 깨어났대. 그리고 길가 식당 간판을 보고는 완전히 돌아버렸대. 바로 '할머니 뼈다귀 해장국', '할머니 산채비빔밥'이었대."

상아는 함박웃음을 터트렸다. 마치 참았던 봄날의 목련 꽃봉오리가 산화하는 것 같았다. 잠시나마 그녀가 상태의 일을 잊은 듯하여 연우는 마음이 가벼워졌다.

"상아는 술 마시나?"

"저는 상태 오빠와 달라요."

"천만다행이라고 해야 하나?"

"글쎄요."

쫑긋거리는 입술이 싱그러웠다.

그들은 횟집 2층으로 올라갔다. 저 멀리 수평선 위로 여객선이 하얀 물보라를 일으키며 지나가고 있었다. 문득 상아와 그 배를 타고 어디론가 떠나고 싶었다. 소주 두 잔에 그녀의 볼은 석양의 노을빛으로 물들었다. 술을 들이켠 연우가 무겁게 입을 열었다.

"사실 나는 교통사고에 트라우마가 있어."

"무슨 말이에요?"

"여동생이 있었는데 대학생 때 하늘나라로 갔지."

"네? 어쩌다가요?"

"교통사고로. 지금이면 상아와 같은 나이야."

"…그랬군요."

"학비를 벌지 않아도 될 형편인데도 방학 중에 스스로 등록금을 마련하겠다며 알바를 뛰었지. 영안실에 안치된 동생의 얼굴은 너무 평화로

웠어. 그 모습에 가슴이 미어지더군."

그는 연희의 사고 당시를 회상하며 코를 훌쩍였다.

패스트푸드점에서 알바를 마친 연희는 횡단보도에 서 있었다. 건너편에서 친구가 손을 흔들었다. 보행등이 초록색으로 바뀌었다. 친구는 연희 쪽으로 다가오고 있었다. 그때 갑자기 친구를 향해 트럭이 돌진해 왔다. 연희는 몸을 날려 친구를 밀치고 차와 충돌했다. 머리가 땅바닥에 떨어지며 뇌출혈을 일으켰다. 이상하게도 다른 신체는 멀쩡했다.

트럭 기사의 졸음운전으로 인한 사고였다. 기사는 3명의 어린 자식을 둔 가장이었다. 생계를 위해 이틀 동안 쉬지 않고 장거리 운전대를 잡았던 것이다.

부모님은 아무런 조건 없이 합의해 주었다. 그래서 기사는 집행유예 처분을 받아 풀려났다. 부모님은 적지 않은 연희의 교통사고 사망보험금 전액을 모교에 기탁했다.

"병원에 도착한 연희는 두 번의 대수술에도 불구하고 결국 뇌사 판정을 받았지. 그런데 가방에서 장기 기증서와 시신 기증서가 발견된 거야. 전혀 몰랐어."

"그래서요?"

상아의 눈이 충혈되었다.

"우리 가족은 고심 끝에 동생의 뜻을 따르기로 했어. 그것이 진정 연희를 위하는 길이라고 생각했거든. 각막, 신장, 간장, 췌장, 폐, 심장을 기증하기로 결정했지. 장기는 환자 6명에게 무사히 이식됐어. 시신은 대학병원으로 보내졌고 3년 후에 인수받아서 화장을 했지."

"동생은 참 아름다운 사람이네요."

"그런데 연희가 미리 작성한 유언이 우리를 또 울렸어."

"네?"

"만약 자기가 엄마 아빠보다 먼저 죽게 되면 화장을 해서 바다에 뿌려 달라는 거야."

"왜요?"

"매장이나 납골을 하면 자기를 찾을 때마다 슬플 거라고…."

"동생은 천사였네요… 그래서 바다를 바라보는 오빠의 눈이 글썽였군요."

"상아에게 들켜버렸나?"

"제가 한 냄새 맡죠!"

상아는 코믹하게 맞장구를 쳤다.

"연희는 유독 바다를 좋아했어. 바다는 사람들에게 자유로움과 평안을 주지. 언제든지 그 마음을 느끼고 가라는 의미였던 것 같아. 나는 결코 동생에게 부끄럽지 않은 사람이 되고 싶어."

"오빠는 분명 그런 사람이 될 거예요. 지금 상태 오빠 일을 돕고 있는 것만 봐도 알아요."

"그, 그건… 사실은…."

죄책감 때문이라는 말이 목구멍까지 차올랐지만 차마 용기가 나지 않았다. 10여 년 전과 다름없이 여전히 비겁했다. 그러나 아직은 적당한 시기가 아니라며 자신을 합리화시켰다. 그런데는 분명한 이유가 있었다.

만일 자신 때문에 오빠가 중학교도 졸업하지 못한 것을 안다면 어떻게 나올지 예측할 수 없어서다. 어쩌면 비난을 퍼부음과 동시에 자리를 박차고 나갈지도 모른다. 아직은 그녀에게 용서받을 만큼의 상태를 위한 성과가 없지 않은가!

"연우 오빠, 이제부터 저를 진짜 동생으로 대하세요. 저처럼 예쁜 여동생이 어디 있겠어요? 한마디로 오빠는 복을 넝쿨째 잡은 거예요. 또 저는 공짜로 오라버니가 생겼잖아요. 장사는 이렇게 하는 거예요."

"왠지 내가 밑지는 거래 같은데?"

"피, 그러면 위약금 주고 물러요."

"아, 아니야. 콜!"

"저도 콜!"

두 사람은 마주보며 웃었다.

언제부턴지 연우는 그녀에게서 무어라 형언할 수 없는 연희의 향기를 느끼고 있었다. 그때 근처 놀이공원에서 즐거운 비명소리가 들렸다. 디스코팡팡이라는 기구였다. 오늘 연우는 왠지 그녀와 많은 추억을 남기고 싶었다.

'그래, 추억은 만드는 게 아니고 쌓이는 거라고 하잖아. 지금 이 순간처럼.'

"우리 저거 한번 타 볼까?"

"좋아요."

연우와 상아는 기구가 요동칠 때마다 미끄러지지 않으려고 자연스레 서로의 손을 꽉 잡았다.

그들은 숨을 고르며 벤치에 앉았다.

"상아는 무슨 일을 하고 있어?"

"저는 유아교육과를 졸업해서 유치원 교사를 하고 있어요."

"그런데 이렇게 시간을 내도 되나?"

"잘려도 할 수 없지요. 우리 오빠 일이 더 중요하니까요. 그리고 걱정 안 해요. 저 이래 봬도 오라는 데는 없어도 갈 데는 많거든요. 오빠는요?"

"나? 취준생. 한 번 미역국을 먹고 재도전 중이야."

"어느 회사에요?"

"도워… 도로공사."

연우는 도원그룹이라고 하려다 빨리 말을 바꿨다.

"준비하려면 시간도 없을 텐데… 정말 고마워요."

"아니야. 이미 합격은 따 놓은 당상이고 수석 입사냐의 문제만 남았지."

"오빠와 저는 뻥쟁이로 통하네요."

"아니, 자신감이지."

"맞아요. 자존감이지요."

"우리는 더욱 친해질 것 같아."

"왜요?"

"슬픔을 위로해 줄 사람은 결국 함께 슬퍼하는 사람밖에 없거든."

고개를 끄덕이는 상아의 눈동자에 밤하늘의 보름달이 담겼다.

법원에 변호사 선임계를 제출한 지상은 상태 아버지를 만나 보기로 했다. 한쪽 다리를 절뚝거리며 경비복 셔츠 단추를 목까지 채운 모습이

고지식해 보였다. 만복은 퉁명스럽게 말했다.

"우리는 변호사 필요 없습니다. 저희가 알아서 할 테니 신경 끄세요. 흠, 흠, 흠…."

그는 헛기침을 하며 돌아앉았다.

"제가 보기에는 아드님이 누명을 쓰고 있는 거 같습니다."

"뭔 말이요? 죄를 지었으면 죗값을 받아야지."

그가 자리에서 벌떡 일어났다.

"잠시만요. 하나만 여쭙고 가겠습니다. 도원그룹 백성국 회장과는 어떤 관계이십니까?"

"뭐, 뭐요? 당신이 뭔데 감히 어르신 존함을 함부로 입에 올립니까? 그분이 이 일과 무슨 상관이라도 있단 말이슈?"

만복은 발끈하며 얼굴을 붉혔다.

"그분 아들 백도진과 아드님이 어릴 때부터 친구라고 알고 있는데요?"

"도련님은 또 왜요? 도진 도련님은 아무 죄가 없으니 쓸데없는 소리 하지 마쇼. 그리고 상태는 금방 나올 테니 걱정 마쇼."

"교통사고로 사람이 죽었는데 어떻게 나와요?"

"우리 회장님께서…."

앗! 만복은 급히 입을 막았다.

"도원그룹 백 회장님을 말씀하시는 겁니까? 지금 그분 아들과 진실공방을 벌이고 있는데 그게 말이 됩니까?"

"하여간 우리가 알아서 할 테니 변호사 양반은 이 일에 간섭하지 마쇼!"

"그럼 오늘은 이만 가보겠습니다."

"이딴 일로 올 거면 다시 오지 마슈."
쾅, 그는 문을 닫고 나가 버렸다. 기가 막힌 지상이 중얼거렸다.
"도련님? 21세기에 도련님이라… 이거 생각보다 쉽지 않겠는걸?"

3
블랙박스의 행방

시골 다방 구석진 자리에서 두식은 아가씨의 허벅지를 더듬으며 장난치고 있었다. 그때 TV에서 뉴스가 흘러나왔다.

"오늘 새벽 속초 신풍리 부근 국도에서 음주 운전 교통사고로 임신부를 포함한 2명이 사망하는 사고가 발생하였습니다. 가해 차량에 타고 있던 도원그룹 후계자 백모 씨가 심한 부상을 입어 인근 병원으로 이송되었습니다. 한편 가해 차량 운전자 설모 씨는 사고 직전, 백모 씨와 운전을 교대했다며 주장하고 있습니다. 진범의 진실 공방이 쟁점으로 떠오른 가운데, 결정적 증거인 차량 블랙박스가 사라져…."

"두식 씨, 우리 마을에서 교통사고가 나서 사람이 죽었나 봐. 그런데 사상자 중에 도원그룹 회장 아들도 있대. 저걸 어쩌나."

아가씨가 측은한 음성으로 뉴스를 가리켰다.

"사람 가는 데 순서 있냐!"

자신의 처지와 비교하자 불쾌해진 두식이 리모컨을 들어 TV를 확 꺼

버렸다.

다방에서 나온 두식은 집으로 가는 길에 교통사고 현장을 지나게 되었다. 그의 발에 무언가가 툭 차였다. 두식은 고개를 갸웃거렸다. 바로 블랙박스다. 순간 동공이 커진 그는 잽싸게 블랙박스를 주웠다.

집으로 내달린 두식은 꼬꾸라지듯 자기 방으로 몸을 날렸다. 마당에서 나물을 다듬던 모친이 이 광경을 보고는 혀를 찼다.

"썩을 놈."

두식은 컴퓨터 전원 스위치를 켰다. 이어 블랙박스에서 메모리 카드를 빼내어 리더기에 넣고 컴퓨터에 꽂았다. 동영상 재생 폴더를 누르는 그의 손이 마구 떨렸다. 긴장된 얼굴이 경악에서 점점 회심의 미소로 변해갔다.

'드디어 내게도 인생 역전의 기회가 온 거야.'

그는 가만히 휴대폰을 들었다.

"거기 속초 경찰서지요? 교통조사과 김민규 경장님 좀 부탁드립니다. 형님, 저 두식이에요. 오늘 새벽에 우리 마을에서 교통사고가 났잖아요? 혹시 사고 낸 운전자가 도원그룹 회장 아들이에요? 아니, 그의 친구라고요…?"

돌연 그는 자신만만하게 내뱉었다.

"형님, 제가 조만간에 양주로 3차까지 쏠게요."

"인마, 대낮부터 낮술 했냐? 헛소리 말고 어머니 속이나 썩이지 말아. 그리고 또 사고 치면 고향 선배고 나발이고 없다. 명심해라."

"진짜라니까요. 어쩌면 로또를 맞을지도 몰라요."

"미친놈."

탁, 전화가 끊겼다. 욕만 실컷 먹은 두식이 중얼거렸다.

"내가 양치기 소년인가? 도무지 내 말은 믿지를 않네."

그는 마당에 있는 모친을 향해 외쳤다.

"엄마, 이제 외국인 며느리 얘기는 꺼내지도 마! 곧 서울 가서 쭉쭉빵빵한 아가씨로 데려올 테니까."

"정신 나간 놈."

"엄마, 가게 외상값 얼마지?"

"갚으려고?"

모친 얼굴에 모처럼 화색이 돌았다.

"금방 줄 거라 하고, 소주랑 라면 좀 사 와."

"어이구, 저 화상! 내가 저런 놈을 낳고 미역국을 두 그릇이나 먹었으니 나도 한심한 년이지."

그녀는 가슴을 내리쳤다.

도원그룹 비서실장실 인터폰이 울렸다.

"실장님, 회장님을 찾는 전화인데 어떡할까요?"

"누군데?"

"신분은 밝히지 않고 무조건 중요한 일이랍니다."

"예약이 없으면 안 된다고 해."

"그렇게 전했는데도 막무가내예요. 회장님 자제분의 교통사고와 관련이 있나면서… 벌써 세 번째 전화예요."

"뭐? 도련님과? 얼른 돌려."

심드렁하던 치수가 전화를 받았다.

"뭐라고요?"

그는 급히 회장실로 향했다.

노크 소리와 동시에 들어온 치수가 문을 잠갔다. 소파에서 서류를 검토하던 성국은 적잖이 놀랐다.

"평소 자네답지 않게 무슨 짓이야? 문은 왜 잠그고."

치수는 허리를 굽혀 그의 귀에다 무언가 속닥이기 시작했다. 성국의 표정이 점차 굳어져 갔다.

"그쪽에서 요구하는 게 뭔가?"

"블랙박스를 주는 조건으로 5억을 달라고 합니다."

"블랙박스가 엉터리일 수도 있지 않나?"

"돈을 건네기 전에 확인하면 됩니다."

잠시 침묵이 흘렀다.

"일단 내일까지 미루어 봐."

"네."

"이 일은 우리 둘만 아는 거네."

성국이 치수에게 엄명을 내렸다.

제일병원 현관 앞에 고급 차가 정차했다. 상념에서 깬 성국이 차에서 내렸다.

"아무도 들이지 말게나."

수행 비서에게 지시하고는 병실 문을 열었다. 이마에 반창고를 붙이고 팔에 링거를 꽂은 도진은 현정과 즐겁게 대화를 나누고 있었다.

"회장님, 안녕하세요?"

"이게 누구신가. 박 의장님 따님 아니신가. 도진이 문병을 왔나 본데 내가 방해를 놓는구먼."

"아니에요. 회장님, 도진 씨가 이만하길 천만다행이에요. 그렇죠?"

"그럼. 음, 음…."

현정의 아양에 그는 감정을 억눌렀다.

"저희 아빠도 병문안 오실 거예요."

"정말? 박 의장님께서?"

도진은 감격했다.

"저는 이만 가 볼게요. 도진 씨, 빨리 회복하세요."

"박 의장님께 고맙다고 안부 전해드려요."

성국은 억지 미소로 인사치레를 했다.

"저, 현정 씨와 잘될 것 같아요. 아버지, 박 의장님이 몇 선이지요?"

좋아서 어쩔 줄 모르는 도진과 달리 성국은 싸늘했다. 예상외의 반응에 도진은 뭔가 찔린 듯 움찔했다.

"지금부터 솔직히 말해야 한다. 그날 네가 운전했니?"

"아니에요. 상태가 했어요. 목격자와 증인도 있잖아요?"

그는 완강히 손사래를 쳤다.

"블랙박스가 발견되었는데도?"

"네? 블랙박스가 발견되었다고요? 그럴 리가 없어요! 아주 멀리 던져 버렸다고요. 블랙박스를 누가 갖고 있대요? 경찰이 갖고 있대요?"

도진이 얼떨결에 내뱉었다. 성국은 가만히 고개를 저었다.

"그러면 우리가 먼저 찾아야 해요."

"상태가 아니고 결국 너였구나."

도진은 그의 팔을 붙들고 애원하기 시작했다.

"아버지. 저 어떡하면 좋아요. 현정 씨와 결혼 이야기도 오갔단 말이에요. 그런데 이것이 들통나 감옥에 가면 혼사도 깨지잖아요. 제가 박의장님 사위가 되면 우리는 재력과 권력을 다 소유할 수 있다고요. 막말로 상태는 잃을 게 없지만 저는 다르잖아요. 제발 살려 주세요. 아버지는 그럴 힘이 충분히 있잖아요."

사실 도진도 입원 후에 블랙박스가 발견될까 봐 조마조마했다. 그런데 기자들이 취재차 병원에 포진해 있어 빠져나갈 수가 없었다. 그때 몸속에 숨기지 않고 주변에 버린 것이 무척 후회되었다. 당시에는 경황이 없어 거기까지 미처 생각지 못했다.

이틀 후 도진은 몰래 병원을 빠져나왔다. 사고 현장 일대를 샅샅이 살폈으나 도저히 블랙박스를 찾을 수 없었다. 깜깜한 새벽이라 던진 곳이 가물가물거렸다. 결국 수거에 실패했으나, 다른 사람들도 같을 거라며 단정지었다. 그가 블랙박스를 발견할 수 없었던 것은 당연했다. 블랙박스는 이미 두식의 손에 넘어간 후였으니.

비틀거리며 병원에서 나오는 성국을 기사가 부축하여 차에 태웠다.

회장실 분위기는 한없이 무거웠다. 치수는 눈치를 보느라 안절부절 못했다.

"자네 생각은 어떤가?"

"이 일은 무조건 숨겨야 합니다. 그래야 다음 국회의원 선거에서 도진 도련님이 당선될 수 있습니다. 회장님 고향에서, 그것도 최연소로 말입니다. 만약 이 사건의 진실이 터지면 사돈이 될 국회의장님 공천도, 혼사도 힘들어집니다. 회장님 평판에도 치명적인 흠이 됩니다. 한 번만 눈을 질끈 감으시면 늘 목말라 하셨던 정치권력을 대대로 줄 수 있습니다. 회장님, 이 일은 확실히 덮을 수 있습니다."

성국은 깊은 고뇌에 빠졌다. 얼굴에 번민하는 고통이 역력했다. 하지만 이 호기의 포기도, 자기 명성의 추락도 용인할 수 없었다. 무엇보다 아들을 차디찬 감옥에 보낼 수는 없었다. 결국 그는 진실과 부정(父情) 사이에서 자식을 보호하기로 결심했다.

"이 실장. 그놈이 요구하는 금액을 주고 블랙박스를 회수해 와. 이 일은 무덤까지 가지고 가는 거야."

"네. 명심하겠습니다."

성국은 창가로 다가가 고층 빌딩이 즐비한 건너편을 응시했다.

"곧 인사이동이 있지? 이번 일만 잘 해결하면 계열사 사장단에 포함될 거야."

"정말요?"

"이 실장, 애들이 몇이라 했지?"

"셋입니다."

"지금 도원 건설이 송도에 아파트를 분양하고 있잖아. 전망 좋은 곳에 애들 앞으로 한 채씩 명의 이전해."

"감, 감사합니다."

치수의 목소리는 감읍으로 바뀌었다.

"회장님. 심려 놓으십시오. 최선을 다하겠습니다."

"최선을 다해서만은 안 돼!"

"…네?"

"누구나 최선은 다할 수 있어. 결실이 있어야지."

"어떻게 해서라도 완벽하게 덮겠습니다."

"자네를 믿겠네."

성국은 서서히 괴물로 변해갔다.

그날 밤 그는 서재에서 술을 마시고 있었다. 결론을 내면 저돌적으로 밀어붙이는 성국이다. 그 덕에 맨몸으로 산전수전을 겪으며 도원을 굴지의 대기업으로 키울 수 있었다. 그는 단번에 술잔을 비우고는 휴대폰을 귀에 가져다 댔다.

"윤 검사 아니, 윤 대표. 내일 저녁에 나 좀 볼까."

통화를 마친 그는 취중으로 중얼거렸다.

"그래. 상태에게는 몇천만 배로 보상해 주면 되지…."

야구 모자를 눌러 쓴 두식이 공원에서 그네를 타고 있었다. 멀리서 치수가 다가왔다.

"꽤나 한가하구먼."

"저야, 아쉬울 게 없지요."

"왜 이런 곳에서 만나자고 했어? 사람들도 많은데."

치수가 이글거리는 눈빛으로 노려봤다.

"혹시 압니까? 저를 납치라도 해서 야산에 파묻을지. 다행히 여기는 보는 눈이 많아서 그럴 걱정은 없잖아요."

두식은 여기저기 설치된 CCTV를 손으로 가리켰다.

"줘 봐. 확인할 테니."

"돈을 먼저 주는 게 순서가 아닐까요?"

"확실히 원본이겠지?"

"당연하지요."

"벌써 돈은 그 계좌로 입금했어. 인출은 30분 후에 될 거야."

두식이 메모리 카드를 넘겼다. 치수는 벤치에 앉아 노트북에 메모리 카드를 끼웠다. 동영상을 보는 그의 표정이 점점 일그러졌다.

5억이다! 휴대폰으로 입금을 확인한 두식은 심장이 쫄깃했다. 상상이 현실로, 이론이 실제 상황이 된 것이다. 그는 쏜살같이 그 자리를 피해 달아났다.

4
검찰과 법원을 포섭하다

일식집 밀실에서 성국의 이야기를 듣던 윤철은 얼굴이 심각해져 갔다.

"회장님. 일이 그렇게 되었군요."

"사석에서는 그냥 형님이라고 불러. 자넨 내가 아끼는 고향 후배가 아닌가."

"네. 그런데 제가 어떻게 도와드리면 될까요?"

"지금처럼 끝까지 가면 돼."

"네?"

"이 재판이 국민참여재판으로 열린다며?"

"그래요?"

"모르고 있었나 보군."

"아직 거기까지는… 저, 잠시 전화 좀."

통화를 마친 윤철은 몹시 곤혹스러워했다.

"무슨 일인데 그래?"

"그 사건 변호인으로 강지상이 선임되었다고 합니다."

"강지상이 누군데?"

"검사를 하다가 돈을 쫓아 저희 로펌으로 이적했던 친구입니다. 수사와 법리가 뛰어나 제가 스카우트를 했었지요. 지금은 아니지만…."

"도리어 잘된 일이 아닌가? 자네와도 인연이 있고 말이야."

"형님이 그놈을 잘 모르셔서…."

"무슨 말이야?"

"그놈 별명이 미친개입니다. 한번 물면 놓지 않는다고 해서요."

"그런데 최고의 로펌을 왜 그만뒀어?"

"로펌에서 밥을 먹으려면 검사의 묵은 때를 벗어야 하는데, 원칙대로 하다 보니 소송 승률이 바닥인 거예요. 게다가 의뢰인과 팀에서 컴플레인이 속출하다 보니 자기가 그만두더라고요. 결국 로펌의 생리에 적응하지 못한 거지요."

"요즘 그 친구 어떻게 지내는데?"

"패소 변호사로 소문나서 힘든 것 같습니다."

"잘됐네!"

잠시 생각하던 성국이 선심 쓰듯 말했다.

"도원그룹 법무팀장 자리를 준다고 해."

"네? 뭐라고요?"

"나는 그룹의 절반을 잃더라도 우리 도진이를 지킬 거네."

"형님 마음을 모르는 것은 아니지만…."

"그 문제는 무조건 아우만 믿겠네."

"시도는 해 보겠지만…."

"이 재판의 열쇠를 쥐고 있는 사람이 누구지?"

"국민참여재판이니 배심원들이지요."

"재판장은?"

"최종 판결은 재판장이 내리지만 배심원들의 평결을 존중하여 대부분 따르지요."

"그렇지. 그러면 재판장과 배심원. 둘 다 포섭하면 어떤가?"

"형님, 그건 곤란합니다. 아니, 위험합니다."

윤철이 손사래 치자 그가 인상을 썼다.

"아우가 이렇게 나오면 안 되지. 자네, 수일 커넥션 사건으로 검사장에서 쫓겨났을 때 최대 로펌인 태양을 설립하여 대표 자리에 앉힌 게 누군가? 이번에 은혜를 갚아야 하는 게 도리가 아닌가?"

"그, 그야… 그렇지만…."

"자네가 거절한다면 앞으로 도원그룹의 모든 소송 수임도 다시 고려해 보겠네."

"형님, 그건…."

"사실 도원 법무실에 맡겨도 되지만 분명 소문이 날 거야. 그래서 태양에서 비밀리에 처리하라는 거야."

"알겠습니다."

"이제부터 세부 사항은 이 실장과 상의하게나. 일하는 데 있어 필요한 것은 뭐든지 말만 하고. 우리는 형제가 아닌가! 하하하."

호탕하게 웃는 성국에 반해 윤철의 표정은 복잡했다.

'우리가 형제 같은 사이지 형제는 아니잖아.'

윤철은 책상에 턱을 괴고 고민에 빠졌다.
'그놈은 법무팀장 아니, 법무실장을 제의해도 절대 타협할 놈이 아니야. 오히려 태양로펌이 개입한 비리를 폭로할 놈이지. 그러면 태양은 범죄 로펌으로 낙인찍힐 거고 나는 영원히 사회에서 매장 당할 거야. 이거 참으로 진퇴양난이군.'
고민의 결과는 포기였다. 그리고 차선책을 쓰지 않을 수 없었다.
그는 휴대폰 버튼을 눌렀다.
"나야, 박 지청장. 내일 사무실로 놀러가도 되나?"

지청 부속실 여직원이 차를 놓고 나갔다.
"요새 바쁘다면서?"
"말도 마세요. 검찰 총장이 바뀌는 바람에 기강을 잡는다고 어수선해요. 선배님이 부럽습니다. 선배님 위에는 아무도 없지 않습니까? 연봉도 제 퇴직금보다 많고 말입니다. 그런데 오늘 찾아오신 연유가?"
"그냥 오랜만에 얼굴이나 보려고?"
"에이, 프로끼리 왜 그러세요?"
"사실 부탁할 게 좀 있는데…."
"뭔데요?"
"얼마 전에 발생한 도원그룹 후계자가 연관된 교통사고 사건을 알고 있지? 또 그에 대한 진실 공방도."

"그럼요. 그 후계자의 변호를 태양로펌이 맡았잖아요. 다음 달에 국민참여재판으로 열리고요."

"그 사건 수사검사가 고석낙이지?"

"그런데요?"

"자네도 볼 겸, 고 검사를 만나려고 왔네."

"네?"

"만약 말이 좀 통하는 친구라면 공판검사까지 맡겨도 되겠나?"

"공판검사를 바꾸는 거야 어렵지 않지요. 사안의 중요성을 강조하면 되지만…."

"박 지청장에게는 피해 안 가게 할게. 내 약속하지."

"선배님께서 그럴 분인가요. 알겠습니다."

"고맙네. 자네 차 트렁크에 작은 선물을 준비해 뒀네."

"큰일도 아닌데 뭐 그런 걸로요. 역시 선배님의 기브 앤 테이크 성품은 여전하시네요."

"그런가! 하하하."

'개돼지도 밥 주는 사람을 주인으로 알지. 그래야 충성을 다하는 법이고.'

윤철은 쓴 미소를 지었다.

지청장의 호출을 받은 석낙이 문을 열고 들어왔다. 윤철은 기선 제압을 시도했다.

"우리가 근무할 땐 선배님을 하느님과 동격으로 여기고 모셨는데, 요즘은 많이 느슨해진 것 같아."

"선배님, 검사 생활에 낭만이 없어진 지 오래됐어요. 그때가 좋았는데 말입니다."

지청장이 맞장구를 쳤다.

"고 검사, 인사하지. 내가 평검사 시절 사수로 모시던 분이고 국내 최고 로펌인 태양의 대표님이시네."

"안녕하십니까. 고석낙 검사입니다."

"고 검사는 우리 청의 에이스 검사예요."

"반가워요. 실물이 훨씬 잘생겼구먼! 고 검사님의 명성은 익히 알고 있습니다."

키는 작지만 금테 안경 속 날카로운 눈매의 윤철은 카리스마를 풍겼다.

"말씀 낮추십시오."

"허허허, 내가 뭐 아직도 검사장인가. 감히 고 검사님한테 말을 놓다뇨. 아쉬운 건 나지, 자네가 아니지 않은가."

'음… 자네라? 자세를 낮추는 듯 보여도 자신이 어떤 위치에 있는 사람인지를 각인시키겠다는 의도다.'

석낙은 신경을 곤두세웠다.

"저야말로 잘 부탁드립니다. 대표님."

"그래서 말인데. 도원그룹 자제분 교통사고 사건의 수사검사가 고 검사라고 알고 있는데 조사가 어떻게 진행되고 있나요? 지청장 말로는 물론 순조롭다고 하지만."

윤철은 교묘히 존대와 반말을 섞어가며 말했다.

"이제 공판 시작이라 아직은…."

"그 재판이 국민참여재판으로 열린다면서요?"

"네. 처음에는 일반 형사재판이었는데 바뀌었습니다. 그런데 무슨 일로?"

"우리도 거기에 대비해서 준비를 해야 되다 보니… 그리고 피고인 측 변호인으로 강지상 변호사가 추가 선임된 것은 알고 있나요?"

"네?"

"모르고 있었나 보네. 내가 알기로는 사법 연수원 동기라고 들었는데?"

"그 친구요? 사법 시험 꼴찌로 붙었는데도 검사로 발령 난 전대미문의 친구지요. 지금도 연수원 사상 미스터리 사건으로 회자되고 있습니다. 그나마 근무하는가 싶더니 돈에 현혹되어 불나방처럼 조직을 떠났지 않습니까? 검찰을 대망신시킨 친구죠."

"선배님, 그 친구와 비교 자체가 고 검사에게는 명예훼손입니다. 고 검사는 그 동기에서 수석이었어요."

"아, 미안합니다. 법복을 벗게 되면 언제든지 태양으로 오세요. 고 검사처럼 유능한 법조인이 오시면 우리로서는 대단한 영광이지요. 여기 지청장님도 모시기로 이미 약조를 받았습니다."

"말씀만으로도 감사합니다."

"이번 사건의 피고인이 범행을 부인한다고 들었습니다. 고 검사의 판단은 어때요?"

"지금까지 정황으로 기소는 했는데 미심쩍은 부분이 있어서 법정에서 어떻게 될지는…"

벌써 부른 목적을 간파한 석낙은 자신의 견해를 밝히지 않고 미적댔다. 손해날 게 없다는 계산은 끝나 있었다.

"허허, 고 검사님이 어렵게 자수성가를 해서 모르나 본데 우리 의뢰인의 부친이신 도원그룹 백 회장님은…."

'자수성가? 이런 식으로 기를 죽이겠다? 이미 내 뒷조사도 다 했나 보군.'

"죄송하지만 처리할 사건이 많아서 일어나야 할 것 같습니다."

석낙은 고의로 말허리를 잘랐다.

"고 검사. 이게 무슨 예의 없는 짓인가!"

지청장은 이맛살을 찌푸리며 불편한 기색을 드러냈다.

"암, 일해야지. 우리 고 검사를 보니까 혈기 왕성했던 젊었을 때의 내가 생각이나 뿌듯하구먼. 모름지기 검사는 이렇게 대쪽 같은 면이 있어야 검사답지. 안 그런가?"

"네에. 선배님."

이젠 지청장에게 대놓고 반말이다. 지청장은 굽실거리다 흘러내린 머리카락을 이마 위에 걸쳤다. 이어 윤철의 눈짓을 받고는 밖으로 나갔다. 윤철이 조심스럽게 말을 꺼냈다.

"고 검사님이 기소한 대로 재판을 밀고 나가세요."

'드디어 본색을 드러내기 시작하는군.'

"재판은 공판검사가 하는 거라서…."

석낙은 여전히 뜸을 들였다.

"아니요. 공판까지 고 검사가 맡게 될 겁니다."

'벌써 지청장에게 약을 쳤군. 이 양반 대단한 분이구먼?'

"…."

이제 답답한 쪽은 오히려 윤철이었다.

"나이가 들면 입은 닫고 지갑은 열라고 하잖소. 내가 언제든지 태양로펌 파트너 자리를 보장함세."

"정말? 파트너를요?"

"대표로서 약속하지요."

"…그렇게 하겠습니다."

"그럼 고 검사님만 믿겠습니다. 조만간 저희 로펌과 미팅이 있을 겁니다. 그때 또 봅시다."

로펌의 직급은 채용된 어쏘 변호사로 평사원인 주니어 변호사, 수석인 시니어 변호사와 지분이 있는 파트너 변호사로 올라간다. 한순간 파트너 자리를 움켜쥔 그는 자신의 베팅이 적중한 것에 쾌재를 불렀다.

'이것으로 나는 당당하게 평생 종신보험을 챙겼다.'

윤철은 그를 선택할 수밖에 없는 이유가 있었다. 지청에 몇 안 되는 공판검사들의 뒷조사를 했다. 대부분은 금수저 출신으로 출세 지향적이었다. 이런 검사들에게는 로펌의 약발이 안 통할 확률이 높다. 도리어 비밀이 누설되어 역공을 맞을지도 모른다. 그래서 흙수저 출신인 석낙을 고른 것이고 예상대로 작전이 먹혀들었다.

윤철이 나가자 지청장이 들어왔다.

"고 검, 한 걸음만 떨어져서 세상을 바라보면 말이야. 평검사 때 무얼 위해 그리 싸우며 치열하게 살았는지 참 허망하게 느껴질 때가 많더라고."

"네?"

"특히나 우리 같은 사람들은 더 큰 빛을 내기 위해 믿을 만한 그림자가 필요하지. 독불장군처럼 혼자서 갈 순 없다는 거야."

"물론입니다."

"'권불십년(權不十年) 화무십일홍(花無十一紅)'이 무슨 뜻인지 알지?"

"아름다운 꽃도 열흘을 넘기지 못하고, 아무리 막강한 권력이라 해도 10년을 넘기지 못한다'라는 말이지요."

"역시 수석은 달라. 도원그룹 자제 사건을 잘 풀어봐. 이번 기회에 최대 재벌, 최고 로펌과 우리 관계를 끈끈한 패밀리로 만들어 자자손손 만세해 보자고. 그래서 내가 특별한 자리를 마련할 걸세."

"네. 최선을 다하겠습니다."

"이래서 내가 고 프로를 좋아한다니까."

지청장은 서랍에서 웬 술병을 꺼냈다.

"사건 하나를 끝내고 '샤토마고 빈티지'를 받은 게 좀 있었지. 그런데 이게 또 혼자 마시면 뇌물이고 같이 마시면 선물 아니겠나."

"그렇지요."

두 사람은 능글맞은 웃음을 교환했다.

석낙은 공판 준비를 하고 있었다. 이 사건은 검찰 내에서도 초미의 관심사였고 그는 언론의 스포트라이트를 받았다.

"고 검 자신 있지? 이번 사건은 우리 청의 자존심이 걸린 문제야. 여우 같은 기자들이 무슨 냄새를 맡았는지 킁킁거리고 있다고. 그 사람들, 우리 꼬투리를 못 잡아 안달 난 인간들이니까 잘해."

"네. 염려 놓으십시오."

지청장의 격려에 그는 자신감 넘치는 투로 대답했다. 석낙의 휴대폰이 울렸다.

"안녕하십니까? 도원그룹 백 회장입니다."

"아, 네 네."

긴장한 그는 말을 더듬었다. 순간 최고의 머리 회전수를 돌렸다.

'이 사람은 태양로펌 대표와는 사이즈가 다른 분이야. 최대한 공손해야 한다.'

"고 검사님이 이번 사건 수사검사 겸 공판검사라면서요?"

"네. 그런데 어쩐 일로 전화를 주셨습니까?"

"다름이 아니라 부족한 우리 아이에게 신경을 좀 써주십시오. 아! 그러고 보니 고 검사님이 도원장학재단 장학생이었다면서요? 그러면 우리 한 가족이나 다름없네요."

'교활한 영감탱이! 과거의 장학금으로 나의 목덜미를 잡겠다고? 내 아킬레스건을 건드려서 압박하겠다는 수작이네.'

"지당하신 말씀입니다."

석낙은 감정을 억눌렀다.

"곧 검찰 인사이동 있지요? 희망하시는 곳과 자리를 귀띔해 주세요. 그리고 앞으로 좋은 일이 많이 생길 겁니다."

"최선을 다하겠습니다."

"저는 고 검사님만 믿겠습니다. 재판 마친 후에 식사 자리를 마련하지요."

대부분 검사는 지방보다는 수도권 지역에서의 근무를 선호한다. 원칙은 토착세력과의 유착 비리를 방지하기 위한 상피제도가 적용되어 2년마다 순환을 하지만 예외도 있는 법. 세상살이 이치가 다 그렇지 않은가!

바로 이 예외를 만드는 힘을 백 회장은 가지고 있다. 그는 충분히 그러고도 남는다. 왜? 재벌과 정치권, 정부는 필요 불가결한 동지이니까. 아니, 먹이 사슬이니까.

또한 검사는 중앙 부처를 선호한다. 법무부, 대검, 서울중앙지검… 먼 지방의 소도시로 갈수록 좌천이라는 인식을 갖고 있다.

석낙은 사법 연수원 수석으로, 동기 중에서 선두에 속했다. 더욱이 검찰 총장까지 꿈꾸는 그로서는 이제 도원그룹이란 절대 후원자가 나타난 것이다.

'현직에서는 백 회장을 등에 업고 승승장구하고! 언제든 퇴임하면 태양로펌의 파트너 자리가 보장되어 있네!'

양 날개를 단 그의 입꼬리가 귀에 걸렸다. 그는 두 팔로 날갯짓을 하며 혼잣말을 했다.

"지구가 멸망하기 전에 도원그룹이 망할 리는 없고… 역시 어제 꿈이 길몽이었어!"

윤철은 바삐 움직였다. 아니 서두를 수밖에 없었다.

한정식 집으로 누군가 들어갔다. 재판장인 심 판사다. 그가 밀실 문을 열자 술상 앞에 윤철이 앉아 있었다.

"아이고, 선배님 늦어서 죄송합니다."

"뭘, 바쁘다면서?"

"말도 마십시오. 죽을 지경입니다. 검사로 근무할 때가 훨씬 낫습니다. 판사로 이직하면 좀 한가하려니 했는데 기록 검토가 장난이 아닙니다. 검사는 힘, 변호사는 돈, 오죽하면 판사는 과로사라고 하지 않습니까? 게다가 형사 2부 사건이었던 국민참여재판이 갑자기 저희 재판부로 변경되어서 눈코 뜰 새가 없습니다."

심 판사는 엄살을 떨었다.

보통 국민참여재판은 변론, 배심원단의 평결, 재판장의 선고가 하루 만에 이루어진다. 오전 10시에 시작해 밤늦게 끝나거나 다음 날 새벽까지도 한다. 예외지만 어떤 사건의 경우는 일주일 내내 열린다.

처음에 이 사건은 무작위 전산 배당으로 형사 2부가 맡았다. 그런데 윤철이 사시 동기인 지원장을 움직여 심 판사 재판부로 재배당했다.

그 이유는 분명했다. 형사 2부 재판장은 윤철과 모르는 사이였다. 물론 몇 다리를 건너 대면하여 포섭할 수도 있다. 하지만 실패하면 위험을 감수해야 한다. 더구나 그는 상부의 지시도 통하지 않는 강골 판사로 소문나 있었다.

윤철은 이 불법 배당을 심 판사에게 감추었다. 상대방이 모르는 자신의 치부를 굳이 밝혀 약점을 잡힐 필요가 없다는 판단에서다.

"태양로펌에서 백도진의 변호를 맡으셨던데 공판 준비는 잘 되어 가세요? 사실 해당 사건에서 재판부와 변호인이 사적으로 만나면 안 되잖아요. 선배님이시니 특별히 나온 겁니다. 헤헤헤."

'여우 같은 놈! 아니다. 어쩌면 미련한 곰보다는 이런 친구와 거래하기가 편하지.'

"어찌 내가 그걸 모르겠나. 잘 익은 사과로 한 박스를 마련했으니 집에 갈 때 갖고 가게나. 하하하."

윤철은 억지로 웃으며 기회를 엿보았다.

"심 검사, 아니 심 판사. 재판 진행은 어떤가?"

"피고인이 완강히 결백을 주장하고 있는 데다가 마침 그 상대방이 도원그룹 총수의 아들 아닙니까? 그러니 매스컴에서도 관심을 쏟고 있어 신경이 이만저만 쓰여야지요. 말년에 이게 무슨 개고생인지 모르겠어요."

"그래서 말인데… 그 재판 건으로 만나자고 한 거야."

"네?"

"심 판사 생각은?"

"사건을 검토해 봤는데 피고인이 주장하는 무죄는 힘들 거예요. 저도 마찬가지고요. 하지만 배심원들의 평결이 어떻게 나올지는 모르지요."

"만약에 평결과 재판부 판단이 다를 경우는 어떻게 되나?"

윤철은 슬쩍 떠보았다.

"배심원들의 평결은 권고적 효력을 미칠 뿐 구속력은 없어요. 최종 판결은 재판장이 내리죠. 평결이 재판 결과에 결정적으로 영향을 미치는 미국과는 달라요."

"그러면 자네 판단이 절대적이라는 거네."

"그렇긴 하지만 요즘은 국민참여재판의 흐름이 배심원 평결을 거의 반영하는 추세지요. 또한 평결과 다를 경우 판결문에 그 이유를 분명히 적어야 해요. 그러니 재판장 입장으로서 부담을 안고 굳이 배심원들과 다툴 까닭이 없지요. 국민참여재판을 도입한 취지와도 부합이 안 맞고요."

"그렇군. 심 판사 고향이 부산이라고 했지? 변호사를 개업하게 되면 그쪽에서 하겠네?"

윤철은 화제를 돌렸다.

"네. 거기서 좀 근무하다가 법복을 벗으려고요. 그래야 전관예우라도 받지 않겠어요? 이제 기러기 신세도 지겨워요."

"맞아! 나이 들면 고향에서 가족과 지내는 것이 최고지. 그러면 잘됐네!"

"네? 뭐가요?"

"이번에 태양로펌에서 부산 지법 정문에 분소 개업을 계획하고 있잖아. 심 판사가 그쪽 대표 변호사로 취임하면 적격이네그려."

"정말입니까? 겨우 지원부장 판사 경력에 가능하겠습니까?"

"후배님, 내가 누군가? 태양의 대표가 아닌가! 내 약속하지."

"진심으로 감사드립니다."

뜻밖의 제의에 심 판사는 싱글벙글이다.

"저, 그런데 말이야…."

"어떤 문제라도 있습니까?"

심 판사는 혹시나 그의 마음이 변한가 싶어 조급했다.

"이번 재판을 내 뜻대로 해 주면 안 되겠나?"

"무슨 말씀인지…?"

"공판을 검찰 측대로 하고 피고인을 유죄로 판결하는 걸세."

"네? 하지만 배심원들이 어떻게 평결을 할지…."

"심 판사 말대로 최종 선고는 재판장인 자네가 하는 것이 아닌가. 어차피 옷 벗을 거. 판결문에 어떤 주문을 적든 무슨 상관인가? 그리고 자네도 피고인을 유죄라 확신하고 있지 않나."

"그야, 그렇지만…."

"태양로펌 대표 변호사 자리. 그리 쉽게 오는 기회가 아니라네. 더욱이 자네 이력으로는 말일세."

심 판사의 눈썹이 심하게 떨렸다. 이어 결심한 듯 힘을 주어 말했다.

"선배님. 저 대표 변호사 하겠습니다."

"심 판사, 아니 부산 태양로펌 대표님. 우리 서울과 부산에서 잘해 봅시다. 건배!"

두 사람은 높이 잔을 들어 부딪쳤다. 윤철의 쓴 미소가 술잔에 투영되었다.

5
악연

연우와 상아는 지상의 사무실에서 나와 다정히 걷고 있었다. 그때 명품 매장을 나오던 도희와 마주쳤다. 세 사람은 동시에 화들짝 놀랐다.
"두 사람 아는 사이야?"
"저, 그러니까… 친구 동생인데 우연히 만났어."
도희의 날 선 음성에 그는 당황하며 둘러댔다.
"정말이야? 연우 씨 친구는 내가 다 아는데 누굴 말하는 거야?"
"중학교 동창인데 나도 10여 년 만에 연락이 되었어."
"그런데 친구 여동생은 왜 만나?"
도희의 매서운 눈초리가 상아에게로 향했다.
"사실은 말이야…."
연인으로 의심받는 것에 억울한 연우가 말하려는데, 상아가 눈짓을 보냈다. 영문을 모르는 그는 일단 입을 닫았다. 이 모습을 놓칠 도희가 아니다.

"지금 두 사람 뭐하는 시추에이션이야?"

"그 얘기는 다음에 하기로 하지요."

연우는 발끈하는 도희를 억지로 끌며 앞장서 걸었다.

"연우 씨. 아무래도 수상해. 뭔가 있지?"

"나중에 말할게. 그런데 두 사람 아는 사이야?"

"내가 저런 애를 어떻게 알아!"

도희가 신경질을 냈다. 이때 도희와 상아는 마치 말이라도 맞춘 듯 단순히 동창 사이라고 얼버무렸다.

다음 날 도희는 커피숍으로 상아를 불러냈다.

"너 솔직히 말해. 연우 씨와 무슨 관계야?"

"오빠 친구라고 했잖아. 그것 때문에 불러낸 거야? 그리고 내가 너에게 시시콜콜 보고할 이유가 있어?"

"당연하지. 나는 연우 씨 애인이고 결혼할 사이니까."

"난 관심 없어."

"연우 씨를 왜 만났어? 빨리 말 안 해?"

"상태 오빠 일 때문에 만난 거야."

"몇 번 만났는데?"

"너 지금 나를 취조하니? 난 오빠 일 외에는 관심이 없으니까 오해하지 마."

"말해! 왜 만났는지?"

도희가 그녀의 얼굴에 물을 확 뿌렸다. 상아도 컵을 손에 쥐었으나 차마 뿌리지는 못하고 부들부들 떨기만 했다.

"백도희, 잘 들어. 우리 오빠는 절대 운전 안 했어. 내가 꼭 블랙박스를 찾아서 진실을 밝힐 거야. 두고 봐!"

"야! 계집애야! 거기 안 서?"

휙 돌아서 나가는 그녀를 향해 도희는 악다구니를 썼다.

도희가 숨을 헐떡이며 성국의 서재로 들어섰다.

"아빠, 큰일 났어요. 금방 상아를 만났는데요. 상태가 운전한 게 아니라면서 블랙박스를 찾아 진실을 밝히겠다고 하더라고요. 그게 무슨 말이에요? 상아 말이 진짜라면 우리가 먼저 찾아야 하지 않아요?"

"너만 알고 있거라. 이미 블랙박스를 회수해서 폐기했단다."

"그럼, 오빠가…?"

"도희야. 이 일은 절대 비밀로 해야 한다. 알았지?"

그녀는 떨리는 목소리로 물었다.

"이, 이제 어떻게 하려고요?"

"내가 알아서 하마. 너는 무조건 모르는 거다."

"네…."

도희는 가족을 보호하려는 본능으로 진실 앞에 눈을 감았다.

기탁이 윤철의 방으로 들어섰다.

"대표님, 어제 저녁에 일이 있어 전화를 못 받았습니다. 그런데 무슨 일로?"

윤철은 대꾸도 잊은 채 TV에서 눈을 떼지 못했다.

수갑을 찬 상태가 교도관에 이끌려 검찰청에서 나오고 있었다. 정신없이 플래시가 터지고, 방송국 아나운서의 멘트가 흘러 나왔다.

"지금 속초 신풍리 교통사고 사망 사건의 피고인이 검찰의 추가 조사를 받고 나오고 있습니다."

상태를 향해 취재진들이 몰려들었다. 교도관들이 간신히 길을 터서 그를 호송차에 태웠다. 그 뒤를 따라 수진이 포토라인에 서자, 기자들이 우르르 달려가 질문 공세를 퍼부었다.

"피고인은 오늘도 범행을 부인했습니까?"

"사고 당시 목격자들의 진술이 한결같이 피고인을 진범으로 지목하는데 뒤집을 증거는 있습니까?"

"아직도 백도진 씨와 운전을 교대했다고 주장합니까?"

"도원그룹에서 국내 최고 로펌인 태양을 선임했다고 하는데 이를 상대로 승소할 가능성은 있습니까?"

"본인이 결백하다면 누명을 쓰고 있다는 건가요?"

"이번 재판을 국민참여재판으로 신청한 특별한 이유라도 있습니까?"

수진은 도도하게 대답했다.

"간단히 말씀드리겠습니다. 이 사건에 대한 의혹이 한두 가지가 아닙니다. 그래서 보통의 상식에 입각한 일반 시민 배심원단에게 공정한 판결을 구하려는 것입니다. 저의 의뢰인은 누명을 쓰고 있으며 결백합니다. 저는 제 의뢰인이 무죄라고 확신합니다..."

윤철은 인상을 쓰며 TV를 꺼 버렸다.

"강지상이 이 사건을 수임했다고 했지?"

"네. 그런데요?"

"오 팀장은 사건 내용을 알고 있나?"

"지금 맡고 있는 소송이 바빠서… 국민참여재판으로 열린다는 것과 피고인이 범행을 부인한다는 것 외에는….''

"그 소송은 박 변에게 넘기고 자네가 이 사건을 맡도록 해."

"네? 이유라도?"

"피고인과 백 회장 자제의 진실 공방은 알고 있지?"

"이 재판은 명백한 증인들이 있어서 소송 다툼이 없는 것으로….''

"물론 검찰 측이 유리하지. 하지만 국민참여재판이라 배심원들의 평결을 무시할 수는 없잖아."

"아직 배심원 선정도 안 됐는데요?"

"곧 되겠지. 그런데 국민참여재판은 언제든 변수가 생길 수 있다는 거야. 만에 하나 뒤집어진다면 어떻게 되겠나?"

"무죄가 된다면… 반대로 백 회장님 자제가….''

"바로 그거야. 그래서 백 회장이 우리에게 변호를 의뢰한 거지. 그것도 비밀리에….''

"그러면 증인과 배심원들을….''

"역시 오 팀장은 눈치가 9단이야! 또 자네는 이런 소송 경험도 있잖나."

윤철은 증인들을 회유하고 매수하여 승소한 적이 있던 그를 적임자라 판단했다.

"그 소송하고는 상황이 많이 다른데….''

"오 팀장이 이번 일만 성공시키면 도원그룹 법무팀장으로 가게 될 거야. 앞으로 태양로펌의 대표가 되려면 굴지의 대기업 법무 경력이 대외적으로 도움이 되지 않겠어?"

기탁이 망설이자 그는 미끼를 던졌다. 이미 윤철은 성국에게서 도원그룹 법무팀장 자리의 권한을 위임받은 터였다.

"정말입니까?"

"약속하지. 이 일은 오 팀장에게 전권을 줄 테니 책임지고 꼭 완수해야 하네."

같은 팀장이라도 도원그룹과 태양로펌은 급이 다르다. 감격하는 기탁의 휴대폰이 울렸다.

"강지상이 정식으로 변호인 선임계를 제출했다고! 이제부터 놈의 일거일동을 감시해."

"그놈은 나와 모진 악연이네. 소송 완패로 태양의 위상에 먹칠하더니 이제는 재판에서도 사사건건 걸림돌이니 원."

윤철의 얼굴이 붉으락푸르락했다.

"작업하는 데 있어 필요한 것은 걱정하지 말고."

"알겠습니다."

"참, 자네와 강 변이 연수원 동기였다며?"

"저는 차석이고 그 친구는 한참 바닥이라 비교 자체가 불쾌합니다. 또 지금 저는 최고 로펌의 팀장이고 그 인간은 폐인인데요."

"하긴, 그렇지. 아! 그러고 보니 고석낙 검사와도 동기지?"

윤철은 알면서도 모른 척 물었다. 기탁이 눈살을 찌푸렸다.

"두 사람이 연수원 시절에 라이벌이었다며?"

"서로 엎치락뒤치락했지요."

"조만간에 고 검사를 만나게 될 걸세."

"왜요?"

"이 재판의 공판검사가 고 검사 아닌가. 그러니 아군끼리 공조를 해야 되지 않겠나?"

"그, 그야 그렇지요."

기탁은 그와의 만남이 탐탁지 않았다. 수석인 석낙에게 패배의식이 있어서다. 기탁은 사법 연수원을 차석으로 수료하였기에 판검사로 나갈 수 있었다. 하지만 가난에 한 맺힌 탓에 권력보다는 돈을 선택해 태양로펌으로 직행했다.

"지금부터 모든 소송에서 손을 떼고 이 재판에만 전력투구를 하도록 해."

"네. 대표님과 백 회장님께 절대 실망을 드리지 않겠습니다. 그리고 강 변은 꿈틀거리지 못하게 철저히 짓밟겠습니다."

윤철의 방을 나온 그는 복도에서 중얼거렸다.

"이제 태스크포스 팀을 조직하고 증인과 배심원들을 작업하려면 바쁘겠네. 그나저나 작전명은 뭐라고 하지? 그래! '백공자 구하기'가 좋겠네."

멀리 도원그룹 본사 사옥이 보였다.

"저 고층 빌딩에 법무실이 몇 층에 있더라… 저기에 입성할 날도 며칠 안 남았네. 도원 법무팀장 자리를 찍고 유턴하여 태양로펌의 대표라. 커리어 한번 죽여주는구먼. 석낙이 놈을 만나면 어때. 법무부장관, 검찰총장도 사임하면 도원그룹 법무실에 오려고 환장을 하는데 말이야. 또 석낙이가 검사장이 되면 뭐 하냐고. 돈이 권력을 이기는 세상이잖아."

윤철의 호출을 받은 수찬이 기탁의 곁을 지나쳤다. 순간 두 사람은 경계의 눈빛이 교차했다.

"대표님, 부르셨습니까?"

"자리에 앉게나. 다름이 아니라…."

윤철이 이야기를 시작하자, 수찬의 표정이 점차 밝아졌다.

"이번 일만 잘 되면 조 변은 파트너 변호사가 될 거야. 요즘 우리 미선이와 진도는 잘 나가고?"

"생각보다 미선 씨가 고집이 세서…."

"외동딸이어서 그럴 거야. 일찍 엄마 여의고 내가 줄곧 키우다 보니 자기 주관이 강한 편이지. 하지만 그게 우리 미선이의 매력이기도 하다네."

그는 수찬의 내심을 알기에 은연히 기탁과의 경쟁을 부추겼다.

"언젠가 이 태양을 누군가에게는 물려주어야 하는데 이왕에 가족이면 더 좋지 않겠어? 더욱이 조 변은 하버드 로스쿨 출신이니 태양로펌의 대표로도 손색이 없지. 지금까지도 잘해 왔지만 이번 기회에 오 팀장보다 조 변의 능력이 월등하다는 것을 각인시켜 봐."

"낙수가 바위를 뚫듯이 저에게 포기란 없습니다. 이 재판은 물론이거니와 미영 씨의 마음도 쟁취하겠습니다."

"역시 조 변의 멘탈은 갑이야. 난 자네의 이런 점이 맘에 들어. 암, 그래야지."

수찬은 벅찬 가슴으로 문을 나서며 혼잣말을 했다.

"이 작업이 성공하면 나는 파트너 변호사가 되고 기탁이는 도원그룹 법무팀장으로 간다. 자연스레 라이벌이 사라지는 사이에 윤 대표의 사위가 되어 태양을 물려받으면 되네. 이번에 확실히 태양로펌 후계자의 말뚝을 박고 말겠어. 역시 난 줄타기가 체질이야. 그런데 미선 씨는 쉽지가 않네….”

수찬과 기탁은 최종 목표인 태양의 대표 자리를 놓고 동상이몽을 꾸고 있었다.

수찬을 기다리던 기탁이 물었다.

"대표님께서 뭐래?"

"도원그룹 자제 사건을 오 팀장님과 함께 해결하라고 하시네요."

"그래? 조 변은 변호사란 직업을 뭐라고 생각해?"

"법적 분쟁을 해결하는 게 아닐까요?"

"틀렸어. 우리가 할 일은 법적인 분쟁을 일으키는 거지. 변호사가 뭐로 먹고 살겠나? 피 빨아먹고 산다고. 사람들이 피 터지게 싸워야 재판을 하고, 재판을 해야 우리가 수임료를 챙기지. 대표님께서 눈여겨보는 친구가 그걸 몰라서야. 하긴 그걸 배우라고 날 붙여준 거겠지만. 재판에서 어중간한 건 없어. 오직 승자와 패자만 있을 뿐이지. 고로 승자가 되기 위해서는 거짓도 우리에게 유리하면 진실로 바뀌어야 하는 거고. 조 변, 어릴 때부터 그렇게 영민했다며? 주위의 관심과 기대를 많이 받으며 컸겠네. 나도 마찬가지야. 근데 세상에서 제일 똑똑한 게 뭔지 알아?"

"글쎄요."

"바로 돈이야. 왠지 알아? 우리 같은 놈 수백 명을 살 수 있거든."

"그렇네요… 팀장님, 강지상 변호사는 어떤 사람이에요? 전에 검사였다던데."

"한번 물면 죽기 살기로 덤벼들지. 그렇게 독한 새끼는 없어. 물귀신은 저리 가야. 적당히 하다가 수임료만 챙기면 그만인 것을. 본인 딴에는 뭔가 정의로운 일을 한다고 믿겠지만 어디 인간이 그런 존재인가? 그저 각자의 욕망으로 살아가는 거지. 그리고 나와 태양로펌과는 악연인 친구야."

"악연이라면 빨리 끊어 버려야겠군요."

"이번에 완전히 끊어지지 않겠어?"

"부디 잘 버티시기 바랍니다."

"어디 게임이나 되겠어?"

수찬의 말은 태양로펌에서 기탁의 생존 여부를 뜻하는 것이었다. 그런데 기탁은 자신을 응원하는 메시지로 받아들였다.

"조 변, 이 좁아터진 땅덩어리에서 모든 문제를 풀 수 있는 마법 같은 단어가 뭔 것 같아?"

"물론 돈이겠지요."

"빙고! 자, 그럼 우리 돈 벌러 가 볼까?"

"그러지요."

서로의 생각이 맞아 떨어진 그들은 힘찬 발걸음을 내딛었다.

사무실 건물로 들어가려던 지상은 왠지 뒷덜미가 찜찜했다. 어디서부턴지 누군가가 자기를 미행하는 느낌이 들어서다. 순간 지상은 고개를 획 돌렸다. 아니나 다를까. 모자를 푹 눌러쓴 한 사내가 얼른 몸을 숨겼다.

'이제 태양에서 본격적으로 작업을 시작했구나. 조심해야겠는걸.'

이때부터 그의 일거수일투족은 요원에 의해 기탁에게 보고되었다.

지상의 휴대폰이 울렸다. 기탁의 전화였다.
'이놈이 웬일로 나를 만나자고 하지?'
커피숍에 들어서자 구석진 자리에서 기탁이 손을 흔들었다. 지상은 맞은편에 털썩 앉으며 까칠하게 말했다.
"우리, 환영할 사이는 아닌 것 같은데. 왜 불렀어?"
"네 소식은 듬성듬성 들었다. 나, 사실 강 변 존경해."
"뭔, 헛소리? 너 오다가 벼락이라도 맞았냐?"
기탁이 능청스럽게 나오자 지상은 비꼬았다.
"그렇잖아. 사시 꼴찌가 검사도 했고, 최고 로펌에서 근무도 했으니 말이야. 전생에 나라를 구하지 않고는 불가사의한 일이 아니야?"
"그래서 지금 그 미스터리를 풀자고 만나자고 한 거냐?"
"아니. 그래도 동기인데 폐인 된 친구를 도와주고 싶어서."
"썰 그만 풀고 용건만 말해."
"너는 포카 치면 안 되겠다. 얼굴에서 패가 다 읽혀."
"뭐, 지킬 게 있어야 뻥카를 치지. 사람이 왜 비굴해지는 줄 아냐?"
"뭔데?"
"잃을 게 있어서 그런 거야. 그런데 난 돈도 명예도 권력도 없어서 겁나는 게 없거든. 고로 나 같은 사람은 무서울 게 없는 거지."
"강 변, 값 많이 떨어졌네. 아무리 먹고살기 힘들어도 아무 사건이나 덥석덥석 받으면 어떡하냐? 가오가 있지. 눈 딱 감고 조금만 합리적으로 생각하면 얼마든지 편하게 살 수 있는 세상이잖아. 뭘 그렇게 어렵게 살아? 혼자 정의의 사도 놀이하면서.”

"정의의 사도라… 가끔씩은 말이야. 너 같은 놈들한테 감사해. 왜냐면 상식적인 행동을 해도 너희들은 그게 무슨 정의로운 일처럼 보이게 만들거든. 너도 조심해라. 나 같은 놈 한 명이 너 같은 놈 백 명 엿 먹인다.”

"딱 봐도 검사하다가 왜 잘렸는지 알겠다.”

"나 검사 잘린 적 없어. 내가 그만둔 거지.”

기탁이 명함을 내밀며 어깨에 힘을 주었다.

"나 팀장으로 승진했다. 내 밑으로 들어올 생각이 있으면 언제든지 말해. 또 이 재판에서 승소하면 도원그룹… 아, 아니야.”

기탁은 아차 싶어 얼른 입을 닫았다.

'아직은 일러. 촉이 빠른 이놈에게 빌미를 줄 수도 있어.’

"뭐? 도원그룹 법무팀장 자리라도 가냐? 두 회사가 한통속이니 직원끼리도 물물 교환을 하나 보네. 아쉽네! 법무실장으로 못 가서. 하긴, 거기까지는 네 인성으로 죽었다 깨어나도 불가능하지.”

"너, 그거 알고 있냐? 헌법 11조 '모든 국민은 법 앞에 평등하다'란 이 말은 참으로 웃기는 개소리지. 법 앞에 딱 만 명만 평등하다고. 수컷의 인생은 그 만 명에 드느냐 아니냐의 싸움이란 것을.”

"그것이 네가 그토록 몸부림치는 이유냐?”

"솔직히 강 변 너도 그런 욕망이 있었잖아. 비록 지금은 폐인이 되었지만 말이야.”

"그래서 잘난 이 명함 새기려고 얼마나 많은 사람들을 속이고, 협박하고, 빼돌리고… 안 봐도 비디오다. 로펌 가서 꼭 전해라. 너희들이 어떻게 돈을 버는지 뻔히 알고 있으니 나중에 발뺌하지 말라고."

"글쎄요. 저 같은 어쏘 변호사가 뭐 알겠습니까? 시키는 대로 해야죠. 그런데 너는 이 재판에서 못 이긴다. 웬 줄 아냐? 증거가 없기 때문이지."

"그렇게 자신만만한데 뭐가 아쉬워서 나를 찾아왔냐?"

"이번에 네가 맡은 사건은 국민참여재판을 해도 소용없어. 도리어 형량만 더 가중될 뿐이야."

"무죄인데 형량이 뭐가 중요해?"

"무죄라고? 증인들과 증거가 산더미인데?"

"과연 그 증인과 증거를 믿을 수 있을까? 너, 내가 태양에서 왜 나왔는지 알면서 그래? 너 기억이 없는 거냐, 없는 척을 하는 거냐? 아니면 선택적 기억상실증이냐?"

"가끔은 빛과 어둠도 공존하는 거야. 너는 그것을 인정하지 않은 대가를 치른 것뿐이지. 그리고 착각을 하나 본데 너는 태양을 그만둔 게 아니고 잘린 거야. 또 그 배역은 너의 선택이지 누가 강요한 게 아니지. 다시 말하지만 이 재판은 하나마나야. 그나마 너를 생각해서 패소 전적을 줄여 주려는 거라고."

"말장난 그만하자. 그런데 내가 이 사건을 수임한 것은 어떻게 알았어? 내가 유명 인사도 아닐 텐데… 감시하냐?"

"태양 입장에서는 요주의 인물이지. 우리 실체를 가장 잘 아는 사람이니까. 고로 네 동선은 태양의 GPS 망에 있어. 이봐, 강 변? 정말 이 싸움에서 승산이 있다고 보냐?"

"법정 공방은 싸움이 아니야. 법리라는 엄연한 규칙이 있는 다툼이지. 그런 면에서 본다면 내가 불리하지 않다고 보는데."

"하하하, 법리라… 그 무모한 용기가 가상하구먼. 네가 날 감당할 수 있다고 보냐?"

"깡패나 양아치를 상대로 사시미 칼 들고 전쟁을 벌이는 거라면 모르겠지만, 철저한 법리 다툼으로 승부를 한다면 나한테도 승산이 있지."

"태양로펌이 깡패, 양아치라고?"

잔을 들고 있는 기탁의 손이 파르르 떨렸다.

"강 변, 아무리 세상이 변해도 안 바뀌는 게 무엇인지 알아?"

"뭔데?"

"힘이 진실을 만든다는 것! 돈이 정의라는 것!"

"그러나 정의는 반드시 승리하게 돼 있어."

"뭘 모르네. 이기는 게 정의란 것을."

"참으로 망할 놈의 팩트네그려."

"역시 지상이는 재미있는 캐릭터야. 그러면 나도 슬슬 준비를 해야겠는걸. 마지막으로 충고 하나만 할까? 지렁이도 밟으면 꿈틀한다는 말이 있지. 우리는 밟힌 지렁이가 꿈틀거리지 못할 때까지 완전히 짓밟아. 그러니 꿈틀거리지 말고 죽은 듯 있어. 영원히."

"지렁이도 밟히면 아프고, 아프다 보면 꿈틀거리게 되지."

꿀꺽, 커피를 넘기는 지상의 목울대가 꿀렁거렸다. 기탁이 봉투를 내밀었다.

"요즘 사무실 임차료도 못 낸다며? 내가 동기의 정으로 두둑이 넣었다."

"이거 고마워서 눈물이 날 지경이네."

"만일 네가 이 재판에서 사임하면 내가 대표님께 잘 말씀드려 태양으로 복귀하도록 힘 써 볼게."

"지금 나에게 약을 치는 거냐? 거래를 하자는 거냐?"

"아니, 이길 수 없다면 이길 수 있는 편에 서라는 거야. 딱 까놓고 말하지. 원하는 액수를 불러 봐."

"너, 돈이면 다 된다고 생각하냐?"

"돈이 진심이니까."

"나는 돈보다 가족, 친구, 사랑…."

"너, 소설 쓰냐? 그것들은 돈 떨어지면 다 떠나는 거야. 큰 거로 한 장 줄 테니 이 재판에서 손 떼."

"네 눈에는 이 재판이 판돈이 오가는 도박판으로 보이겠지만 내 의뢰인에게는 돈으로 살 수 없는 인생이다. 하긴 돈밖에 모르는 놈한테 이런 말을 해봤자 소귀에 경 읽기겠지만."

"이 돌대가리 같은 자식아! 이런다고 너한테 한 푼이라도 이득 되는 게 있냐? 게다가 무료 변호라면서? 아주 네가 관 뚜껑을 열고 드러눕는구나!"

쿵, 지상의 머리가 기탁의 코를 들이박았다. 어느새 코피가 조금씩 흘러내렸다.

"나, 돌대가리인 거 이제 확실히 알겠지. 하여간 고맙다. 이 돈은 폭행죄로 벌금 나오면 낼게. 그리고 더 이상 양심의 전과자가 되지 마라."

손을 흔들며 나가는 그를 향해 기탁이 씩씩거리고는 휴대폰을 집어

들었다.

"대표님, 강 변을 포섭하는 데 실패했습니다."

"하기야 그놈은 상식적으로 말이 통하는 인간이 아니지. 대가리가 나쁜 건지, 최후의 발악을 하는 건지…."

"철저하게 준비해서 숨통을 끊어버리겠습니다."

전에 두 사람은 태양로펌에서 함께 근무한 적이 있었다. 먼저 와서 자리 잡은 기탁은 소송에서 승소율이 높아 승승장구를 하던 터였다. 그 후에 합류한 지상은 검사 출신이라 주로 형사소송을 취급했고 기탁은 상법 전문 변호사로 분야가 달라 직접 대면할 일은 별로 없었다. 가끔 회사에서 마주칠 때도 있었지만 과거의 악연으로 서로 무시하곤 했다. 그런데 이제 둘은 재판에서 칼과 방패가 되었다.

그날 저녁 지상은 사무실에서 소주를 들이켜고 있었다. 안주는 고작 새우 과자다. 탁자에 펼쳐진 신문 기사에 눈물이 젖어 번져 갔다.

'게임 벤처 회사로 촉망받던 젊은 사업가. 건물 옥상에서 투신자살. 도원 엔터테인먼트와 지적재산권 침해소송을 하던 토이넷의 대표는 억울하게 패소하였다며… 갑의 횡포를 죽음으로 고발한다는 유서를 남기고는….'

잘근 입술을 깨문 그가 결연한 목소리로 말했다.

"여기서 의뢰인의 진실을 밝히지 못한다면 괴물 집단의 살인은 끝없이 이어질 거야."

한정식 집에서 윤철은 백 회장에게 전화를 걸었다.

"형님, 강지상을 우리 쪽으로 끌어들이는 데 실패했습니다."

"법무팀장 자리를 제의했는데도?"

"제가 뭐라 그랬습니까? 그놈은 영웅 놀이에 미친 꼴통입니다. 검사 시절에도 자칭 정의파 검사라고 우쭐대다 왕따를 당했지요."

"그런데도 수사와 법리가 뛰어나 자네가 스카우트를 했었다며?"

"그 점은 인정하지만… 제가 전방위로 손을 써 놨으니 심려 놓으셔도 됩니다."

"나는 아우만 믿겠네. 하지만 이것은 명심하게나. 만약 이 일이 잘못되면 그동안 쌓아 온 우리의 우정은 깨지고 사업상 계약은 파기된다는 것을."

"네. 알겠습니다."

전화를 끊은 윤철의 얼굴이 구겨졌다.

'개자식! 역시 뼛속까지 장사꾼이라 밑지는 장사는 안 한다는 거네.'

기탁이 들어왔다.

"대표님, 일찍 오셨네요?"

"응, 오다보니. 곧 고석낙 검사가 올 거네."

"네?"

"뭘 놀라긴. 연수원 동기이니 잘 알 거 아닌가?"

"그렇긴 하지만…."

기탁의 표정은 못마땅하다.

"대표님, 제가 좀 늦은 것 같네요."

석낙이 문을 열고 들어서다 기탁과 눈이 마주쳤다. 순간 어색한 공기가 감돌았다.

"분위기가 왜 이래? 서로 모르는 사이도 아니면서. 이제부터 두 사람은 혈맹 관계인데 불편하면 안 되지. 자, 잔들 받아."

윤철은 그들이 사법연수원 시절부터 앙숙인 것을 잘 알고 있었지만 작업을 위해 서먹함을 깨야만 했다. 이어 은근히 경쟁을 부추겼다.

"내가 이렇게 쭉 살아보니까 말이야. 세상이란 게 내가 마음먹은 대로 그리 쉽게 흘러가진 않더라고. 그래서 인생에 기회가 왔을 때는 무조건 잡아야 하는 거야. 다만 그것도 준비된 자에게만 허락되는 걸세."

"일리 있는 말씀입니다."

두 사람은 동시에 맞장구를 쳤다.

"성호사설에 보면 피지상심(披枝傷心)이란 말이 있지. '곁가지…'."

윤철의 말을 기탁이 냉큼 가로챘다.

"'곁가지는 쳐내는 것이 아니라 애초에 키우지 말라'는 뜻이지요."

여기서 말하는 곁가지란 물론 강지상이다. 이에 질세라 석낙도 말을 보탰다.

"사건의 불필요한 확산을 막고 일을 깔끔하게 처리하라는 의미이기도 하고요."

"역시 머리가 좋은 사람들은 센스도 빨라. 더 이상 내 설명이 필요 없네 그려. 그런 마음가짐으로 한잔들 하지. 더욱 빛나는 미래를 위하여 건배!"

윤철은 상태 유죄 입증에 협조하라고 지시하고는 자리를 떴다.

"어이, 오 차석. 요즘 태양로펌에서 잘나간다던데 오늘 술 좀 사지?

전에 수석이었으면 뭐 하나. 자네도 알다시피 국민의 공복인 검사는 박봉이잖아."

석낙은 슬며시 과거를 내세우며 기를 죽였다.

"하기야 검사도 공무원이니까. 힘들면 태양으로 와. 내가 생활고는 책임질게. 당장은 말고."

기탁은 나중에 자신이 태양로펌의 대표가 될 것이라는 전제하에 말하고 있었다.

"무슨 의미야?"

"너, 조선 말 몰라? 돈이 권력을 굴복시키잖아."

"그렇다고 차석이 수석 되냐? 또 위치는 언제든지 바뀔 수 있는 거야."

"무슨 말이야?"

"차석은 몰라도 돼."

신경전이 팽팽했다. 언제든 석낙이 태양로펌의 파트너 변호사로 올 수 있다는 거래를 그는 모르고 있었다. 기탁은 주니어 변호사다.

그들은 각자의 꿍꿍이를 감추고 공동의 적인 지상을 안주 삼아 어느새 동지가 되었다.

"우리가 남이가!"

두 사람의 건배 구호가 2차 룸살롱까지 울려 퍼졌다.

기탁은 비밀리에 큼직한 사무실을 얻었다. 처음에는 태양로펌에서 할 계획이었으나 보안이 생명이라 장소를 바꿨다.

그는 검찰, 경찰, 국정원 등 막강한 정보 요원 출신으로 TF 팀을 꾸렸다. 그리고 배심원 예비 후보자들의 신상 파악에 돌입했다. 한편으론 다른 모종의 계략을 세웠다.

'성벽 밖에서 쏘는 화살보다 성 안에서의 분열이 더욱더 치명적인 법이지.'

6
스파이

지상과 연우, 상아는 사무실에서 회의를 하고 있었다. 이때 수진이 헐레벌떡 들어오며 소리쳤다.

"재판부가 형사 5부로 바뀌었어!"

"뭐라고?"

지상은 법원 조직도를 보며 중얼거렸다.

"5부 재판장은 심재평 판사인데…."

그는 어디론가 전화를 걸었다.

"응. 응… 그래, 고마워."

"무슨 일이야?"

"심 판사는 검사였다가 판사로 이적한 분이야."

"그거하고 무슨 상관이 있어?"

"문제는 태양로펌 대표인 윤철 변호사가 검사장이었을 때 같은 검찰청에서 부장검사로 근무한 적이 있었다는 거지."

"검사동일체 원칙의 상명하복? 이제 좀 이해가 되네."

'검사동일체의 원칙'이란 검사는 검찰권을 행사할 때, 검찰총장을 정점으로 상관의 명령에 복종하여 직무를 수행한다는 검찰청법이다. 반면 판사는 헌법과 법률에 의하여 그 양심에 따라 독립하여 심판하며 대법원장의 간섭을 받지 아니한다.

"강 선배, 그럼 어떡해?"

"이것은 법원의 고유 권한이야. 우리가 왈가불가할 사항이 아니라는 거지."

"판사 기피 신청을 하면 어떨까?"

"재판장이 피고인, 피해자와 전혀 연관이 없으므로 기피 사유가 안 돼."

"듣고 보니 명분이 없네."

"요점은 왜 돌연 변경했냐는 거야."

"혹시 배심원들을…."

연우의 의구심에 지상이 무릎을 탁 쳤다.

"따봉! 국민참여재판의 중심은 배심원이지. 일반인들은 법정의 엄숙한 분위기와 재판장의 권위에 상당히 위축되는 게 사실이야. 배심원들도 마찬가지고. 재판장 주도권으로 좌지우지하겠다는 속셈인 거 같아. 백도진에게 유리하도록 말이야."

"선배, 또 놀랄 게 있어."

"응?"

"이 사건의 수사검사가 공판까지 한다는 거야. 이거 드문 일 아니야? 갑자기 재판부가 바뀌고… 뭔가 시궁창 냄새가 나지 않아?"

"그렇긴 하지만 피고인과 치열하게 다투는 복잡한 사건의 경우는 수사검사가 공판도 할 수 있지. 잠깐, 그러면 고 검사가 공판까지 맡는단 말이야?"

"이제야 좀 흥분이 되나 보네. 왜? 수석하고 법정 공방을 하려니 쫄려?"

수진이 약을 올렸다. 사법 연수원 후배인 그녀는 두 사람의 관계를 잘 알고 있었다.

"시험 성적하고 법정 다툼은 다른 거야. 네 말대로라면 대통령도 시험으로 뽑아야 되겠네."

"하여간 내가 무슨 말을 못해요. 선배는 화장터에서도 입술만은 안 탈 거야."

수진의 말에 모두가 웃었다. 솔직히 지상은 두렵기도 했다. 연수원 시절 모의 법정에서 늘 그에게 패한 기억이 있어서다. 지상이 엄숙하게 말했다.

"앞으로 이 재판은 가시밭길이 될 겁니다. 마음들 단단히 먹어야 해요."

그때 문이 빠끔히 열리더니 누군가 고개를 내밀었다. 그는 지상과 눈빛이 마주치자 주뼛거리며 들어왔다.

"어, 문 수석? 네가 웬일이야?"

"혹시 도와드릴 게 있을까 해서요."

"그러면 나야 너무 고맙지."

세호는 실내를 둘러보고는 실망의 표정을 지었다.

"수석은 무슨. 돌 수석 주제에. 쟤는 뭐 하려고 여기에 끼워요?"

수진이 무시하는 투로 쐿소리를 냈다.

"왜? 제 발로 찾아와 준 고마운 사람한테."

"헤헤… 고맙긴요. 저야말로 예전에 큰 신세를 져서 언젠가 꼭 갚아야지 하고 있었는데요."

"신세라니? 무슨 얘기야?"

"아, 별거 아니야."

"별거 아니라니?"

손사래 치는 지상에게 수진은 따지듯이 물었다.

"부끄럽지만 제가 강 검사님 검사실에서 시보였을 때, 중요한 서류를 작성하다가 엄청 큰 실수를 했었거든요. 그때 강 검사님께서 잘 수습해 주셨어요. 그래서 그 고마움을 늘 잊지 않고 있었지요. 그러다 우연찮게 변호사님의 소송 소식을 듣고 뭐 도와드릴 게 없나 해서 왔어요."

"우연은 무슨. 서초동 바닥에 소문이 쫙 퍼졌는데."

수진이 끼어들었다.

"뭐?"

"모르고 계셨어요? 지금 법조계 최대 관심사에요. 개인 변호사 대 초대형 로펌의 싸움이라고요."

"또 정의의 미녀 변호사와 불법에 찌든 대형 로펌과의 박빙 승부라고도 회자되고 있지."

수진은 자기 자랑으로 나불거린 뒤 세호에게 물었다.

"그런데 왜 변호사 개업을 안 하고 있어? 너, 최연소 변호사 취득자 아니야? 21살 때 회계사 자격증도 땄다면서?"

연우와 상아는 감탄의 눈길로 그를 바라보았다.

"아직 많이 부족해서요. 더 공부해서 강 변호사님처럼 훌륭한 법조인이 되어야지요."

"그래그래. 너도 곧 나처럼 유능한 법조인이 될 수 있을 거야."

세호의 말에 지상은 우쭐댔다.

"여기는 내 후배고, 저분은 의뢰인의 동생이셔."

"최연우입니다. 대단한 분을 뵙게 되어 영광입니다."

"별말씀을요."

그는 연우와 악수하고 상아와도 목례를 주고받았다.

"형사소송법에 '범죄 사실의 인정은 합리적인 의심이 없는 정도의 증명에 이르러야 한다'라고 규정하고 있어. 그 말인즉, 의뢰인의 무죄를 밝히기 위해서 가능한 정황 증거보다는 직접 증거를 찾아야 유리하다는 말이지."

설명을 마친 지상이 외쳤다.

"변론 기일 전까지 함께 최선을 다하여 공판 준비를 합시다!"

"저기… 그런데 피는 어떻게 나눌 건가요?"

세호가 눈치 없이 말을 꺼냈다. 수진은 얼른 상아의 눈치를 보고는 소리 질렀다.

"야! 넌 지금 무고한 사람이 억울하게 죄를 뒤집어쓰게 생겼는데 피 얘기가 나오냐? 속물 같으니라고. 그리고 너, 순수하게 도와주러 온 거 아니었어?"

"아니, 그래도 우리가 엄연히 피 빨아 먹고 사는 직업인데…."

수진이 세호를 향해 레이저를 쐈다. 침울한 상아는 화장실에 다녀오겠다며 자리를 피했다.

"생각해 보니 그러네. 하 변, 피는 어쩔 거야? 설마 얘기도 안 꺼내본 건 아니겠지?"

"아, 아니에요."

수진은 머뭇거렸다. 상아가 들어오며 단호하게 말했다.

"수임료는 신경 쓰지 마세요. 무슨 수를 써서라도 제가 마련할 테니까요."

순간 실내 공기가 싸해졌다. 연우가 분위기를 깨려고 말을 돌렸다.

"그런데 아무리 생각해도 결정적 증거인 블랙박스가 사라진 것이 이상해요. 훼손되는 경우는 있지만…."

"차가 충돌할 때 그 충격으로 튕겨 나간 것이 아닐까요?"

"창문이 열려 있었다면 그럴 가능성도 있지."

"주변을 찾아보면 발견할 수도 있겠네요."

세호의 의견과 지상의 추론에 상아의 결론이 더해졌다.

"뭐 해? 빨리 찾으러 가야지."

수진이 급히 일어나며 재촉했다.

"어휴! 저 성질 하고는."

"선배님. 원래 하 변호사님은 다혈질이에요?"

"아니, 노처녀 히스테리야."

연우가 지상의 귀에 속닥이자 돌아온 대답이다.

"오늘은 늦었어. 지금 출발해도 거기 도착하면 밤이라 헛수고야. 내일 가는 걸로 하지. 자, 오늘 문 수석도 뭉쳤으니 단합의 의미로 다 함께 회식하기로 하지요."

지상은 사람들이 눈치 못 채게 수진에게 돈 꿔 달라는 시늉을 했다. 수진은 눈을 흘기며 슬쩍 신용카드를 건넸다.

식당에서 삼겹살이 구워지고 지상이 흥을 돋우었다. 상아의 얼굴은 여전히 어둡다.
식사를 끝낸 그들은 식당 앞에서 헤어졌다. 지상만 얼큰하게 취했다.
"오늘 수고했고, 내일도 고생합시다. 문 수석, 집이 어디야?"
"홍은동인데요."
"그래. 내 집은 아마도 불광동이지. 같이 타고 가다 먼저 내리면 되겠네. 문 수석. 택시 잡게나."
세호는 웬 떡이냐는 표정이다.
"요즘 많이 힘들지?"
"아니에요."
"네 마음, 내가 다 안다. 알아. 이 세상살이가 걱정을 해서 걱정이 없어지면 걱정이 없겠는데 말이지. 그런즉 걱정할 필요가 없단 말이야. 걱정은 임꺽정이나 하라고 해."
"아니라니까요!"
세호는 자존심이 상한 듯 신경질을 냈다.
"아, 미안, 미안. 그나저나 정말 고마워. 과거 일을 잊지 않고 도와준다며 이렇게 찾아와서."
"그거야 당연한 거잖아요."
"그게 쉬운 일이 아니야. 대부분의 사람들은 상처는 바위에 새기고 은혜는 모래에 새기거든."

"헤헤… 저는 달라요. 저 여기서 내릴게요."

그가 내리자 택시는 다시 출발했다. 지상은 고개를 저으며 중얼거렸다.

"폐인인 놈이, 왜 폐인을 찾아왔을까?"

이어 지상은 그와의 인연을 아스라이 떠올렸다.

검찰청 복도를 지나는 검사들이 수군거렸다.

"야, 왜 있잖아? 최연소 사시 수석."

"강지상 검사실에 시보로 왔다며? 어때?"

"말도 마. 이놈이 사회생활을 몰라도 한참 몰라요."

"원래 머리만 좋은 놈들이 그렇잖아."

"이번에 들어온 기수들 전체적으로 좋다던데. 걔는 자기 잘난 맛에 사는 놈이야. 일일이 하나하나 지적해야 하니 원."

부장 검사가 세호를 야단쳤다.

"여기는 조직이에요. 어차피 시보니까 그냥 때우면 된다는 거야? 이건 뭐, 순전히 자기만 잘났어. 저번에도 엄청 개겼다고 하던데. 그렇게 잘나셨으면 혼자 검·판사 다 하세요!"

지상이 가만히 문을 열고 들어와 풀죽은 그의 곁에 섰다.

"부장님. 제가 잘못 가르쳐서 그런 겁니다. 죄송합니다."

"아니, 뭐. 강 검사가 그렇게까지 이야기를 하면… 차나 한잔하고 가지."

"곧 처리할 사건이 있어서요. 끝내고 오겠습니다."

지상은 슬쩍 세호의 옷자락을 잡아 문으로 끌며 직원들을 향해 손을 흔들었다.

지상과 세호는 휴게실로 갔다. 지상은 자판기 커피를 뽑아 건넸다.

"문 시보, 힘들지?"

"아, 아닙니다."

"그래, 뭐. 아직 젊은데. 욕먹어 가면서 배우는 거지. 듣자 하니 사시 수석이라면서? 대단한데!"

"헤헤… 감사합니다."

"앞으로 문 수석이라 부를게. 어려운 거 있으면 언제든지 물어보고."

"정말 고맙습니다. 강 검사님."

다정하게 걸어가는 두 사람을 향해 직원들은 비아냥거렸다.

"저거 봐라. 또 강 검사 뒤로 숨는다."

"야, 관둬라. 혼자 잘나신 분인데."

"문세호, 저 녀석은 강 검사 덕분에 버티는 거지. 강 검사가 커버 안 해줬으면 어떻게 될 뻔했어."

"역시 인간은 고생도 해 봐야 사람이 되는 거야."

다음 날 그들은 블랙박스를 찾기 위해 속초 신풍리로 향했다. 먼저 상태가 운전 교대를 했다는 지점에 도착했다. 주변은 온통 밭이고 중앙 분리대도 설치되지 않은 4차선 도로였다. 아쉽게도 CCTV는 없었다. 세 사람이 앞서 가고 상아와 수진은 대화를 하며 뒤따랐다.

"강 변호사님은 어떤 분이세요? 전에 검사였다고 들었는데…."

"그랬지요. 사법 시험 꼴찌가 검사 된 특이한 스펙의 소유자이기도 해요. 뭐, 본인 말로는 답안지가 밀렸다는데 모르지요. 사시가 수능도 아닌데 말이에요. 그럼에도 연수원 시절에 치고 올라가서 검사가 되었으니 할 말은 없어요. 또 맡은 사건은 이빨이 몽땅 뽑힐 때까지 놓지 않는다고 미친개라고 불렸어요."

"변호사도 현장 검증을 하나요?"

"물론이죠. 부티크 로펌 같은 경우에는 각 분야마다 전문가 수준의 지식까지 갖추고 있어야 하지요."

"그럼, 강 변호사님도 교통사고 전문가인가요?"

"저 인간이요? 아니요. 그냥 닥치는 대로 하는 잡변호사죠. 검사 시절에 교통사고 사건을 조사한 경험이 있어 어깨너머로 배운 건 좀 있나 보더라고요."

수진의 폄하에 그녀는 빙그레 웃었다.

지상이 정면으로 멀리 보이는 교통 표지판을 가리키며 말했다.

"여기가 의뢰인이, 백도진과 운전을 교대한 지점이라고 말한 장소입니다. 교대하면서 보았다는 표지판이 저기 있고요. 본 것이 분명하니 저 표지판을 기억하는 것 아닐까요?"

"그건 아닐 수도 있죠. 우리도 운전하다가 교통 표지판을 수없이 보니까 그중에 하나로 착각할 수도 있지요."

"맞아. 또 그것은 본인의 진술에 불과하고."

세호의 말에 수진이 맞장구를 쳤다. 상아가 왔던 길을 손으로 지석했다.

"금방 지나쳐 왔지만 만취한 사람이 저렇게 경사지고 굽은 길을 지나 여기까지 운전해 올 수 있나요? 연우 오빠는 어떻게 생각하세요?"

"나도 그 생각을 하던 중이야. 그것도 세어 보니 무려 스무 군데가 넘던데. 아무래도 불가능할 것 같아."

"두 사람 무슨 엑스파일에 나오는 멀더와 스컬리 같은데? 아주 궁합이 척척이야!"

지상의 놀림에 상아의 볼이 빨갛게 달아올랐다.

"일단 사고 현장으로 가 봅시다."

차는 불과 몇 분 만에 사고 현장에 도착했다. 쭉 뻗은 4차선으로 주변 환경은 교대 지점과 비슷했다. 도로에는 사고 흔적을 표시한 페인팅 자국이 희미하게 보였다. 움푹 패인 가로수 줄기가 당시의 충격을 나타냈다.

그들은 일대를 열심히 살피기 시작했다. 지상이 의미심장한 투로 말했다.

"하 변, 의뢰인이 사고를 낸 지점은 이 국도의 마지막이야. 과연 혈중알코올 농도 0.22%라는 수치로 어떻게 여기까지 올 수 있었을까? 아무리 생각해도 불가사의야."

"하지만 경찰은 사고 당시 의뢰인이 몸을 못 가눌 정도로 만취했었다고 하잖아요."

"그것도 미심쩍어. 구급대원이 왔을 때 의뢰인은 머리에 피를 흘리며 운전석에 고개를 처박고 있었다고 했지. 머리 부상으로 몸을 가누기 힘들었던 건 아니었을까?"

"그럴 수도 있겠죠."

"뭐, 발견한 거 있어?"

지상이 세 사람에게 소리치자 그들은 고개를 저었다. 이때 부근을 지나던 동네 사람 몇이 연우에게 다가왔다.

"뭘 그렇게 찾아요?"

연우는 별거 아니라는 듯 씩 웃었다.

"아침에도 서울 사람들이 이 근방에서 뭔가 찾느라 야단법석을 떨던데 무슨 일이 있나?"

"혹시 우리 마을에 운석이라도 떨어진 건가? 그거 값이 꽤 나간다고 하던데."

순간 연우는 주민들의 대화가 행여나 사건에 도움이 될까 하여 잽싸게 휴대폰 녹음 버튼을 눌렀다.

"그래서 그 사람들은 뭘 찾았나요?"

"찾긴 뭘. 허탕만 치고 돌아갔지."

'빵! 빵! 빵!'

그들 앞으로 외제 스포츠카가 멈추면서 클랙슨이 울렸다. 운전자는 두식이었다. 그가 주민들에게 자랑하려고 경적을 울린 것이다. 두식은 창문을 내리며 누군가에게 소리쳤다.

"형님, 저녁 때 읍내로 와요. 화끈하게 양주를 쏠게요."

조수석에 앉은 다방 아가씨가 그에게 교태를 부렸다. 차는 굉음을 내며 사라졌다.

"두식이 자식 말이야. 땡전 한 푼 없어 빌빌거리던 망나니가 요즘 사방팔방 돈을 뿌리고 다닌다며?"

"자기 말로는 로또를 맞았다고 하는데 신용 불량인 놈이 그거 살 돈이

나 있었나?"

"며칠 전에는 술집에서 팁으로 100만 원이나 줬다나 봐."

그중 한 아주머니가 혀를 찼다.

"요새 우리 마을에서 두식이 놈이 제일 바쁘다며?"

"무슨 말이야?"

"경마장에, 노름방에… 정신이 없다나 봐."

"그래서 사람 팔자는 모르는 거야. 나도 두식이한테 잘 보여서 떨어지는 콩고물이나 얻어먹어야겠네."

주민들은 수군대며 멀어져 갔다.

당시 연우는 그들의 대화를 대수롭지 않게 흘려버렸다. 그때 그의 시야에 무언가가 보였다.

"바로 저거야!"

연우의 외침에 네 사람은 그가 손짓하는 방향으로 시선을 돌렸다. 그것은 교통 정보 수집 카메라인 CCTV였다.

"안타깝게도 CCTV가 사고 지점 뒤에 있어서 충돌 영상은 확보를 못 했지만, 사고 직전에 운전한 사람은 알 수 있잖아요."

"정말 그러네요. 저 CCTV를 보면 누가 운전했는지 드러나니까요."

연우의 말에 상아의 음성이 밝아졌다. 모두의 얼굴이 희망으로 바뀌었으나 세호만은 무표정했다.

"빨리 재판부에 증거 보전 신청을 해야지. 증거 목록에도 추가하고."

"우리가 먼저 확인하고 해도 늦지 않아. 저 CCTV가 재판을 하루 더 연기시킬 수도 있어."

"무슨 말이야?"

지상이 수진의 귀에 속삭였다.

"백도진이 부상을 핑계로 재판에 안 나올 수도 있잖아. 그때 저 CCTV가 비장의 무기가 되어 줄 거야."

영문을 모르는 그녀는 생뚱한 표정을 지었다.

그들은 비록 블랙박스는 회수하지 못했지만 결정적 증거가 될 CCTV를 확보하였다는 기쁨을 안고 서울로 출발했다.

운전대를 잡은 연우가 국도 변의 큼직한 중국집을 힐끗 보았다. 옛 추억이 새록 떠올랐다.

"저 중국집을 보니 선배님께서 우리 후배들에게 사 주셨던 음식이 생각나네요."

"짠돌이인 강 선배가 말인가요? 난 지금까지 짜장면 한 그릇도 얻어먹은 적이 없는데."

"그럴 리가요? 선배님이 동아리 체육대회에 오실 때마다 중국집이 불난 호떡집 같았어요."

"왜요?"

"선배님이 풀코스로 주문했으니까요. 중국집 배달 오토바이 소리로 운동장이 울렸을 정도였어요. 어디 그뿐인 줄 아세요?"

"또 있어요? 강 선배, 진짜에요?"

"2부도 읊어 봐."

지상이 어깨를 으쓱했다.

"뒤풀이 술집에서도 항상 선배님이 쐈어요. 덕분에 저희들은 다음 날까지 혼수 상태였지만요. 체육대회 때마다 선배님은 우리들의 히어로, 한마디로 영원한 봉이었지요."

연우가 엄지손가락을 치켜세웠다.

차는 국도를 벗어나 도심으로 진입했다. 어느 대학 정문에 걸려 있는 현수막이 연우의 시야에 들어왔다. 어느새 그는 옛날 체육대회의 추억으로 빠져들고 있었다.

대학교 운동장에 '천문 관측 동아리 드림스타 체육대회. 2008. 6. 2'라는 현수막이 걸려 있다. 수십 명의 학생들이 팀을 나누어 농구 시합을 하고 있었다. 연우의 패스를 받은 지상이 슛하고 골인이 되자 서로 하이파이브를 했다.

이때 중국집 오토바이들이 들어와 철가방에서 연신 음식들을 펼쳐 놓았다. 후배들은 지상에게 인사하고는 맛있게 먹기 시작했다. 땀에 젖은 연우에게 지상이 수건을 건넸다. 두 사람은 즐겁게 이야기를 나누며 식사했다. 주변에서 친구들의 음성이 들려왔다.

"저 선배님. 서울중앙지검 검사라면서?"

"기수 중에서 제일 잘나간다며?"

"정의의 검사로 소문이 자자하데."

"그뿐인 줄 아냐? 영수 있지? 어떻게 그 친구의 어려운 사정을 알고 등록금도 내줬대."

"나도 들었어. 우리는 검사에다 인간성까지 좋은 선배님을 두었으니

이 동아리에 가입하길 잘했어."

"그래!"

"맞아!"

이구동성으로 지상을 칭찬하기에 바빴다.

다시 축구 시합이 시작됐다. 지상의 패스를 받은 연우가 슈팅을 하자 골인이 되었다. 그들은 얼싸안고 기뻐했다.

몇 년이 흘렀다. 운동장에 전과 같은 현수막이 걸렸다. 그러나 지상의 모습은 그 어디에도 보이지 않았다. 농구하는 연우의 등 뒤로 친구들의 대화가 들렸다.

"강지상 선배님. 검사 그만두었다며?"

"최고 로펌으로 스카우트 되었다가 거기에서도 잘렸다나 봐."

"진짜 멋진 선배였는데 아깝네."

"그러면 이제 누가 우리에게 밥이랑 술을 사주냐."

7
개천의 용

수진과 세호는 꾸벅꾸벅 졸고 상아는 침울한 표정으로 창밖을 바라보고 있었다.

지상이 운전하는 연우의 허리를 툭 쳤다. 이어 '학교'라는 입 모양을 짓더니 손으로 술을 털어 넣는 흉내를 냈다. 연우가 고개를 끄덕였다. 사람들이 하나둘 내리고 차는 모교를 향해 달렸다.

대부분 종강을 했는지 교정은 한산했다. 텅 빈 운동장 스탠드에 앉은 두 사람은 쓸쓸해 보였다. 저 멀리서 서너 명의 학생이 농구를 하고 있었다.

"연우야, 너와 나는 전생에 부부였나 봐."

"네?"

"우리는 시합할 때마다 한편이었잖아."

"생각해 보니 그러네요. 짠 것도 아니었는데요. 그런데 선배님이 우리 동아리를 처음 만드셨다면서요? 드림스타라는 이름도 지으셨고요. 그 이름에 무슨 의미가 있나요? 저는 그게 늘 궁금했었거든요."

"드림스타… 별의 꿈이라… 나는 시골 출신이야. 그것도 깡촌이지. 학교도 먼 읍내로 다녔고 집에 오면 친구도 없었어. 다행히 밤하늘에 가득한 별들이 내 말벗이 되어 주었지. 나름대로 별을 보며 꿈을 키우고… 그래서 그런 이름을 지었는지 몰라."

"저, 선배님. 하나만 물어봐도…."

"뭔데?"

"잘나가던 검사직을 그만두신 이유라도…."

"나는 빈농의 아들로 어렵게 자랐어. 무지한 아버지는 밭떼기 하나 없어 소작을 했고, 엄마는 이웃의 품삯으로 생계를 이어갔지. 그러나 꿈이 있었기에 모든 걸 참았어."

"그 꿈이 뭐였는데요?"

"금메달."

"네?"

"나는 태권도를 좋아했어. 초등학생 때부터 수업을 마치면 읍내에 있는 태권도장에서 살다시피 했지. 누구보다 많은 땀을 흘렸어. 내 꿈은 올림픽에 나가서 금메달을 따는 거였지. 거기서 받은 연금으로 고생하시는 부모님께 효도하고 싶었어."

"그런데요?"

"가난이 발목을 잡았지."

어느덧 지상은 비참했던 학생 시절로 돌아가 있었다.

체육관 입구에 '춘천 시장기 태권도 고등부 대회'란 현수막이 휘날렸다. 실내는 각자의 학교를 응원하는 소리로 메워졌다. 춘성 고교가 새겨진 도복을 입은 지상이 상대 선수와 인사를 했다. 곧 대련이 시작되었다. 서로 몇 번의 몸동작이 오가더니 지상의 뒷발차기에 상대 선수가 쓰러졌다. 심판은 껑충껑충 뛰는 그의 팔을 높이 쳐들었다.

지상은 연이은 시합에서 승리했다. 패한 선수들 중에는 같은 학교 상구도 있었다. 금메달을 목에 걸고 시상대에 오른 그의 얼굴은 세계를 다 제패한 듯했다.

"지상아, 코치님이 불러."

태권도실에서 땀범벅이 되도록 훈련 중인 지상에게 친구가 소리쳤다. 그는 등나무 벤치에 앉아 있는 코치에게로 달려갔다.

"지상아, 지금부터 내가 하는 말 오해하지 말고 들어라."

"뭔데요?"

"이번에 열리는 전국체전 강원도 예선대회 있잖니. 상구가 우리 학교 대표로 출전하게 됐단다."

"네? 그게 무슨 말씀이에요?"

코치는 한숨을 내쉬었다.

"학교에서 결정한 사항이니 따르도록 해라. 너에게는 진짜 미안하구나."

"상구는 저를 한 번도 이긴 적이 없어요. 코치님도 잘 아시잖아요. 그런데 상구가 학교 대표로 나간다는 게 말이 안 되잖아요."

"그거야 나도 알지만… 교장 선생님이 그렇게 결정하셔서 어쩔 수가…"

"그럴 순 없어요! 교장 선생님을 찾아뵙고 말씀을 드리겠어요."

"그래도 소용없을 거야."

"아니에요. 이건 아니란 말이에요!"

지상은 뒤돌아서 교장실로 뛰었다. 노크와 동시에 문을 벌컥 열고 들어섰다. 교장이 깜짝 놀라며 괘씸한 표정을 지었다.

"뭔가? 지상 학생은 예의가 없구먼."

"교장 선생님 죄송합니다."

"찾아온 용건은?"

"이번 전국체전 강원도 예선대회에 우리 학교 대표로 김상구가 출전한다고 코치님께 들었습니다."

"그런데? 뭐가 잘못됐나?"

"교장 선생님도 아시다시피 저는 상구와의 시합에서 단 한 번도 진 적이 없습니다. 모두 이겼습니다. 당연히 승자인 제가 출전하는 것이 원칙 아닙니까?"

"이미 이사회와 교무회의에서 결정 난 거야. 학생이라면 선생님들이 의결한 일을 공손히 받들어야지. 토를 달면 쓰나. 그렇게 알고 돌아가게."

"상구가 이 학교 이사장님의 아들이라서 그런 겁니까?"

"무슨 말을 그렇게 하나?"

"제 말이 틀렸습니까?"

"어, 어. 이 학생이…?"

지상이 대들자, 교장은 찔리는지 얼버무렸다. 결국 그는 무릎을 꿇고 사정하기 시작했다.

"다시 검토해 주세요. 제발 부탁드립니다. 교장 선생님."

"벌써 통과되었고 다 끝난 일이네."

교장의 냉정한 말투가 차갑게 떨어졌다.

"지상 학생은 내년에 나가면 되잖아."

"저, 내년이면 졸업입니다."

"그, 그런가?"

"저는 내일도 중요하지만 오늘이 더 소중하다고 생각합니다."

지상은 교장실을 나가며 문을 꽝 닫았다.

"저, 저, 예의 하고는! 이래서 가정교육이 필요한 거야!"

교장의 목소리가 밖까지 울렸다.

교실로 가던 지상은 복도에서 상구와 마주쳤다. 울분에 타오르는 눈빛으로 상구를 째렸으나 그는 비웃으며 지나쳤다. 지상이 할 수 있는 행동은 고작 그것이 다였다.

교문을 나서는 그의 축 처진 어깨 위로 세찬 비가 내렸다. 얼굴에는 눈물과 빗물이 섞여 흐르고, 귓가에 코치의 음성이 들렸다.

"우리 학교가 사립이라 이사장님의 힘이 절대적이잖아. 몇몇 선생님이 반대했는데 이사장님이 자리까지 운운하면서… 나도 처자식이 있어 어쩔 수 없었단다. 지상아, 정말 미안하다."

불끈 쥔 지상의 주먹에 돋은 퍼런 힘줄이 섬뜩했다.

집에 온 그는 비에 흠뻑 젖은 책가방을 툇마루에 툭 던졌다. 아버지는 나갈 채비를 하고, 엄마는 이미 알고 있는지 지상의 눈치를 살폈다.

"나 논에 간다."

"다녀오세요."

자식에게는 관심도 없는 무뚝뚝한 말투의 아버지다. 그는 등에다 인사치레를 하고는 엄마에게 화풀이를 돌렸다.

"우리 집은 왜 이렇게 가난한 거야. 아버지는 내가 시합에 못 나가는 것을 아시는 거야 모르시는 거야!"

"아셔…"

"엄마, 내가 상구를 죽을 만큼 패면 아버지가 소작하는 땅을 조합장인 상구 아버지가 빼앗겠지. 그치? 상구네 땅이니까."

엄마는 말이 없다.

"그러면 나는 아무것도 할 수가 없네."

지상은 힘없이 일어나 터벅터벅 대문을 나섰다. 그런 지상의 뒷모습을 보며 엄마는 주르륵 눈물을 흘렸.

둑방에 두 사람이 앉아 있었다. 지상과 그의 친구 철구다.

"철구야. 나는 선발전도 올림픽도 나갈 수가 없어. 왠지 알아? 우리 집은 돈도 없고 백도 없고 쥐뿔도 없거든. 그런데 있지, 나는 죽어도 이런 일을 두 번은 겪지 않을 거야."

그가 철구에게 소리쳤다.

"야, 우리나라에서 대통령 이런 거 말고 제일 힘 있는 사람이 누구냐?"

"어? 그, 그러니까… 어른들 말로는 판·검사가 가장 세다고 하더라."

"그래? 두고 봐라. 난 이제부터 내 꿈을 짓밟은 사람들보다 더 힘 센 사람이 될 거다."

질끈 깨문 입술이 터져 피가 철철 흘렀다.

다음 날 밤 야산에 모닥불이 피어올랐다. 지상은 자신의 이름이 선명하게 새겨진 검은 띠와 도복을 미련 없이 불 위로 던졌다. 그리고 타는 옷을 바라보며 중얼거렸다.

"난 결코 이 일을 잊지 않을 거야. 난 절대 아버지처럼 살지 않을 거야. 난 기필코 이 가난의 대물림을 끊을 거야. 별아, 너에게 약속할게."

지상의 핏대 소리와 친구들의 음성이 뒤섞여 둑방에 메아리쳤다.

"지상이 학교를 자퇴했다며?"

"그랬다나 봐. 검정고시를 본다고 하던데."

"운동만 하던 지상이한테는 쉬운 게 아닐걸."

"내가 지상이와 초등학교, 중학교 동창이잖아. 걔 그때 공부 잘했어."

"하긴 운동하면서 중위권을 유지한 건 지상이뿐이지."

"맞아. 운동하는 만큼 공부한다면 충분할 거야. 그놈 악바리잖아."

가방을 멘 지상이 검정고시 학원 정문을 통과했다. 수업 시작 전에 분필과 지우개를 칠판 받침대에 올려놓고, 강사의 수업이 끝나면 칠판을 지웠다. 지우개를 복도로 가지고 나가 분필 가루를 마시며 부지런히 털었다. 수강료를 면제받기 위해 근로 장학생을 하고 있는 것이다.

지상이 독서실로 들어갔다. 비좁은 사무실 책상 벽면에 '사시 합격까지 나의 하루하루는 죽었다'는 문구가 붙었다. 한 학생이 창문을 두드렸다. 지상은 돈을 받고 영수증을 끊어주었다. 숙식을 해결하기 위해 독서실 총무로 일하는 것이다.

　책갈피에 코피가 떨어졌다. 얼른 화장실로 가서 닦고 돌아오는데, 사무실 앞에 누군가가 서 있다. 고향에서 올라온 엄마다. 양손에 들려 있는 보따리가 유난히 무거워 보였다.

　두 사람은 부근의 놀이터로 갔다.

　"엄마, 그동안 잘 지내셨어요?"

　"이놈의 자식! 살았는지 죽었는지 연락은 해야 할 거 아니야. 아버지가 얼마나 걱정하시는지 알기는 해? 너 이래서 판·검사가 되면 뭐 하려고!"

　"판·검사가 되면 뭐 하냐고? 그럼 나도 아버지처럼 만날 남들한테 굽실거리며 살아야 하나?"

　"지금 그 얘기가 왜 나와! 3차 발표까지 시간이 남았으니 집에 좀 내려오도록 해."

　"안 간다."

　엄마의 야단에도 그의 대답은 확고했다.

　"뭐라고?"

　"내가 거길 왜 가는데?"

　"이놈 자식! 말하는 버르장머리 보소."

　"내가 그때 전화로 한 말 못 들었나? 나 합격통지서 받기 전에는 절대 고향에 안 내려간다."

　"아이고, 이놈아. 엄마 아버지가 너 그렇게 가르쳤냐?"

　"엄마는 아직도 모르겠나? 그렇게 당하고 그렇게 서럽게 살아 놓고. 힘이 없으면 죽는 거야!"

그는 손바닥으로 벤치를 꽝 쳤다.

"그래, 나는 무식해서 잘 모르겠다. 아무리 그래도… 사람 도리는 지키고 살아야 하는 거다. 요즘 아버지 몸이 많이 안 좋으시다."

엄마는 훌쩍이며 놀이터 입구로 걸어갔다. 그는 어금니를 꽉 깨물었다.

"평생 짓밟히고 사는데… 사람의 도리는 무슨."

지상은 사무실에서 냄비에 끓인 라면을 먹고 있었다.

"강 총무!"

누군가 요란스럽게 부르며 문을 열었다. 그는 놀라서 라면이 목에 걸릴 뻔했다. 인상이 후더분한 주인아저씨다.

"사법고시 합격한 거 축하해. 강 총무 아니 이제는 영감님이라고 불러야겠네. 영감님!"

"뭘요. 이제부터 시작인데요."

아저씨는 합격자 발표가 실린 신문을 건네며 아첨을 했다.

'마침내 해냈다! 드디어 신분 상승의 사다리를 움켜쥐었어. 나는 이 사다리로 내 삶을 송두리째 바꿀 거야.' 가슴이 벅차 울 것만 같았다. 그러나 '인생지사(人生之事) 새옹지마(塞翁之馬)'라고 했던가! 이때 휴대폰이 울리더니 여동생의 흐느낌이 들려왔다.

"오빠, 아버지가 돌아가셨어."

청천벽력의 비보였다.

'어찌 신은 이렇게 시샘을 할 수 있단 말인가! 한평생을 소작농으로 종처럼 사신 분께 이제야 사람답게 살 기회가 왔는데… 그것조차 허락

지 않는단 말인가!'

아버지의 장례일에는 매서운 칼바람이 몰아쳤다. 그럼에도 어떻게 소문을 들었는지 군수와 면장 등이 조문을 왔다. 심지어 고등학교 이사장과 교장까지 면상을 내비쳤다. 평소 왕래가 없던 친지들까지 와주어 문상객들로 북적였다.

'정승 집 개가 죽으면 문전성시를 이루지만 정작 정승이 죽으면 개 한 마리 얼씬거리지 않는다.'

지상은 이 속담을 읊으며 씁쓸한 기분이 들었다.

8
동병상련

운동장에 서서히 땅거미가 지고 있었다.
"연우야, 우리 농구 한 판 할래? 오늘은 같은 편 아니고 적이다."
"좋아요. 그런데 타이틀이 뭐지요?"
"짜장면."
"에이. 코스 요리라면 몰라도."
지상은 가진 것이 없다는 듯 주머니를 탈탈 털어 보이며 설레발을 쳤다.
"좋다! 곱빼기로. 콜?"
"콜! 그런데 선배님. 이 시간에 배달이 될까요?"
"주인장이 안 바뀌었으면 내 이름을 대면 올 거야."
곧 경기가 펼쳐졌다. 얼마 후 연우는 지친 듯 털썩 주저앉았다.
"제가 졌습니다."
"일부러 져주기도 힘들지?"
그때 멀리서 오토바이 소리가 들리더니 "짜장면 시키신 분?" 하고 외쳤다. 이어 배달원은 씰죽거렸다.

"달밤에 체조하는 것도 아니고… 그릇은 언제 찾아가라고."

서로 계산하겠다고 옥신각신하는 그들을 보며 배달원이 한심한 듯 말했다.

"가지가지 한다. 얼마나 된다고. 사장님이 VIP 고객이라고 하던데 내가 보기에는 완전 진상이구만."

결국 연우의 돈으로 계산은 일단락되었다.

"이것으로 상태의 수임료는 끝난 겁니다."

"뭐? 그렇게 깊은 뜻이?"

지상은 뒤통수를 맞은 듯 머리를 감쌌다.

"선배님, 과연 우리가 이 재판에서 이길 수 있을까요?"

"장담은 못하지. 재판에 100%는 없으니까."

"저희는 억울한 사람 편에 있는 거 맞죠? 정의의 편에 서 있는 거죠?"

"물론이지. 어디 한번 이 재판을 끝까지 지켜보자고. 정의란 놈이 누구 편으로 갈지."

널찍한 포장마차 구석진 자리로 두 사람이 앉았다. 조금씩 떨어지던 빗방울이 거세게 천막을 두드렸다. "1차는 네가 냈으니까 여기 2차는 내가 쏜다. 왕창 시켜."

지상이 큰소리를 쳤다. 둘은 잔을 부딪치고 단번에 술잔을 비웠다.

"역시 커피는 자판기 커피가, 술은 포장마차가 최고야. 안주는 저 낙수 소리면 충분하지. 취업 준비는 잘 되고?"

"그렇지요."

"네가 입사할 회사가 도원그룹이라 그랬지? 우리는 이상하게도 도원과 인연이 깊네. 비록 나와는 악연이었지만. 애인은 있고?"

"네. 캠퍼스 커플이었어요."

그는 대학교 시절을 회상하기 시작했다.

연우의 책상에서 도희가 공부하고 있었다. 빈자리가 없을 정도로 도서관은 만원이었다. 연우는 그녀에게 좌석을 양보하기로 하고 소지품을 챙겨 밖으로 나갔다. 교정 벤치에서 책을 보는 그에게 도희가 다가가 커피를 건넸다.

"아까 그쪽의 기사도 정신이 맘에 들었어요. 우리 오늘부터 1일 할래요?"

연우는 그녀의 당돌함에 매력을 느꼈다. 외모도 멋졌다. 친구들은 두 사람을 선남선녀라며 부러워했다.

이때까지만 하더라도 도희 부친을 단지 도원그룹 임원으로 알고 있었다. 연우는 입사하면 결혼할 생각이었다. 서로 무언의 약속이 이루어졌다.

어느 날 연우는 원룸을 뛰쳐나왔다. 입구에 깜찍한 외제 승용차가 주차되어 있었다. 그가 조수석에 앉자, 운전석의 도희가 출발했다.

"어디 가는데?"

"드라이브. 자기가 열심히 공부하는데 이 정도 서비스는 기본이지."

"새벽부터 책을 봤더니 답답했는데… 땡큐."

"그러게 아빠 백을 이용했으면 작년에 붙고도 남았잖아."

"걱정하지 마. 이번에 당당히 장원 급제로 입성할 테니까."

"하여간 연우 씨의 왕고집은 내가 못 당한다니까."

"달려라 도희야! 지구를 구하러!"

그의 오버에 도희는 힘차게 액셀을 밟았다.

"뭘 그렇게 생각해?"

지상이 아름다운 추억에 빠져 있던 그를 깨웠다.

"아, 그러고 보니 연우의 질문에 아직 답을 안 했네. 왜 검사직을 떠났냐고. 나, 검사 그만둔 거 아주 많이 후회해. 무시당하며 자라서 과거의 보상 심리로 이 악물고 앞만 보고 달렸지."

지상은 지갑에서 작은 메모지를 꺼냈다.

"이 종이쪽지에 적은 글을 하루에 한번 씹어 삼키며 죽어라 공부만 했어. 그 문구가 뭔지 알아?"

"무엇인데요?"

그는 메모지를 펼쳤다.

'사시 합격까지 나의 하루하루는 죽었다.'

순간 연우의 눈이 동그래졌다.

"왜 그렇게 놀라?"

"제가 도원 입사를 준비하면서 쓴 문구와 똑같아서요. 선배님과 저는 텔레파시가 통하나 봐요. 다만 다른 점이 있다면 저는 먹지는 않았다는 거지요. 헤헤헤…."

"처음에는 좀 그렇지만 계속 씹다 보면 종이향도 음미하고 괜찮아."

"그러면 제가 전화번호부 책을 선물해 드릴게요."

"뭐? 하하하."

"저…. 선배님, 궁금한 게 있는데… 그렇게 고생해서 오른 자리를… 무슨 이유라도?"

지상은 즉답 대신 담배를 꺼내 물었다. 연우는 그가 담배 피우는 모습을 처음 보았다. 지상은 연기를 뱉으며 긴 한숨을 내쉬었다.

"가난이 또 발목을 잡았지."

"네?"

"너는 검사의 초봉이 얼마라고 생각해?"

"잘은 모르지만… 그래도 검사인데 꽤 되지 않을까요?"

"검사는 특정직 공무원으로 3급 부이사관 대우를 받지. 보통 300만 원이 안 되지만 여기에 수당이 더해지면 400만 원 정도야. 대졸자 대기업의 초봉이 월 평균 340만 원이니 결코 작은 금액은 아니야. 특히 나에게는 엄청 큰돈이었지."

"더욱이 권력도 명예도 있는데, 왜 사직했어요?"

"사시를 합격하자마자 그나마 우리 집의 기둥이셨던 아버지가 돌아가셨어. 나는 동생이 3명으로 장남이야. 그때부터 집의 생활비와 동생들을 책임져야 했어. 검사로 임용되고 다음 해에 평범한 가정의 여성과 결혼을 했지. 아내는 참으로 심성이 고운 여자였어. 그런데 이 모든 짐을 도저히 감당할 수가 없는 거야. 비로소 나는 깨달았지. 검사 봉급으로는 동생들 뒷바라지는커녕 집안을 일으키기도 어렵다는 것을. 설상가상으로 아내가 딸을 낳고는 췌장암 판정을 받았어. 한 번에 수천만 원 들어가는 몇 번의 수술비와 항암 치료로 급기야 빚이 눈덩이로 불어나는 거야. 하물며 검사인데 어디 가서 하소연도 못하겠더군. 그때 어떻게 내 처지를 알았는지 태양로펌에서 억대의 연봉을 제시하며 스카우트 제의가 들어왔어. 내가 수사를 잘해 기소율이 높은 것으로 정평이 났었거든."

지상은 자화자찬에 겸연쩍어하고는 말을 이었다.

"고민을 거듭했지. 하지만 나한테는 미래보다 현실이 중요했어."

"미래라니요?"

"나는 청렴결백한 검사로서 검찰 고위직까지 오르는 게 목표였어. 학창 시절 올림픽 금메달인 내 꿈이 이사장 압력으로 좌절된 아픔을 맛보았지. 그래서 정의를 파괴하려는 자들을 응징하고 후배들의 방패막이가 되어 주고 싶었어. 그런데 그 자리가 일만 열심히 해서는 안 되더라고."

"왜요?"

"막상 근무해 보니 검찰 조직이란 곳이 정치판 뺨칠 정도로 학연, 지연 등의 연결고리가 단단한 거야. 나같이 명문대 출신도 아니고 인맥도 없는 6두품은 성골, 진골 속에서 도약하기란 낙타가 바늘구멍을 통과하기보다 더 어렵더라고."

"정말요?"

"머리 좋은 엘리트들의 싸움이 더 치졸하고 비열한 법이지."

"그렇군요."

"판·검사가 받는 가장 안전한 뇌물이 누구에게 받는 것이라고 생각해?"

"법의 집행자이므로 죄를 지은 사람에게…."

"아니야. 바로 변호사지."

"네? 설마?"

"그들만 눈감으면 아무도 알 수가 없어. 서로의 이익을 충족시키는데 폭로해서 자폭할 이유가 전혀 없는 거지. 또 판·검사도 어차피 나중에 변호사의 길로 가잖아. 세계에서 유독 우리나라만 전관예우라는 썩어 빠진 관습이 활개를 치지. 일본만 하더라도 판검사로 정년퇴직하여 고향으로 내려가 후학을 양성하거나 자신의 법 경험으로 봉사하는 것을 명예로 느껴. 본인도 전관예우 자체를 불명예로 여기지. 그래서 국민들의 존경을 받아. 지구상에서 법원과 검찰이 사라지지 않는 한 영원한 동지인 삼각 트라이앵글이야. 그 외의 사람에게 받는 뇌물과 향응은 시한폭탄이지. 누가 피 같은 돈을 그냥 상납하겠어. 목적을 달성하지 못하거나 불만이 있으면 터트리지. 내게도 그런 유혹들이 있었지만 단호히 물리쳤어."

"왜요? 가장 탈이 안 난다면서요?"

"나에게 아픈 기억이 있어서야. 똑같은 경우는 아니지만 그런 이유 때문에 올림픽에서 금메달을 못 땄거든."

연우는 무슨 말인지 이해할 것 같았다.

"검사가 되면 이루고 싶었던 꿈이 뭐였는지 아니?"

"무엇이었는데요?"

"부모님께 쓰러져 가는 집을 새로 지어드리고 손바닥만 한 땅이라도 사드려 소작농의 한을 풀어드리고 싶었어. 그런데 검사 수입으로는 불가능한 거야. 그래도 자식이 검사인데 여전히 품삯 일을 하는 엄마에게 너무 미안했어. 그나마 그 꿈을 빨리 이룰 수 있는 곳이 로펌이었지."

"그런데 왜 로펌을 그만두셨나요?"

연우도 그가 무능력으로 잘렸다고 알고 있었지만 차마 표현할 수는 없었다.

"로펌에서 일 처리가 검사 시절과는 완전히 다른 거야. 검사는 철저히 조사해서 법의 잣대로 결정하면 되었지. 그런데 변호사는 실체적 진실을 알면서도 의뢰인을 위하여 무조건 변호를 할 수밖에 없는 거야. 이것이 나의 스타일과는 맞지 않았어. 그러다 보니 의뢰인과 마찰이 생기게 되고 소송 패소율이 높아지더군. 로펌은 오직 승소율로 자신의 가치를 평가받는 곳이거든."

"하긴 선배님 성격으로 견디기 힘들었겠네요."

"그래도 자존심을 죽이면서 악착같이 버텼지. 나만 바라보는 가족들 때문에 어쩔 수 없었어. 그러다 결정적인 사건으로 떠났지."

"결정적 사건이라니요?"

지상은 술을 들이켜고는 젖은 목소리로 말했다.

"전에 도원 엔터테인먼트와 토이넷이라는 신생 게임 벤처 회사 사이에 지적재산권 침해 소송이 있었어."

"도원 엔터테인먼트면 도원그룹 자회사가 아닌가요?"

"맞아. 도원 엔터테인먼트에서 자본을 대고 토이넷에서 게임을 개발하기로 했던 거야. 한마디로 원청과 하청의 관계였지. 도원그룹은 도원 엔터테인먼트가 계열사이기에 그 소송을 태양로펌에 의뢰했어. 그런데 그동안 도원 엔터테인먼트에게 횡포와 갑질을 당하던 업체들이 토이넷을 위해 법정에서 증인으로 나서기로 한 거야. 이에 소송은 도원 엔터테인먼트에게 불리하게 되어 패소가 불 보듯 뻔했지. 그때 로펌에서 나에게 특명을 내렸어."

"특명이라니요?"

"그 업체들을 회유하고 매수하는 역할을 맡은 거야. 로펌 입장에서는 무능력한 나에게 뒤치다꺼리 일감을 주었다고 해야겠지. 인간이 동물과 다른 점이 뭔지 알아?"

"네? 무엇인데요?"

"바로 부끄러움을 아는 것이지. 그런데 그 부끄러움도 현실 앞에서는 철면피가 되더군."

"그래서 했나요?"

"목구멍이 포도청이라 할 수밖에 없었지. 당장 아내의 치료비와 식구 부양비, 동생들의 학비가 필요했거든. 결국 나는 괴물이 되고 말았어."

"소송은 어떻게 되었나요?"

"증언하기로 한 업체들도 토이넷과 같은 하청이었기에 거래 단절을 무기로 증언을 막았지. 그들도 이 바닥에서 살아남으려면 어쩔 수 없었어. 그 결과 도원엔터테인먼트의 승소로 끝났지. 그런데…"

지상의 눈시울이 붉어졌다.

"또 무슨 일이 있었나요?"

"당연히 승소할 것으로 믿었던 토이넷의 젊은 대표가 억울하다는 유서를 남기고 자살한 거야. 내가 그 사람을 죽인 거나 마찬가지지. 나는 살인자란 말이야."

흑흑, 그는 숨죽여 울었다.

"선배님이 말씀하신 죄책감이 그거였네요. 사실 저도 상태에게 씻지 못할 죄책감이 있어요."

"무슨…?"

연우는 중학교 때의 사건을 털어놓기 시작했다.

"이제야 네가 상태의 일에 발 벗고 나선 까닭을 알겠구나. 우리는 죄책감이라는 굴레를 쓰고 있다는 것이 공통점이네."

"제가 그 죄책감에서 조금이라도 해방되는 길은 무엇일까요?"

"이 사건의 진실을 밝히는 것이 아닐까? 나도 마찬가지고."

"저도 그렇게 생각하고 있어요. 그런데 선배님의 말씀을 듣고 보니 걱정 되는 점이 있네요."

"뭔데?"

"전에 토이넷의 소송에서 도원 엔터테인먼트가 증인들을 회유하고 매수하였다면 여기서도 그럴 가능성이 있지 않을까요?"

"가능성 정도가 아니라 분명히 시도할 거야. 벌써 다 끝났을 수도 있고."

"그러면 어떻게 하지요?"

"더 큰 문제는 증인들뿐만이 아니라는 거야. 이 사건이 무슨 재판으로 열리지?"

"국민참여재판이죠… 설마 배심원들까지?"

"태양로펌이라면 충분히 그러고도 남지."

"그렇다면 정말 큰일이네요. 어쩌면 좋죠?"

"연우야, 지금부터 내가 하는 말을 잘 들어. 만약 네가 배심원으로 선정된다면…."

연신 고개를 끄덕이는 연우의 모습이 천막 밖에서 검은 실루엣으로 보였다.

9
증인 매수

다음 날 연우와 지상은 '도로공사 속초 사무소'에 희망찬 얼굴로 들어섰다.

"그때 시설 점검을 하느라 그 시간대의 영상이 삭제되었네요."

담당자의 말에 두 사람은 절망의 표정으로 나왔다.

"사건이 점점 미궁 속으로 빠져드는 것 같군."

"미궁이란 해결할 방법도 있다는 게 아닐까요?"

"하긴 막다른 골목보다야 낫겠지. 연우는 매사를 긍정적으로 보는 성격을 가졌네."

"제가 좀 낙천적이긴 하죠. 선배님, 다른 방법을 써 볼까요?"

그들은 다시 사무소로 유턴했다.

"복원은 안 될까요?"

"불가능합니다."

여기서 물러설 지상이 아니다.

"불가능은 우리가 판단할 문제이니 일단 그 시간대의 영상 파일을 주세요."

"소용없을 텐데요."

담당자는 급히 자리를 뜨려 했다.

"변호사님, 이분 상관에게 항의하고 우리의 정당한 요구를 거절하는 도로 공사를 언론에 제보하지요."

연우가 변호사란 단어에 힘을 주며 반협박 투로 말했다.

"그래. 〈그것이 알고 싶다〉, 〈추적 60분〉, 〈PD 수첩〉에도 한꺼번에 터트리자."

담당자는 얼굴이 백지장이 되었다.

"아, 아닙니다. 드리겠습니다."

파일을 받은 그들은 몇 군데 업체를 알아보았지만 CCTV 영상 복구는 힘들다는 답변이 돌아왔다. 게다가 공판 준비로 여기에만 매달릴 수도 없었다.

전날 저녁, 도로공사 속초 사무소에 수찬과 담당자가 밀담을 나누었다.

"뭐, 그 정도는 어려운 거 아닙니다. 가끔 그런 사고가 발생하기도 하거든요."

"이거 보답의 의미로…."

"아니, 웬 이렇게 큰돈을!"

"비밀은 꼭 지키셔야 합니다."

"물론이지요."

기대가 무너진 차 안의 공기는 냉랭했다. 연우가 침묵을 깨고 말했다.

"선배님, 지금 백도진의 차가 어디 있지요?"

"아마 폐차장에 있겠지."

"거기로 가 볼까요?"

"왜?"

"상태의 주장대로 운전을 교대했다면 운전석의 혈흔은 도진의 것이고 조수석의 혈흔은 상태 것이겠지요. 그 혈흔을 채취해서 DNA 검사를 하면 되지 않겠어요?"

"맞아! 그러면 명백한 증거 능력이 있어. 연우 대단한데! 어떻게 그런 생각을 했어?"

"제가 공대생이잖아요. 유전학을 수강해서 피 공부 좀 했거든요. 헤헤헤."

어느새 연우는 지상에게 든든한 버팀목이 되어 있었다. 외곽에 있는 폐차장으로 가는 도중에 지상의 휴대폰이 울렸다. 사무실에서 걸려온 수진의 전화였다.

"어디에요? 갔던 일은 잘됐어요?"

지상은 경과를 설명했다.

"CCTV 영상은 확보했대요?"

곁에 있던 세호가 은근슬쩍 물었다.

"직원의 실수로 영상이 삭제되었나 봐."

수진이 그에게 폐차장에 대한 이야기를 조잘대자, 세호는 슬그머니 밖으로 나갔다. 그러고는 어디론가 전화를 걸었다.

폐차장에 도착했을 때, 도진의 차량은 압축기에 의해 납작해지고 있었다.

"앗! 잠깐만 멈춰요!"

지상이 비명을 질렀다.

한순간 차량은 철판으로 변하여 고철이 되었다. 두 사람은 망연자실했다. 도저히 혈흔을 검출할 수 없는 지경이었다.

"방금 전에 차주로부터 폐차하라고 연락이 와서요."

사장은 태연하게 말했다.

"수신 번호를 확인할 수 있을까요?"

"사무실 전화기에 입력되어 있을 거예요."

그 전화번호는 바로 태양로펌의 대표 번호였다.

분노한 지상이 육두문자를 날렸다. 연우가 그의 귀에다 속닥이자, 지상은 사장에게 명함을 내밀며 말했다.

"변호사입니다. 금방 폐차한 차의 부품들은 어디에 있나요?"

"부품은 왜요?"

귀찮아하던 사장은 명함을 보고는 태도가 누그러졌다.

"중요한 교통사고 사건으로 조사할 게 있어서요. 한 사람의 생명이 걸린 문제입니다. 보답은 하겠습니다."

사장은 손으로 뒤쪽을 가리켰다. 그곳에는 폐차 부품들이 산더미처럼 쌓여 있었다. 두 사람은 아연 질색했다. 이 많은 부품 중에서 어떻게 증거물을 찾는단 말인가! 그들은 심호흡을 하고는 뒤지기 시작했다. 이때 빗방울이 조금씩 떨어졌다.

차츰 주변은 어두워지고 있었다. 자동차 헤드라이트 조명도 밤이 깊어갈수록 한계에 부딪혔다. 연우가 야식을 주문하고 사장에게 아부를 떨자, 그는 굴삭기 높은 곳에 전구를 달아주었다.

"이거 언제까지 해요?"

"찾을 때까지."

새벽의 여명이 밝아오고 있었다. 연우는 오기가 생겼다. 추운 날씨임에도 웃통을 벗어젖혔다. 상체에서 김이 모락모락 피어올랐다. 하늘에 구멍이라도 뚫린 듯 비는 세차게 내리쳤다.

"찾았다!"

동시에 외침이 터졌다. 그들의 얼굴에 검은 기름방울이 떨어지고 옷은 넝마가 되었다. 마침내 손에 쥔 것은 주행 기록계와 연료 기록계였다.

피곤에 지친 두 사람을 태운 차는 도심으로 진입하고 있었다.

"우리 연우 짱인데! 어떻게 그 생각을 했어? 이제 정황 증거는 확실히 확보한 거야. 나는 법 공부만 하다 보니 기계치거든. 이래서 각 분야의 전문 변호사가 필요한 거 같아. 로스쿨 갈 계획은 없어?"

"글쎄요. 그런데 아무래도 이상한 게 있어요."

"뭐가?"

"우리가 블랙박스를 찾으러 갔을 때 주민들이 아침에 낯선 사람들이 주변을 수색했다고 했잖아요. 또 CCTV가 그 시간대만 삭제된 것도 그렇고. 폐차장에 도착하자마자 차가 폐차된 것도… 우연치곤 마치 누군가가 미리 정보를 흘린 것 같은 느낌이 들어요. 선배님은요?"

"나도 그 부분들이 미심쩍다는 생각을 갖고 있었어."

지상은 잠시 사색에 잠겼다.

"연우야, 세호가 누구와 만나는지 알아 봐. 눈치채지 않게 하고."

"네."

세호는 커피숍 문을 열고 들어갔다. 기다리던 기탁이 가볍게 손을 흔들었다. 이 광경을 연우가 몰래 지켜보고 있었다. 그는 지상에게 전화를 걸었다.

"선배님, 우리 판단이 맞았어요."

"우리 둘만 아는 것으로 해. 상아와 하 변에게는 꼭 비밀로 하고. 내게 기막힌 작전이 있으니까."

지상이 이렇게 강조하는 데는 분명 이유가 있었다. 그녀들이 세호의 정체를 알게 되면 배신감에 자신의 감정을 드러낼 것이다. 그러면 앞으로 세호를 이용한 역공사는 실패하기 때문이다.

지상은 중얼거렸다.

"세호가 스파이라는 것이 판명 났으니 빨리 대책을 세워야겠군."

연우가 사무실에 들어서니 지상은 안테나가 달린 무전기 같은 기기로 구석구석을 살피고 있었다.

"선배님, 뭐 하세요?"

"쉿."

지상은 얼른 검지를 입술에 갖다 댔다. 연우가 숨죽여 말했다.

"그건 뭐에요?"

"이거? 도청 탐지기."

"에이, 설마요?"

"설마가 사람 잡는 곳이 바로 태양로펌이야. 감쪽같이 세호를 첩자로 심을 정도면 모르겠어?"

"그러네요. 스스로 도와주러 오는 사람을 누가 의심하겠어요?"

"다행히 도청 장치는 없네."

"문 변이 그 역할을 대신하잖아요."

"하긴 도청 장치는 발각될 위험도 있으니까. 분명 이 설치는 태양로펌에서 시켰을 거야. 그런데 세호가 그 출처를 불면 태양은 불법도청 교사를 했으니 통신비밀보호법 위반죄로 처벌받게 되지."

"도청 장치만 없으면 증거가 없으니 세호 선에서 꼬리자르기를 하겠다는 거네요."

"와우! 이제 연우 법조인 다 됐네."

"선배님께 다 배운 거지요. 식당 개 3년이면 라면을 끓인다고 하잖아요."

지상은 가방에서 휴대폰 4개를 꺼냈다.

"앞으로 이 폰을 쓰도록 해."

"무슨 폰이에요?"

"대포폰."

순간 연우는 그 의미를 알아차렸다.

"태양에서 우리 휴대폰을 도청할까 봐 그런 거지요?"

"역시 연우는 센스가 대단해."

"그런데 어디서 났어요?"

"변호를 하다 보면 별의별 고객을 다 만나게 돼. 폰 판매업자인데 전에 이 의뢰인의 소송에서 승소를 했지. 그래서 부탁을 했더니 두어 달 쓰라고 주더구먼."

"혹시 이 폰들 불법 아니에요?"

"선의의 거짓말도 필요하듯이 지금이 그 상황이야. 이제부터 우리 네 사람은 서로 통화할 때 이 폰을 사용하도록 하자."

"네. 상아에게도 전할게요."

"또 중요한 회의를 할 때는 세호의 눈을 피해야 하니까 밖에서 만나고."

이후로 두 사람은 사무실보다 커피숍에서 모이는 일이 잦았다.

"그런데 선배님, 기막힌 작전이 있다니요?"

"세호를 역이용하는 거지."

"어떻게요?"

"CCTV를 복원할 업체를 찾아서 맡겼다고 하는 거야. 그러면 태양은 그곳을 찾느라 날뛰겠지. 한마디로 헛고생을 시켜서 그들의 힘을 분산하게 만드는 거야."

"배심원 매수 작업에 고춧가루를 뿌려 데미지를 입히자는 거네요."

"그렇지. 멋진 트릭이지만 너와 나의 호흡이 중요해. 잘못하면 되치기 당할 수도 있어."

기탁은 요원들을 소집했다.

"여러분들은 검찰, 경찰, 국정원 출신으로 정보 분야에서 손꼽히는 베테랑입니다."

이어 배심원 후보자 명부와 질문표를 흔들며 말을 이었다.

"이 사람들은 국민참여재판에 참석통지서를 보낸 45명의 배심원 후보자입니다. 우리는 이들을 뒷조사하여 성향을 파악해야 합니다. 이제 재판이 보름 정도 남았습니다. 이 작업을 위해 TF 팀을 조직했고 성공하면 보너스와 3배의 연봉을 받게 될 것입니다. 특히 보안은 생명이니 철저히 지켜야 합니다. 부디 '백공자 구하기' 작전에 최선을 다해 주시기 바랍니다."

연설이 끝나자 요원들은 환호성을 질렀다. 각자 기탁의 지시를 받은 그들은 부리나케 사무실을 빠져나갔다.

며칠 전 꾸벅꾸벅 졸던 법원 민사과장 마동팔 휴대폰에 진동이 울렸다. 그는 입가의 침을 닦으며 전화를 받았다.

"웬일이세요? … 원래는 안 되지만 오 변호사님 부탁이시니 거절할 수가 없네요."

그는 주위를 두리번거리고는 목소리를 죽였다.

"퇴근하고 거기서 보자고요?"

동팔은 빈자리인 담당 직원의 책상으로 슬그머니 갔다. '배심원 후보자 명부'와 '질문표'를 서랍에서 꺼내 복사하고는 제자리에 놓았다.

"오 변은 공무원이 박봉인 줄 알고 때맞추어 비상금을 준단 말이야."

그는 좋아서 벌린 입을 다물지 못했다.

법원에서 재판 기일 한 달 전에 140여 명의 예비 배심원들에게 참여통지서를 발송했다. 참석 의사를 밝힌 45명의 명부와 질문표가 열흘 전에 법원에 도착하였다.

　질문표의 내용은 후보자의 직업, 최종 학력, 가족 관계 등으로 원칙은 배심원 선정 기일 2일 전에 검사와 변호인에게 교부한다. 이 명부와 질문표는 담당 직원 외에는 알 수 없으나 기탁은 이렇게 미리 입수한 것이다.

　다음 날 전화를 받은 지상의 음성이 유난히 우렁찼다.
　"알아봤어? CCTV 영상을 복구할 수 있는 업체를 찾았다고? 그래서 맡겼다고? 연우야, 수고했다. 이제 끝났어!"
　그가 세호를 향해 두 주먹을 불끈 쥐어 보였다.
　"CCTV를 복원할 수 있는 곳을 찾았나 봐요. 어디래요?"
　"용산 전자상가라나. 세운 전자상가라나. 복원만 하면 됐지 상호가 뭐가 중요해. 안 그래?"
　"그, 그야 그렇지요. 저, 화장실 좀 다녀올게요."
　세호는 속이 안 좋은 척 배를 만지며 나갔다. 그 정보는 곧 기탁에게 전달되었다.
　"알았어요. 계속 감시하면서 보고해요."
　통화를 마친 기탁이 짜증을 냈다.
　"조 변, 당신은 일처리를 어떻게 하는 거야?"
　"네? 뭐라고요?"
　"통화 내용을 다 듣고도 웬 딴청이야!"
　수찬은 바로 도로공사 속초 사무소 직원에게 전화를 했다.

"복원이 불가능하다고 했는데도 막무가내로 떼를 써서… 그리고 매스컴에 제보한다고 해서 안 줄 수가 없었어요."

"할 수 없지요."

기죽은 수찬을 기탁이 노려보았다.

"CCTV 영상 복구라…"

기탁은 혼잣말을 하며 회심의 미소를 띠었다. 순간 또 다른 비열한 계략이 떠오른 것이다.

그는 요원들을 집합시켜 명령을 하달했다.

"배심원들의 신상 파악 작업은 잠시 보류합니다. 지금부터 CCTV 복원 업체를 찾는 데 총력을 쏟기 바랍니다."

지상의 예상이 적중하는 순간이었다. 모든 요원들은 두 전자상가로 투입되었다.

그러나 몇천 개 가게 중에서 어떻게 유령 업체를 찾는단 말인가! 이로 인해 기탁은 연우의 상세한 신상 파악을 소홀히 하여 배심원 선정에서 치명적인 실수를 범했다.

"김 요원, 강 변과 하 변의 통화 내역 중에 특이한 상황은 없나?"

"서로 한숨만 푹푹 쉬고 별거 없던데요."

"당연히 그렇겠지. 지들이 뭐 별수 있나."

기탁은 비웃음을 날렸다.

지상의 예측대로 기탁은 국정원 출신 요원에게 두 사람의 휴대폰 도청을 시키고 있었다. 지상과 수진의 실명폰 통화 내용은 온통 재판의 걱정으로만 가득했다. 이미 이들은 말을 맞추었던 것이다.

성국은 소파에서 고뇌에 쌓여 있었다. 이때 경비복 차림의 만복이 절뚝거리며 다가와 눈치를 보았다.

"이리 와 앉게나. 상태 일로 얼마나 마음고생이 큰가. 나도 자식을 키우는 입장으로서 너무도 안타까운 일이야. 그럴 아이가 아닌데."

"그게 무슨 말씀이십니까. 못난 자식을 둬서 회장님께 심려를 끼쳐드려 죄송할 따름입니다."

"아냐. 아냐. 이 사람아. 그게 무슨 당치도 않은 소린가. 상태는 도진이와 죽마고우이니 내 아들이나 진배없어. 그런데 내가 어떻게 모른 척을 하겠나."

"천만의 말씀입니다. 회장님께서 병신인 저를 거두어 주셔서 지금껏 애들을 굶기지 않았는데요. 어디 그뿐인가요? 상태 엄마 수술비도 전부 대주셨고…."

"다 지나간 얘기지. 그리고 보니 상태와 상아도 이제 결혼할 나이가 되었구먼. 짝들은 있나?"

"여러모로 부족해서 없는 것 같아요."

"부족은 무슨. 아직 인연이 없어서 그렇지. 애들 결혼 비용은 걱정하지 말게나. 나는 그 애들을 내 자식처럼 생각하고 있다네."

"아이고 회장님! 이 은혜를 어떻게 갚아야 할지 몸 둘 바를 모르겠습니다."

만복은 코가 바닥에 닿도록 허리를 굽혔다. 성국이 조심스럽게 말을 꺼냈다.

"아마도 술 때문에 기억이 잘 안 나서 그런가 본데… 상태에게 그만 시인하라고 하는 게 어떨까?"

"저도 그렇게 생각하는데 고집을 부리는 것 같습니다."

"만약 상태가 인정하면 평생 괜찮은 직장과 집을 마련해 주려고 하네. 상아도 마찬가지고. 내가 검찰과 법원에 손을 써 뒀으니 정상 참작이 될 거야. 또 지금 변호인보다 유능한 변호사를 붙여 줄 걸세. 그러니 한번 설득해 보게나. 상태가 워낙 효자라 아버지의 말은 잘 듣지 않나."

"회장님, 면목이 없습니다. 당연히 그렇게 하도록 하겠습니다."

"이거 약소하지만 받게나. 상태가 나올 때까지 뒷바라지하는 데 도움이 될 거야."

성국이 두툼한 봉투를 건넸다.

"아닙니다. 이제까지 저희 식구가 밥숟가락을 놓지 않은 것도 모두 회장님 은덕인데요."

"어허! 이 사람. 자꾸 이러면 내 손이 부끄럽지 않나. 그냥 그간의 정이라 여기고 받아 두게."

"감사합니다. 이 은혜는 죽어도 잊지 않겠습니다."

만복은 연신 머리를 조아리며 두 손으로 봉투를 받았다.

"은혜는 뭘. 도진이와 상태처럼 자네와 나는 한 형제나 다름없지 않은가. 허허허."

성국은 너털거렸다.

10
선과 악의 대결

상태가 면회실 문을 열고 들어섰다. 상아와 만복은 미리 와 대기하고 있었다.

"오빠, 몸은 괜찮아?"

"응."

"네 오빠와 할 얘기가 있으니 너는 좀 나가 있거라."

"왜요? 제가 있으면 안 돼요?"

"나가 있으래도!"

만복이 호통 쳤다. 그녀는 마지못해 밖으로 나갔다. 만복의 음성이 엄숙하게 바뀌었다.

"상태야, 아버지 말 잘 들어라."

"네."

"네가 운전을 했든 안 했든 간에 무조건 했다고 해라."

"제가 안 했는데 어떻게 했다고 해요? 저는 분명히 도진이와 교대를 했다고요."

상태는 억울한 듯 울상을 지었다.

"알아. 아버지는 너를 믿는다. 네가 고생스럽더라도 조금만 견디면 회장님이 평생 우리 가족을 책임져 주시기로 하셨단다. 또 검찰과 법원에 손을 쓰고 훌륭한 도원그룹 변호사가 변론할 테니 빨리 나올 수 있을 거야."

"그렇지만… 난 안 했는데…."

"회장님께서 너와 상아에게 좋은 일자리도, 결혼 준비도, 살 집도 다 마련해 주신다고 약속하셨어. 세상에 우리를 이렇게 배려해 주시는 분이 어디에 있겠니?"

"네? 정말요?"

"그래. 상아를 위해서라도 그렇게 해다오. 부탁하마."

만복의 설득이 이어졌다. 자신보다 동생의 행복을 더 생각하는 상태의 마음이 흔들리기 시작했다. 이윽고 결심을 굳혔다.

"아버지 말씀을 따를게요."

"고맙구나. 아직은 우리 둘만 알고 상아에게는 비밀로 해다오."

"네."

첫 공판 준비 기일이 열렸다. 공판 준비란 향후 재판이 집중적, 효율적으로 진행하기 위해 검찰과 변호인이 쟁점사항을 정리하고 증거조사를 할 수 있도록 논의하는 절차로 판사실에서 열린다. 보통은 검사와 변호인이 참석하며 피고인은 출석할 의무가 없다. 그런데 상태가 출석하겠다고 했다. 지상은 당연히 그가 본인에게 유리한 진술을 할 것으로 믿었는데 전혀 예상치 못한 일이 발생했다.

"사실은… 제가 운전했습니다."

"지금껏 피고인은 범행을 부인하다가 갑자기 시인하는 이유가 뭡니까?"

뜻밖의 진술에 재판장은 어안이 벙벙했다. 지상과 석낙도 마찬가지다.

"겁이 나서 그랬습니다."

"그러면 피고인은 검찰의 공소사실을 전부 인정한다는 겁니까?"

"네."

"저, 재판장님. 잠시만요."

"변호인, 뭐 할 말이 있습니까?"

"그, 그게 아니라…"

지상은 기가 막혀 할 말을 잃었다.

"피고인의 자백으로 더 이상 공판 준비와 국민참여재판을 할 요건이 없어졌으므로 다음 재판을 결심 공판으로 지정하니 검사는 구형하도록 하세요."

"네. 알겠습니다."

석낙은 웬 횡재라는 듯 우렁차게 대답했다. 이 소식은 곧 도진 측에 복음으로 전달되어 어부지리 결과임에도 그들은 공로상 다툼에 들어갔다.

축 처진 어깨로 판사실을 나서는 지상의 휴대폰이 울렸다.

"강 선배, 우리 이 재판의 변호인에서 해임됐어. 법원에 갔는데 도원그룹 변호사가 상태의 변호인으로 선임되었더라고. 어떡하지?"

"너무 호들갑 떨지 마. 그 일은 여기 난리에 비하면 새 발의 피야."
"그게 무슨 말이야?"
"우리 의뢰인이 자신이 운전했다고 자백했어. 그러니 용쓸 필요 없어. 이미 졌으니까."
"뭐라고? 강 선배, 지금 어디야? 내가 바로 갈게."
"오든지 말든지."
지상으로서는 엎친 데 덮친 격이 되었다.
상태를 마주한 수진이 흥분하여 물었다.
"어떻게 된 거예요?"
"…."
상태는 말없이 고개를 떨구었다.
지상이 부드럽게 운을 뗐다.
"상태 씨. 지금까지 무죄를 주장하다가 돌연 심경의 변화를 일으킨 이유가 뭡니까?"
"…."
"좋습니다. 다시 한번 묻지요. 진짜 상태 씨가 운전한 것은 맞습니까."
"…. 네."
"할 수 없군요. 그러면 새로 선임된 변호인이 도원그룹 변호사라는 것은 알고 있나요?"
"네."
"그렇다면 그 변호인은 누구에게 급여를 받으며 일하고 있습니까?"
"그, 그건…."

"바로 도원그룹입니다. 그런데 과연 의뢰인을 위해 유리하게 변론해 줄까요?"

"…"

"결코 아닐 겁니다. 이제 좀 이해가 되나요?"

"상태 씨, 정말 바보예요? 그걸 수락하면 어떡해요!"

수진은 불같이 화를 냈다. 지상이 그녀의 옆구리를 툭 쳐 감정을 중단시켰다.

"상태 씨에게 그럴 만한 까닭이 분명 있겠지요. 또 우리에게 말 못 할 사정도 이해합니다. 그럼, 마지막으로 하나만 물어보겠습니다. 아직도 본인은 무죄라고 주장하세요?"

"…"

"만약 그렇다면 절대 그 사람들에게 변호를 맡겨서는 안 됩니다. 물론 결정은 의뢰인의 몫입니다."

눈을 감고 사르르 떨리는 입술이 갈등하는 것 같았다. 이어 작심한 듯 말했다.

"그래도 아버지의 뜻대로 하겠습니다."

두 사람은 안타깝지만 발길을 돌릴 수밖에 없었다.

피고인 스스로 범인이라고 하는데 무슨 방도가 있단 말인가!

한편으로 지상은 만복을 찾아가 재차 사정하려다 씨알도 먹히지 않을 것이기에 포기했다.

그는 나오면서 구치소 콘크리트 담벽이 철벽처럼 보였다.

상아는 수정으로부터 이 상황을 듣고는 부리나케 상태를 면회 갔다.

"오빠, 미쳤어? 왜 안 한 짓을 뒤집어 쓰냐고! 아빠가 시켰지? 그치?"

"그, 그게…"

"오빠, 이 손을 봐?"

상아는 손을 펼쳐 그의 눈앞에 들이댔다. 손바닥에는 예리한 물체에 찔린 자상의 흔적이 있었다.

"그 상처는 전에 네가 음식을 만들다가 베었다고?"

"아니야. 사실은 고등학생 때 도진 오빠가 날 강간하려고 했어. 그때 내 손을 이렇게 하면서 저항한 거야."

"진, 진짜야? 도진이가 너를 강간하려 했었다고? 그래서 자해했다고?"

상태는 몸을 부들부들 떨었다.

"그런데 그런 놈 때문에 오빠가 왜 죄인이 되려 하냐고!"

"아빠도 알고 있어?"

"아니, 아빠는 몰라서. 알면 속상할 테니까."

그녀는 차마 말할 수 없었다.

"도진이… 이 개자식을…"

순간 상태의 눈동자에 서슬 퍼런 핏대가 솟구쳤다.

상아는 면회를 마치자마자 만복에게 갔다.

"아버지는 왜 무고한 오빠에게 죄를 뒤집어쓰라고 하세요? 이러고도 아버지라고 할 수 있어요?"

그녀는 만복에게 날선 원망을 퍼부었다.

"상태가 조금만 고생하면 너희 둘을 회장님께서 끝까지 보살펴 주신다고 하셔서… 보다시피 아버지는 능력이 없잖니. 더구나 회장님은 우리 가족에게 은인 같은 분이시고….”

"저희는 그런 도움 필요 없어요! 아버지도 할 만큼 하셨잖아요. 집사가 아니라 왕처럼 받들며 종처럼 일했잖아요. 우리에게는 언제 신경이나 쓰신 적 있으세요? 오직 회장님 가족을 위해서만 사셨잖아요!"

상아는 울부짖었다. 이어 어릴 때의 아픈 기억 속으로 빠져 들었다.

학교 정문 문구점 처마 밑에서 초등학생인 도진이와 도희가 비를 피하고 있었다. 멀리서 만복이 뛰어와 우산을 씌어 주었다. 도진이 손목시계를 보더니 늦었다며 타박했다.

그들의 머리 위로 우산을 받쳐 든 만복이 힘든 걸음걸이로 쫓아갔다. 이 모습을 상태와 상아가 비를 맞으며 부러운 눈으로 바라보았다.

고등학생 때 악몽 같은 사건이 발생했다. 도진이 주위를 두리번거리며 정원을 지나 반지하방으로 숨어들었다. 방문을 살며시 열고는 낮잠 자던 상아를 덮쳤다. 그녀는 비명을 질렀다. 저택에는 아무도 없어 공허한 절규만 될 뿐이었다. 반항하는 그녀의 상의가 찢기고 몸이 짓눌렸다.

상아는 숨이 막혔지만 온 힘을 다해 몸을 돌려 빠져나왔다. 그리고 책상 위의 커터 칼로 자신의 손바닥을 그었다. 손에서 피가 줄줄 흘러내렸.

이때 밖에서 돌아온 만복이 반지하 창문을 통해 이 장면을 목격했다. 우불쭈물하던 그는 헛기침을 반복했다. 그 소리에 흠칫 놀란 도진이 반나체로 쏜살같이 도망쳤다.

"아빠, 우리 이사 가면 안 돼요?"

"오늘 일은 너와 나만이 알고 있는 거다."

울며 사정하는 그녀에게 만복의 차가운 음성이 떨어졌다.

방바닥에는 피가 흥건했다.

"아버지는 옛날이나 지금이나 어쩌면 똑같으세요? 전에 도진 오빠에게 겁탈당할 뻔했을 때 아버지가 딸을 위해 하신 게 고작 헛기침밖에 더 있어요? 그런데 이제는 오빠까지 전과자로 만들려고 하세요? 아버지는 사람도 아니에요!"

그녀는 만복의 가슴을 치며 발악했다.

"오빠는 결백하다며 절대 인정할 수 없다고 했어요. 또 도원그룹 변호인 선임도 거절하기로 했다고요. 그러니 더 이상 오빠를 괴롭히지 마세요!"

만복은 눈만 끔뻑일 뿐 묵묵부답이다.

다음 날 뉴스와 신문에는 지상의 사건이 톱 기사로 도배되었다. 특히 도원그룹 계열사인 도원일보는 1면에 대서특필로 실렸다.

"얼마 전에 발생한 속초 신풍리 교통사고 사망 사건의 진범이 드러났습니다. 그동안 도원그룹 후계자인 백도진 씨와 설 모 씨가 진실 공방을 벌였으나 설 모 씨는 공판 준비 기일에 본인이 운전을 했다고 자백했습니다. 이에 재판부는 국민참여재판에서 일반 형사재판으로 변경하였습니다. 그런데 설 모 씨의 변호인인 강지상 변호사가 승소를 위해 피고인에게 거짓 진술을 강요했다는 의혹이 불거져 파장이 일고 있습니다. 즉시 검찰은 진상 조사에 들어갔으며 대한변호사협회서도 사실인 경우 변호사 자격 박탈 등 징계하기로….”

지상은 전혀 뜻밖의 복병이 터져 아연질색했다.

그를 비난하는 보도와 기사가 순식간에 쏟아졌다.

이렇게 여론 몰이를 조성한 배경에는 도원그룹이 있었다. 광고비로 운영되는 언론 매체들에게 거액의 광고를 게재하는 조건으로 그들을 이용한 것이다. 그 작전을 기획한 것은 눈엣가시 같은 지상을 매장시키려는 기탁의 발상이었다.

순간 지상은 심장병 어린이 돕기 재단을 설립하여 자신의 사비를 털어 봉사했던 유명 연예인 사건이 떠올랐다. 지상은 그 연예인을 형이라 부르며 따랐다. 당시 형은 뽀빠이란 애칭으로 전 국민의 사랑을 받으며 인기 절정이었다.

사건의 내막은 이랬다.

오래전에 모 방송 르포 프로그램에서 그 형의 사건이 폭로되었다. 그가 심장병 어린이 수술을 빙자하여 국민들의 성금을 받아 가로챘다는 기사가 터져 나왔다. 어떤 신문은 '한 명도 심장병 수술을 안 했음이 드러남'이라는 타이틀까지 붙였다.

실로 엄청난 사건이라 국민들은 충격에 빠졌다. 그리고 형에 대한 배신감으로 한국 땅덩어리가 부글부글 들끓었다. 그 방송이 방영되기 며칠 전, 형으로부터 한 통의 전화를 받았다.

"지상아, 나 좀 도와 다오. 방송에서 날 죽이려 한다."

"무슨 일인데 그래?"

"지난 달 여당 핵심부의 국회의원 출마 권유를 거부했더니 심장병 어린이 성금을 횡령했다며 덮어씌워 죽이려 한다."

"좀 더 자세히 말해 봐."

"〈우정의 무대〉 녹화 중에 경찰이 들이닥쳐 심장병 어린이 기금 횡령을 수사한다는 거야."

"혐의는 뭔데?"

"내가 심장병 어린이 수기집 〈가슴속의 작은 소망〉 등 6권을 내면서 책 판매 수익금을 심장병 어린이 돕기에 쓰기로 했었어. 그런데 출판사에서 매출액 40억 중 초상권 명목으로 3억을 건넸는데 2천만 원만 치료비로 썼다는 거야."

"거 참 이상하네. 형의 수기집이 그 정도 인기가 있었나? 아는 사람들도 별로 없던데."

일단 경찰의 주장에 신빙성이 없는 것이 책 한 권에 5천~6천 원인데 매출 40억이면 70만 부 가까이 팔려야 한다. 그러면 형은 유명 연예인이면서 베스트 작가로도 명성을 얻었을 것이다. 또 고료(인세)가 아닌 초상권 명목이라는 것도 의문이다.

"돈 떼어 먹은 사실은 있는 거야?"

"인마, 너도 잘 알잖아. 지난 10여 년간 500명 넘는 심장병 어린이 수술에 쏟아부은 돈이 몇십 억인데 그까짓 몇천만 원을 떼어 먹었다고? 기가 막힌다 기가 막혀! 그랬다면 내가 천벌을 받는다."

"법적 대응이나 잘해 형."

"너는 변호사이니 사건 경험이 많잖아. 와서 좀 도와주라. 지금 아무도 못 믿겠어."

그 후 지상은 만사를 제치고 매일 그의 사무실에 들러 대책을 논의했다. 방송 보도의 부당성을 조목조목 반박하는 내용의 문건을 작성하면서 언론으로부터 억울하게 당한다는 것을 알게 되었다. 또 형의 봉사 자료를 집대성하면서 그의 숭고한 봉사 정신에 깊이 빠져들었다. 그의 활동은 종교적 관점에서 성인(聖人)이나 다름없었다. 우리가 도저히 범접할 수 없는 저만치 거리에 있는 큰 인물이었다. 사회 전반에 어려운 이웃을 위해 그가 한 일들은 너무 많았다. 무의탁 노인들, 소년 소녀 가장 어린이들, 달동네 아이들을 위한 선행 등….

수많은 봉사는 접어 두고라도 군부대 무료위문공연 3,000회, 심장병 어린이 무료 수술 567회, 결코 개인으로는 아무도 해낼 수 없는 일이었다.

수술은 정해진 스케줄대로 하며 수술비는 그가 전액을 부담하고 부족분은 성금으로 충당했다. 당시 수술비용은 1,800만 원으로 형의 전셋집은 그 3분의 1인 600만 원이었다.

"형, 형수님께서 바가지 안 긁어?"

"처음에는 미쳤냐고 그랬는데 지금은 가장 지지하고 응원하는 동지야. 아내는 내가 죽을 때까지 고마워해야 할 천사이지."

지상은 그가 심장병 어린이 무료 수술을 한다고는 알고 있었다. 하지만 이렇게 가슴 뭉클하고 감동적인 스토리가 숨어 있는 줄은 몰랐다.

그러나 정치권력은 그런 그를 그냥 놔두지 않았다. 여당 고위층은 고향에서 국회의원 출마를 종용했다.

집권당으로서는 확실한 자당의 국회의원을 확보하고자 했던 것이다. 그런데 형이 거부하고 협박도 통하지 않자 괘씸죄로 방송을 동원하여

기어코 그를 죽여 버렸다. 형이 출마 제안을 거절한 이유는 명백했다.

원래 정치에 관심 없고 독실한 천주교 신자인 그는 교황을 알현할 때 '어린이를 도우며 어린이를 위해 모든 것을 바쳐라. 단, 정치에는 절대 관심을 두지 말라'는 조언을 따를 뿐이었다.

"형, 지금까지 한 심장병 어린이 수술비를 돈으로 환산하면 얼마나 돼?"

"돈으로 계산하면 이 일 못한다. 수술을 신청하는 어린이들이 너무 많아. 먼저 스케줄 잡아 수술하고 부족하면 원장에게 외상하지. 그다음에 돈 벌어 갚고 모자라면 또 외상하고 그렇게 해 왔어. 원장도 외상 독촉을 하지 않은 훌륭한 분이시다."

이 와중에도 그는 수술을 담당하는 히포크라테스 정신의 의사에게 공을 돌리는 착한 심성을 보여 주었다.

그 사건 직후 〈우정의 무대〉는 강제적으로 폐지되고 형은 모든 방송에서 하차했다. 더욱 안타까운 사실은 형 도움의 손길이 끊겨 수술을 기다리던 500여 명의 심장병 어린이들이 세상을 떠났다는 것이다. 한결같이 가정 형편이 어려워 수술을 받지 못하는 입술이 새파랗고 어깨 숨을 가쁘게 몰아쉬는 아이들이었다.

방송사들은 그를 희대의 파렴치범으로 낙인찍어 연일 뉴스의 헤드를 차지했다. 선량한 휴머니스트는 하루아침에 국민을 상대로 사기 친 사기꾼으로 각인되었다.

시민들은 그의 사무실에 전화를 걸어 밤새 항의했고 이웃의 손가락질로 바깥출입도 할 수 없었다. 수십 년 몸담은 연예계는 물론 친구들도 등을 돌렸다. 마지막까지 그의 곁에 남았던 사람은 가족뿐이다.

사건 3개월 후 검찰은 무혐의로 불기소 처분을 내렸다. 그러나 이미 여론에서 그를 완벽하게 죽이고 난 후였다. 심장병 어린이 재단 행위는 멈춘 뒤였고 비겁한 언론은 단 한 줄도 무혐의 사실을 보도하지 않았다. 유일하게 J일보만 서너 줄의 짧은 기사를 내보냈다.

지금도 많은 국민들은 그가 심장병 어린이 성금을 횡령하여 교도소에서 복역하고 출소한 줄 잘못 알고 있다.

얼마 후 형은 한국을 떠나 버렸다. 어느 날 그에게서 연락이 왔다.

"방송 출연도 금지됐고 한국에 있으면 목숨을 끊어 버릴 것 같아 미국으로 왔다. 돈 한 푼 없이."

"건강은 어때? 요즘 어떻게 지내는 거야?"

"죽을 맛이다. 하루에 몇십 불 받고 한국 여행객 관광가이드 한다."

"관광가이드? 형이 뭘 알아 가이드를 해?"

"10시간 이상 이동하는 건조한 버스에서 내 주특기인 만담은 인기 만점이야. 인마! 그리고 한국 여행객 몇 명을 붙잡고라도 내 억울함을 알려야 하지 않겠니? 나는 혼신의 힘을 다해 돈 없어 죽어가는 심장병 어린이들 수술에 내 모든 것을 던졌다는 진실을 알리고 싶다."

"…"

"무엇보다 병세가 심각했던 어린이들을 수술해주지 못하고 무너져 정말 미안해. 그 불쌍한 아이들한테 말이다."

"형, 시간이 지나면 국민들이 모두 알게 돼."

"검찰 수사 결과 내 무혐의 처분이 언론에는 한 줄도 보도되지 않았잖아. 아직도 나는 계속 죽고 있는 거야."

자포자기한 듯 절망의 늪에 빠져 버린 그는 야속한 한국 하늘을 향하여 그렇게 울먹이고 있었다. 나중에 알았지만 이국땅에서 형은 크나큰 상심으로 잠시 실명까지 겪었다고 한다. 더욱더 가슴 아픈 사연은 아버지가 형의 억울함과 무고함을 알리려 대전역에서 무죄 판결문을 돌리다 화병으로 작고하셨다는 것이다.

몇 년 후 한국에서 그를 만났다.

"형, 그동안 무지 힘들었지?"

"말도 마라. 몇 번이나 죽으려고 했어. 그런데 평소 존경하는 그 어른들의 말씀에 마음을 바꿨지."

"그 어른들의 말씀이라니?"

형이 말하는 어른들이란 김수환 추기경과 법정 스님, 김동길 박사였다. 그가 병원에 있을 때 세 분이 방문했었다고 한다.

김수환 추기경은 "눈이 왔구나. 쓸지 마라. 어떻게 이 많은 눈을 쓸래. 기다려 봄이 오면 눈은 녹고 너는 나타날 거야."

법정 스님은 "농민이 포대를 흔드는구나. 어지럽지? 흔드는 이유를 아느냐? 많이 담으려고 그러느니라."

김동길 박사는 "아우야. 강 위에서 어떤 사람이 오줌을 눴다. 그걸 눴다고 해서 강물이 지리지 않는다. 그냥 흘러라. 강은 만나고 너는 바다가 될 것이야."

형은 이 세 분의 말씀을 믿었다고 했다. 그 이후로 나무판에 이 말씀들을 새겨 현관에 걸고는 집을 나설 때마다 읽으면서 '감사합니다'라고 한다고 했다.

"생사의 고비마다 '여보, 당신이 죽으면 모든 걸 인정하는 거예요. 살아야 진실을 밝힐 수 있잖아요.' 아내의 이 말이 용기를 북돋았고 내 삶을 연장시켰지."

"형은 참 행복한 사람이네. 형을 아끼는 멘토분들과 사랑하는 형수님이 계시니까."

"그래. 지상아, 너에게 보여 줄 게 있어."

"뭔데?"

그는 주머니에서 웬 용지를 꺼냈다. 그것은 '무혐의 불기소 증명원'이었다.

"내가 누명을 썼다고 말해도 다들 안 믿기에 이렇게 부적처럼 가지고 다닌단다."

"아예 이마에 붙이고 다니지 그래."

"그럴까나?"

우리는 씁쓸하게 웃었다.

지상은 형의 사건을 회상하니 두려웠다. 언론의 힘이 무서운 것을 잘 알기 때문이다.

그런데 지금 자신이 그 형의 처지와 똑같지 않은가! 한편으론 연우의 부탁으로 이 재판에 휘말린 것에 후회가 되기도 했다. 어쩌면 앞으로 의식주를 걱정해야 할지도 모른다는 생각에서다.

'나는 그렇다 치더라도 우리 딸 소희는 어떻게 키우지.'

사면초가에 빠진 지상은 사무실에서 초점 잃은 눈으로 소파에 기대어 있었다.

그때 연우와 상아가 허겁지겁 들어왔다.

"변호사님, 오빠를 만나고 왔는데요 자백했던 것을 부인하고 다시 우리를 변호인으로 선임하기로 했어요."

"선배님, 정말 다행이지요?"

"뭐가? 2주 후에 선고인데. 그리고 나 이제 변호사 아니야."

"아직 변호사 자격 박탈된 거 아니잖아요. 오명을 씻고 명예를 회복해야지요."

"나 그럴 힘도 없어. 또 명예 같은 거 없어진 지 오래됐어."

지상은 손을 휘휘 저었다.

"선배님, 변호사는 의뢰인을 위해서라면 거짓말은 물론이고 수단과 방법을 가리지 말아야 할까요? 아니면 의뢰인에게는 해가 될지라도 법조인으로서 규범을 지켜야 할까요?"

연우는 언론에 터진 그의 보도를 설마 하면서 우회적으로 표현했다.

"변호사는 원칙적으로 거짓말을 해서는 안 되지. 변호사법에는 '변호사가 진실을 은폐하거나 거짓 진술을 하여서는 안 된다'는 '진실 의무' 규정이 명시돼 있어."

"여기서 말하는 진실의 의미는 뭔가요?"

"적극적이 아닌 소극적 의미의 진실이지. 변호사가 검사나 판사처럼 실체적 진실을 밝히기 위해 앞장 서야 하는 것은 아니지만 진실을 왜곡해서는 안 된다는 거야."

"그렇다면 변호사의 거짓말은 어디까지 허용되고 어디서부터 금지되는 걸까요?"

"거짓임을 알고 있는지가 중요한 쟁점이지. 거짓을 몰랐는데 알고 보니 거짓말이었다면 큰 문제가 되지 않지만 알면서도 변론을 하고 허위사실을 주장하거나 증거를 신청해서는 안 돼. 단 의뢰인에게 불리한 진술을 거부할 수 있도록 권고하는 것은 용인되지."

"변호사가 진실 의무를 위반하면 어떻게 되나요?"

"물론 변호사가 진실 의무를 위반했다고 형사처벌을 받진 않아. 변호사법에 벌칙 규정도 없고 대한변호사협회의 징계 정도야. 하지만 변호사가 적극적으로 범죄행위에 가담했다면 이야기는 완전히 달라지지. 가령 증인에게 위증을 교사하거나 법원에 허위의 증거를 제출할 때는 '위증교사죄'나 '소송사기죄'로 처벌받을 수 있어. 또한 변호사는 의뢰인의 행위가 위법이라고 판단되면 즉시 이에 대한 협조를 중단하고 거절해야 해."

"생각보다 변호사란 직업이 힘든 거네요."

"그래. 직업적 명분과 사회 규범 사이에서 늘 줄타기를 해야 하지. 하나를 얻으려면 하나를 포기해야 하는 딜레마에 빠지기 쉬워. 이런 말이 있지. '유능한 변호사는 테러리스트보다 친구가 없다. 그러니 친구가 필요하면 개나 키워라'고."

"저, 선배님…."

이제 연우는 그의 정곡을 찌를 때가 되었다고 생각했다. 사실은 이 충격요법을 쓰려 밑자락을 깐 것이다. 눈치를 살피며 조심스럽게 말했다.

"그렇더라도 어린 따님에게… 아빠가 범죄자라는 꼬리표를 따라다니게 할 수는 없잖아요."

"뭐라고? 으아악!"

아니라 다를까? 지상은 격한 반응을 보이더니 주먹으로 탁자를 내리쳤다. 탁자 유리가 박살나며 손에서 피가 뚝뚝 떨어졌다.

그때 지상의 휴대폰이 울렸다.

"강지상 변호사시지요? 저는 서울중앙지검 형사 1부 김도수 검사입니다."

"그런데요?"

"강 변호사께서 변호사법 위반으로 고발이 접수되었으니 조사를 받으셔야겠습니다. 언제 검찰청으로 나오겠습니까?"

'음…. 하루 만에 소환이라…' "내가 국가전복 내란의 수괴도 아닌데 이거 너무 빠른 진행 아닌가요? 대체 고발인은 누구요?"

"도원그룹 법무실입니다."

"고발인 조서는 받았나요?"

"아, 아직…."

"먼저 고발인 조서를 작성하고 피고발인 조서를 받는 게 순서 아닙니까?"

"저는 상부 지시대로 할 뿐입니다."

"…. 모레 출두하겠습니다."

극히 예외적인 이 신속한 절차는 도원그룹 법무실장이 사시 동기인 검찰 고위직을 동원했다. 또한 그 고위직과 같은 라인인 형사 1부장과 김도수로 이어졌다. 그래서 형사 1부로 사건을 배당하고 수사검사는 김도수였다. 도원그룹 법무실은 국내외 변호사가 600여 명으로 국내 최대 로펌인 김앤장과 비슷한 규모이다. 검찰, 법원, 경찰, 청와대, 법무부, 국가정보원, 국세청, 금융감독원 등의 고위 간부 출신을 영입하여 권력

기관과 사회 전반에 연줄이 닿아 있다. 후배로서 얼마 전까지 상관으로 모셨던 선배의 부탁과 청탁을 거절하기란 쉽지 않다. 오죽하면 전관예우란 용어가 생겼겠는가!

지상은 창가로 가더니 담배를 물고는 한참을 사색에 잠겼다.

'내 수족을 자르는 것도 모자라 목에 올가미를 씌우겠다는 거네.'

이윽고 자리로 돌아와 무덤덤하게 말했다.

"이틀 동안 무지 바쁘겠는데."

"네?"

"내일 재판장을 만나고 모레는 검찰 포토라인에 서야 하니까."

"왜요?"

"내 딸이 평생 범죄자의 자식으로 살게 할 수는 없잖아."

"무슨 좋은 방법이라도 있나요?"

"없다면 이제부터 만들어야지."

지상의 말이 길어질수록 두 사람은 표정이 밝아졌다.

"연우야, 너는 예비 배심원이니 앞으로 나와 하 변과 상아 씨를 만날 때는 미행을 조심하도록 해. 태양에서 자석을 붙일 수도 있으니까."

"네. 명심할게요."

지상은 여기서 죽으면 자신과 딸의 운명이 비참해진다는 것에 달리 선택의 여지가 없었다. 그래서 이판사판으로 심 판사를 상대로 베팅하기로 했다. 사무실을 나온 상아는 구치소로 부지런히 뛰었다. 이틀의 상황은 숨 가쁘게 돌아갔다.

상태가 초췌한 모습으로 들어왔다. 두 사람이 대화를 시작하자 교도관은 녹음 버튼을 눌렀다. 매의 눈으로 감시하며 접견 내용을 상세히 적어 내려갔다. 이 지시는 구치소장의 하명이었다. 태양로펌에서 인맥을 통해 구치소장을 움직인 것이다. 만약 유리한 증거 및 참고자료가 나오면 고석낙 검사에게 제공하려는 의도였다. 천장 모서리에 설치된 CCTV도 녹화되고 있었다.

면회 때 범죄에 관해 이야기를 하면 그 내용이 추후에 유죄의 증거로 사용될 수 있다.

이 사실을 아는 지상은 면회 시 말과 행동에 각별한 주의를 주었다.

"상아 씨, 대화할 때 조심하세요. 귀는 어디에나 있으니까요."

일반인과 다르게 변호인의 접견은 녹음, 녹화, 감시 없이 이루어진다. 그래서 지상이 면회할 수도 있었지만 현재 상태의 심리가 불안하므로 가장 믿을 수 있는 동생을 보내는 것이 현명하다는 판단에서다.

"오빠, 몸은 괜찮아? 밥은 잘 먹고?"

"응. 너는? 아빠는 잘 계시고?"

"아빠도 편안하셔."

"2주 후에 선고지? 너무 걱정하지 마. 오빠."

그녀는 교도관의 눈치를 보면서 상태의 눈높이에 맞추어 슬그머니 아크릴 창에 양 손바닥을 바짝 붙였다. 순간 상태의 눈이 반짝 빛났다.

"꼭 재판일에 갈게."

"그, 그래."

"그럼 그날 봐. 또 올게."

"이런 젠장! 접견 내용이 온통 안부밖에 없잖아."

획기적인 보고로 구치소장에게 점수를 따려던 교도관은 맥이 탁 풀렸다.

상아는 면회실을 나와서는 손바닥을 비벼 댔다. 글씨들이 번지면서 거무스름한 얼룩이 졌다.

다음 날 지상은 심 판사를 찾아갔다.

"재판 중에 피고인 변호인이 판사실을 방문하는 것은 위법인 거 몰라요. 그리고 보안 카드도 없는 사람이 어떻게 스크린 도어를 열고 들어온 거요? 도대체 방호원은 뭐 하는 거야!"

지상의 방문이 탐탁지 않은 심 판사는 짜증을 냈다. 판사실 층은 소송 관계인의 출입을 막기 위해 복도 입구에 스크린 도어가 설치되어 있다. 원칙으로 판사와 직원 외에는 드나들 수 없으며 이들만이 보안 카드를 소지하고 있었다.

지상은 이 문을 통과하기 위해 고민하다 기발한 꾀를 냈다. 그것은 문 옆에서 보안 카드를 찾는 척 액션을 취하다가 직원이 들어갈 때 바짝 뒤따르는 것이다. 이 전략은 쉽게 먹혀 들었다.

"제가 투명인간이거든요. 헤헤… 투명 망토 하나 선물해 드릴까요?"

"강 변, 지금 농담이 나와요? 사고 한번 크게 쳐서 수습하기도 바쁠 텐데. 근데 여기는 왜 왔어요?"

"제 사고는 판사님의 대형 사고에 비하면 일도 아니에요."

"그게 무슨 말이요?"

"일단 이것을 보세요."

'정당하게 신청한 국민참여재판을 기각한 심재평 판사와 악덕 변호사 강지상을 고발합니다.'

"진정인은 2015년 7월 14일 속초 신풍리에서 발생한 교통사고 사망 사건 피고인의 동생입니다. 제가 호소하는 이유는 이 사건의 재판장인 심재평 판사와 강지상 변호사는 공모하여 피고인에게 형량을 감형해 주는 조건으로 거짓 자백을 유도하였습니다. 그리하여 헌법상 권리인 국민참여재판을 포기하게 만들었습니다. 이에 본 진정인은…."

"이 진정서를 청와대 국민청원에 올리겠다는 겁니다."

"이, 이 무슨 얼토당토않은 말이야?"

심 판사의 얼굴에 경련이 일었다.

"강 변, 자네도 분명 그 자리에 있었잖아. 피고인이 자의적으로 본인이 운전했다고 진술한 것을."

"판사님, 법정이라면 그 진술이 녹취되었겠지만 판사실에는 그런 게 없잖아요. 피고인이 공판 준비 기일에 한 진술을 다시 번복한다면 반증할 방법이 없다는 거지요."

"그야 그렇지만…."

"더 큰 문제는 당장 이 진정서를 국민청원에 보낸다는 것을 극구 만류하고 부리나케 온 겁니다. 이 글이 게재되면 저와 판사님은 생매장을 당합니다. 그제 매스컴에 터진 제 보도로 단골 식당 주인도 밥을 안 팔더라고요."

"도대체 이 여자가 원하는 게 뭐요?"

"국민참여재판을 다시 열게 해 달라는 거지요."

"국민참여재판을?"

"네. 이 아가씨 막무가내에 옹고집이에요. 요즘 인터넷 세상이 얼마나 살벌한지 잘 아시지요? 저와 판사님 이름이 실시간 검색어 1, 2위에 등극되어 저희를 성토하는 악성 댓글이 엄청 달릴 겁니다. 게다가 가족까지 신상이 털려 사회생활도 못 합니다. 순식간에 전 국민이 보고 난 후 진실이 밝혀져도 회복 불가능 것이 여론의 무서운 힘이니까요."

그의 엄포에 심 판사는 겁먹어 움찔했다.

"휴, 저도 정말 죽고 싶은 심정입니다."

심 판사보다 그가 더 방방 떴다. 지금은 한 배를 탔다는 동지애를 심어 줄 필요가 있어서다. 처음에 지상은 진정서에 심 판사만 타깃으로 삼았다. 그러다 작전을 바꿨다. 상아와 짜고 협박한다는 의심을 줄 수 있기 때문이다. 함께 피해자라는 처지를 강조해야 자신의 말발이 통하지 않겠는가!

"강 변, 어떡하면 좋겠나?"

'드디어 약발이 먹혔어!'

"무조건 그녀의 제의를 수락해서 필히 막는 것만이 저와 판사님이 살 길입니다."

"… 아무래도 그래야겠지?"

"시간이 없습니다. 빨리 결정하셔야 합니다. 국민청원에 올리는 순간 끝장나니까요."

지상은 재차 닦달했다. 심 판사가 고개를 끄덕였다. 허락의 표시이다.

"판사님, 그런데 그쪽에서 한 가지 조건을 더 내세웠습니다."

"또 뭐요?"

"이 재판의 변호인을 저로 재선임하겠다는 겁니다. 도원그룹 변호사는 저보다 더 믿을 수 없다면서…."

"지금 애들 장난하는 겁니까? 강 변에서 도원 변호인으로, 다시 강 변으로요?"

"네. 제가 거절했더니 그러면 이 진정서를 즉시 올리겠다며 협박하기에 어쩔 수 없이… 저도 덫에 걸린 입장이라… 또 판사님을 생각해서 결국 승낙했습니다."

"나까지 염려해 주어 고맙네. 암, 강 변이 해야지. 그럼."

지상은 총알처럼 판사실을 빠져나왔다. 그의 뒷모습을 보며 심 판사가 중얼거렸다.

"하긴 국민참여재판을 해도 변호인을 바꿔도 결과는 똑같잖아."

들어올 때 쭈뼛거리던 지상이 나갈 때는 당당하게 스크린 도어 스위치를 눌렀다.

'오늘 라운드는 판정승을 했지만, 내일 라운드는 KO승을 예약해 놨다.'
이 시각 상태는 김도수 검사에게 조사를 받고 있었다.

"설상태 씨는 공판 준비 기일에 자신이 운전했다고 자백했지요?"

"…."

"그전에 범행은 왜 부인했나요? 강지상 변호사가 거짓 진술을 강요한 거지요?"

"…."

"그러면 상태 씨가 운전한 것만은 인정하지요?"

"…."

"야, 인마. 너 벙어리야! 지금 나랑 기 싸움을 하자는 거냐?"

"…."

"자, 상태 씨. 처음부터 다시 합시다. 본인이 운전했고 강 변호사가 시켰다고 하면 조사에 협조한 공로를 참작하여 재판부에 선처를 구할게요. 그러면 충분히 집행유예로 나올 수 있습니다."

"정, 정말요?"

"설마 대한민국 검사가 공수표를 남발하겠어요."

김 검사가 던진 채찍과 당근의 효과가 나타나기 일보 직전이었다. 그 순간 상태는 상아가 손바닥에 적은 글이 떠올랐다.

한 손바닥에 '검찰 조사, 묵비권' 다른 손바닥은 '강 변호사 외 아무도 믿지 마.'

"…."

"야, 새끼야. 네가 운전을 했고 강지상이 시켰잖아!"

그는 또 침묵으로 일관했다. 김 검사는 제풀에 지쳐 소리쳤다.

"교도관님, 이 자식 유치장으로 처넣으세요."

상태는 연속 며칠을 검찰청으로 소환되었으나 한마디도 하지 않았다. 그런데 이게 보통 곤욕이 아니었다.

'형사는 때려 조지고, 검사는 불러 조지고, 판사는 미뤄 조지고, 교도관은 세어 조지고, 재소자는 먹어 조진다'는 말이 있다.

물론 죄인으로서 감당해야 할 몫이지만 그만큼 불안하고 괴롭다는 의미이다.

"피고인 자백을 못 받았으니 재판에서 유죄의 증거도 없고… 강지상 혐의 입증에 실패했으니 변호사법 위반으로 엮을 수도 없고… 구속영장을 청구해 봐야 기각될 것은 뻔하고… 부장 검사님께 뭐라고 보고하나. 조사한 성과가 하나도 없으니. 쩝쩝."

김 검사는 부장 검사실 문 앞에서 똥 마려운 강아지처럼 끙끙대고 있었다.

재판을 준비하던 심 판사의 휴대폰이 울렸다. 윤철의 전화였다.

"심 판사, 다시 국민참여재판으로 열린다니 어떻게 된 거요?"

"말도 마세요. 지금 제 코가 석자입니다."

그는 자초지종을 설명하고는 호기롭게 말했다.

"걱정 붙들어 매세요. 어차피 결과는 같으니까요."

"나는 전적으로 심 판사만 믿겠네."

도진 측은 잔칫집 분위기에서 도로 비상이 걸렸다.

다음 날 검찰청 현관 포토라인에 지상이 섰다.

주변에는 언론 매체로 북새통을 이뤘고 생중계를 탔다. 기자들이 질문 세례를 퍼부었다.

"이 재판이 다시 국민참여재판으로 열리고 강 변호사님이 피고인 변호인으로 재선임되었다는데 맞습니까?"

"네. 재판장님의 현명한 결정에 감사드립니다."

"강 변호사님이 승소를 위해 피고인에게 거짓 진술을 강요했다는 것이 사실입니까?"

"저는 그런 사실이 전혀 없습니다."

"지금껏 피고인은 억울하다고 주장하다가 갑자기 자백한 이유는 무엇입니까?"

"그 배경에 누군가가 있다고 생각합니다."

"그 누군가는 누구를 지칭하는 겁니까?"

지상은 차마 상태의 아버지라고 말할 수는 없었다.

"그것을 재판에서 밝히는 것이 변호인의 의무이며 능력이겠지요."

"피고인은 어제 검찰 조사에서 줄곧 묵비권을 행사했다고 하는데 이 또한 강 변호사님이 시킨 겁니까?"

"분명히 말씀드리지만 묵비권이 아니고 진술거부권입니다. 헌법에 '모든 국민은 형사상 자기에게 불리한 진술을 강요당하지 아니한다'고 규정된 자기방어권입니다."

"강 변호사님은 오늘 검찰에 변호사법 위반으로 구속될 수도 있는데요?"

"그런 불상사는 하늘이 두 쪽 나도 절대 일어나지 않을 겁니다."

"그렇게 자신만만해하는 이유라도 있나요?"

"네. 우리 의뢰인은 자백을 했을 뿐이지 제가 교사했다고는 진술하지 않았으니까요."

"그러면 변호사법 위반을 인정 안 하는 겁니까?"

"이것을 증명하는 유일한 방법이 있습니다."

"무슨 뜻인가요?"

"제가 국민참여재판에서 우리 의뢰인이 무죄라는 것을 밝히면 어떻게 될까요?"

"그야 당연히 혐의를 벗겠지요."

"그렇지요. 그럼, 저는 잠시 검찰로 소풍 다녀와 재판정에서 뵙겠습니다. 그리고 진실은 법정에서 꼭 드러날 겁니다."

지상과 김 검사가 마주 앉았다. 지상은 과거 푹신한 회전의자에서, 지금은 주객전도가 되어 접이식 철쇠 의자에 앉은 자신이 한심스러웠다. 김 검사는 사법연수원 몇 기 후배였다.

두 마리 토끼를 한꺼번에 잡으려는 속셈이 무산된 김 검사는 이 조사에 사활을 걸었다.

"선배님 검사 시절 명성은 익히 들어 잘 알고 있습니다."

"나의 전설이 후배님 귀에까지 들어갔나 보네요."

"그런데 이 꼴이 뭡니까? 아무리 승소가 중요해도 변호사법 위반을 하면 안 되지요. 아마도 오늘 집에 못 갈 수도 있습니다. 아시지요?"

김 검사는 기선을 제압하려 위협적으로 나왔다. 이를 그냥 지나칠 지상이 아니다.

"저, 후배님. 차 한 잔 주시면 안 될까요?"

"물론 드려야지요."

김 검사는 커피를 타와 그 앞에 놓았다.

"제가 커피에 알레르기가 있어서요. 저 차로 주시면 좋겠네요."

그가 가리킨 것은 둥굴레 티백이었다.

"이거 뭐야. 내가 저 인간의 비서야 가사 도우미야."

김 검사는 구시렁거리며 두 번 심부름을 해야 했다.

"그래도 한때 검찰 선배였으니 살살 조서를 받도록 하겠습니다."

"도대체 나를 무슨 자격으로 소환한 겁니까? 참고인으로 왔다가 피의자가 되는 거요?"

"에이, 선수들끼리 왜 그러세요. 피고발인이니 당연히 피의자지요."

"그러면 난생처음 전과기록이 생기겠네요. 우리나라 사법체계는 이게 문제예요. 세계에서 고소, 고발이 가장 많은 나라에서 고소, 고발장이 접수되어 사건 번호가 찍히면 무혐의가 되어도 빨간 줄이 남잖아요. 또 그 처분 결과를 모르는 사람들은 무조건 색안경을 끼고 보니 말이요."

"그만하시죠. 지금 선배님은 검찰청에 강사로 초빙된 게 아니라 피의자 신문 조서를 받으러 온 겁니다."

"아, 미안합니다. 주홍글씨가 새겨진다니 갑자기 울컥해서…."

"피고인이 전부 자백했습니다. 본인이 운전했고 강 변호사님이 거짓 진술을 종용해서 그랬다고요. 그러니 깔끔하게 시인하시지요? 이것만 인정하면 불구속구공판으로 넘기겠습니다."

'불구속구공판'이란 구속을 당하지 않은 상태에서 재판에 회부되는 것을 말한다.

"검사님의 선처는 눈물 나게 고맙지만 그것을 인정하는 순간 저는 변호사법 위반으로 바로 구속이 되거든요. 그러면 자동으로 국민참여재판의 변호인 자격도 박탈되지요. 이런 거래는 안 할랍니다."

"그렇다면 할 수 없네요. 이미 받은 피고인의 자백 진술로 영장을 칠 수밖에요."

"아, 그래요? 지금 그 진술조서를 보여 주던지 피고인과 대질 심문을 요청합니다. 가능하지요?"

"…."

"그럼, 이만 저는 집으로 돌아가도 될까요? 가스레인지 불을 안 끄고 와서 빨리 가야 하거든요. 이럴 줄 알았으면 화재보험이라도 들 걸 그랬나 봐요."

김 검사는 나가는 그의 뒷모습을 멍하니 바라볼 수밖에 없었다. 결국 사생결단도 소득 없이 빈손으로 끝났다.

'꽝! 꽝! 꽝!'

책상 부서지는 소리가 검사실 밖까지 들렸다. 이로써 상아에서 상태와 지상으로 이어진 이틀의 전술은 완벽히 성공했다.

두식은 양팔에 아가씨를 껴안고 양주를 퍼마시고 있었다. 술집 여종업원들은 모두 그의 룸으로 왔다. 그가 비틀거리며 공중으로 5만 원권 다발을 뿌렸다. 순간 서로 돈을 줍느라 아수라장이 되었다. 매일 그는 이런 광란의 밤을 보냈다.

두식은 경마장에서 마권을 구입하려 창구마다 바삐 돌아다녔다. 경주가 끝날 때마다 한 움큼의 미적중 마권을 내팽개쳤다.

하우스에서 열심히 카드를 쪼고 있었다. 환한 미소로 테이블의 돈을 전부 쓸어부었다. 카드를 내려놓고는 돈을 챙기려 하자 상대방이 패를 보이며 자기 앞으로 쓸어갔다. 족보에서 한 끗 차이로 밀린 것이다.

"에이 씨, 더럽게 안 뜨네. 누가 손장난 친 거 아니야?"

그는 담뱃갑을 내던지며 심통을 부렸다.

"개털이 됐으면 찌그러져 있어라. 담보로 손모가지도 받는다."

빈털터리가 된 그를 도박꾼들은 무시했다.

이곳은 돈의 유무로 황제가 되었다가 양아치가 되기도 한다. 쫓겨난 두식은 통장을 펼쳤다. 그 많던 돈이 바닥을 드러냈다. 잔액이 기껏 몇십만 원이다. 무언가 작정한 듯 가느다란 눈매가 더욱 찢어졌다.

도원그룹 비서실에 전화가 울렸다. 치수의 안색이 변하더니 회장실로 뛰었다. 성국은 난을 손보고 있었다.

"난은 말이야, 얼마나 좋은지 몰라. 물을 주면 주는 대로 자라거든. 게다가 사람처럼 속을 썩이는 일도 없잖아."

"저, 저… 회장님."

치수의 입술이 부르르 떨렸다.

"복사본을 갖고 있단 말이지?"

"네."

"이번을 끝으로 10억을 달라는 거고."

"그렇습니다."

"자네는 일처리를 그렇게밖에 못 하나!"

성국이 고함을 질렀다.

"저, 저도 전혀 예상치 못한 일이라서…."

"그 능력으로 계열사 사장을 할 수나 있겠나?"

"죄송합니다."

"할 수 없지. 자식이 돈보다 소중하니까. 더 이상 실망시키면 사장단 승진은 없던 걸로 하겠네. 그리고 지금의 그 자리도… 나는 두 번 실망하면 다시 안 써. 사람이건 물건이건."

질타를 받고 비서실로 돌아온 치수는 고민하기 시작했다.

'이번에 확실히 해결하지 못하면 내 꿈인 사장은 언감생심이야. 아니 이 자리에서도 잘려 실업 급여를 타먹을지도 몰라. 그런데 더 큰 문제는 돈을 주어도 마지막이라 보장할 수 없다는 거야. 복사본이야 얼마든지 만들 수 있으니까. 흔적 없이 종지부를 찍어야 돼.'

착잡한 얼굴에 점점 살기가 돌았다.

그는 지방대를 나와 명문대 출신이 즐비한 도원그룹에서 살아남았다. 회사에서 입지전적인 인물로 꼽혔다. 야근을 밥 먹듯 하며 임원의 이삿짐까지 날랐던 아픔도 겪었다. 두메산골의 부모님은 자식 6남매 중 유일하게 대학을 나와 도원에 근무하는 그를 자랑하는 낙으로 살고 있다.

치수는 부장급인 비서실장에서 임원을 역임한 후 고향으로 내려가 군수에 출마하려는 야망을 품고 있었다. 그래서 명절 때마다 고향에 방문하여 어르신들을 마을회관에서 거하게 대접하였다. 일가친척 중에 말단 공무원 하나 없는 집안에서 군수가 나온다는 것은 그야말로 가문의 영광이며 평생 고생만 하신 부모님께 효도하는 길이었다. 그런 그였기에 임원 승진은 절실했고 어떡해서든 이 상황을 타개해야만 했다.

'하기야 재활용도 안 되는 쓰레기 같은 새끼는….'

그는 결심한 듯 휴대폰을 낚아챘다.

"나야. 조용한 데서 봐."

치수가 전화한 곳은 심부름 센터였다.

법원 복도를 걷던 지상은 맞은편에서 오던 석낙과 마주쳤다.
"이게 누구야? 고 검사님 아니셔?"
"강 변, 요즘 완전 쪽박 찬다며?"
"내 소문이 벌써 검찰까지 퍼졌나 보네."
"당연하지. 우리 조우 기념으로 커피나 한잔하자."
그들은 법원 옥상으로 올라갔다.
두 사람은 연수원 시절에 법리 공방으로 자주 다투었다. 초겨울 한낮의 햇살도 그들의 서늘한 분위기를 녹이지 못했다. 석낙이 옥상 문을 잠갔다. 그리고 씹던 껌을 퉤 하고 내뱉었다.
"날씨가 더럽게 화창하구먼."
"내가 반가워서 커피를 마시자고 했을 리는 없을 테고 용건이 뭐야? 빨리 끝내."
"네가 맡은 재판에 내가 공판검사란 거 모르지? 그런 미친놈 변호한다고 똥줄깨나 타시겠구먼. 무슨 배짱으로 나서는 거야. 이게 승산 있는 재판일 것 같아?"
"고 검사님. 헌법 12조 4항 몰라? 검사는 기소 가능한 사건만 맡겠지만 때로 변호사는 승소 불가능한 사건도 맡는답니다. 좋으시겠어요? 영감님은 만날 이기는 싸움만 하시고."
"야! 꼴찌가 감히 수석과 싸움이 된다고 생각하냐?"
석낙은 한쪽 다리를 뻗어 옥상 난간에 걸치며 조롱했다.

"고리타분하게 케케묵은 얘기는 그만하지. 그때는 목검이었지만 이번에는 진검 승부를 보면 되잖아. 내가 무죄를 밝혀서 네 승진에 장애물이 될까 봐 겁이 나나 보네."

검사는 영장 기각율과 재판에서 무죄율이 높으면 감점을 받아 승진에서 불리하게 작용한다.

"꼴좋다! 검찰에서 잘리고 로펌에서 추방당해 이 꼬락서니로 살고 있어서."

순간 지상은 들고 있던 가방을 그의 가랑이 사이로 넣고는 위로 후려쳤다.

퍽, 소리와 동시에 석낙은 바닥에 털썩 주저앉았다.

"말은 바로 해. 내가 스스로 그만둔 거야. 아! 그리고 여기 CCTV 하나 달아야겠다. 완전 사각지대네."

"자식, 성질은 여전하네."

석낙은 부스스 일어나 옷을 털며 냉소를 던졌다. 그는 지상이 태권도 선수였다는 사실을 아는지라 싸울 엄두를 내지 못했다.

"그렇지? 그대로지? 검사씩이나 돼서 말의 품격을 갖춰야지. 언제 어른 될래?"

지상은 휙 돌아서 걸어갔다. 석낙이 그의 뒷모습을 향해 이를 갈았다. 지상이 문을 열다 고개를 돌려 말했다.

"너 아까 문 잠갔지? 감금죄인데 옛정을 생각해서 봐주는 거야."

공판 기일이 이틀 남았다. 지상과 연우, 상아, 수진은 회의에 들어갔다. 마침 세호는 참석하지 않았다. 사실 지상이 그를 배제했던 것이다.

"40여 명이나 되는 후보자 명부와 질문표를 이제야 주고는 배심원 선정에 참고하라니 원."

수진은 투덜거렸다. 지상이 연우에게 당부했다.

"재판에 참석하기 전에 꼭 알아둬야 할 게 있어."

"뭔데요?"

"나와 검사가 배심원을 선정하기 위해 후보자들에게 번갈아 가며 질문을 할 거야. 그런데 자기주장이 강한 사람은 배심원에서 제외될 수가 있어. 가능한 튀는 발언과 행동을 자제해."

"네. 그런데 배심원에 선정이 되더라도 문 변이 법정에 오면 날 알아볼 텐데요?"

"그 걱정은 마. 나에게 다 생각이 있어."

아직까지 상아와 수진은 세호가 스파이라는 것을 모르고 있다. 지상은 일부러 말하지 않았다. 두 사람이 알게 되면 배신감에 감정이 표출될 것이다. 그러면 모든 계획이 실패한다.

"강 선배, 무슨 말이야? 나랑 상아 씨 모르게 뭐 있어? 빨리 말 안 해?"

수진의 다그침에 그는 손사래를 쳤다.

"아, 아무것도 아니야."

"상아 씨, 우리 왕따당했다. 그치요?"

상아가 빙긋 웃었다. 창으로 겨울바람에 흔들리는 앙상한 나뭇가지가 눈에 들어왔다. 그녀의 눈에는 마치 그 가지가 황량한 벌판에서 눈보라를 맞으며 떨고 있는 오빠처럼 느껴졌다.

자정이 넘은 시간에 만취한 두식이 룸살롱에서 나왔다.

"내일 10억이 들어오니까 오늘 술값과 팁은 달아 놔."

"두식이 오빠, 조심해서 가세요!"

"조심은 뭘. 30년을 다닌 길인데."

그는 신이 나서 콧노래를 흥얼거렸다. 시골길이라 주변은 깜깜하고 인적도 끊겼다. 띄엄띄엄 가로등만 있을 뿐 그 어디에도 CCTV는 없었다.

'로또는 한 번 맞으면 끝이지만 내게는 도원그룹이란 화수분이 있지. 도원이 부도나지 않는 한 영원히 마르지 않는 샘이란 말이다. 야호!'

그 순간, 두식을 향해 차가 쏜살같이 달려왔다.

'꽝!'

차는 번개처럼 그를 치고 사라졌다.

드디어 공판이 열렸다. 아침 일찍 지상은 사무실로 세호를 불렀다.

"전자상가에서 CCTV를 복원하려다 실패한 것은 알고 있지?"

"그랬지요."

"그래서 다른 업체에 맡겼는데 어젯밤에 복구에 성공했다고 연락이 왔어. 알다시피 나는 오늘 법정에 가야 하잖아. 수고스럽지만 문 수석이 다녀왔으면 좋겠는데."

"당연히 제가 갔다 와야지요."

세호는 흔쾌히 승낙했다.

'구미호 같은 놈.'

지상은 주소가 적힌 메모지를 건넸다.

"지방이라 시간이 많이 걸릴 거야. 차를 줘야 하는데 똥차가 퍼져 버렸지 뭐야. 아, 공부하느라 운전 면허증을 딸 시간도 없었다고 했지?"

세호는 경쾌한 발걸음으로 사무실을 나갔다.

지상은 TF 팀이 CCTV를 찾느라 전자상가들을 다 뒤지도록 이 사실을 함구했다. 그러다 며칠 전에 복원이 불가능하다는 말을 세호에게 흘렸다. 이 정보는 곧 기탁에게 전해졌고, 허탕 친 그는 기진맥진한 요원들을 원상 복귀시켰다.

법원 정문을 통과하는 기탁의 휴대폰이 울렸다.

"뭐라고? 강 변이 CCTV를 복원했다고요. 그래서 지금 찾으러 간다고요. 어딘데요? 지방이라고? CCTV를 확보하면 즉시 폐기하고 잠적해 있다가 재판이 끝나면 만나요."

기탁은 휴대폰을 끄며 중얼거렸다.

"강지상 이 새끼. 끝까지 꿈틀거리네."

지상은 재판 시간보다 이르게 법원에 도착했다. 복도 창문 건너편에 검찰청이 보였다. 어느 사무실에서 검사와 직원들이 분주히 일하고 있었다.

어느새 그는 검사 시절로 돌아가 독백을 했다.

사법고시에 합격하자 모교에 플래카드가 걸렸다. 연락 한 번 없던 친척들에게서 전화가 쏟아졌다. 이웃에 떡을 돌리던 엄마는 칭찬 세례에 날아다녔다. 평소 무표정한 아버지도 세상에서 가장 밝게 웃으셨다.

사법 연수원 시절 고시원 야간 총무를 하며 죽으라고 공부만 했다. 마침내 꿈꾸던 검사가 됐다. 학창 시절 본 TV 드라마 〈모래시계〉에서 박상원이 연기한 검사 강우석은 내 인생의 롤 모델이었다. 우연히도 같은 성이어서 더욱 정이 갔다. 외부의 어떤 압력에도 굴하지 않고 소신을 지켜낸 강직한 검사. 그러나 드라마는 드라마일 뿐이다. 슈트를 멋지게 차려입은 몸매 좋은 검사는 현실에 없다. 검사 일이라는 게 기대만큼 녹록지 않다. 검사 한 사람이 하루 20건 정도의 사건을 처리한다. 검사 99%는 주말도 없이 일에 치여 사는 샐러리맨과 다를 바 없다. 언젠가 초임 후배 검사가 말했다.

"선배님, 검사 이거 생각보다 노가다네요. 완전 박봉에 3D 직종이에요."

"그래도 우리가 있기에 교도소를 계속 짓지 않잖아."

"그건 그러네요."

조사를 시작하면 새벽별을 보며 퇴근하는 게 일상이다.

중요 참고인이나 피의자를 소환하면 기본이 12시간이다. 오전에 불러도 새벽녘에나 심문이 끝난다. 참고인은 조사가 끝나면 집으로 돌아가지만 검사는 조사 내용을 복기한다.

책상 위에 쌓여가는 각종 조서와 서류 뭉치는 들여다볼 시간조차 부족하다. 운동할 시간은 없고 스트레스를 폭탄주로 풀다 보니 생전 없던 아랫배가 나온다. 초임 검사 월급은 276만 원. 첫 월급을 받았을 때는 나쁘지 않다 싶었다. 내가 청빈한 삶에 너무 익숙했던 모양이다.

이런 악조건에도 검사직을 포기하지 않는 이유는 하나다. 지검서 근무할 때 피해자가 보낸 편지를 서랍에 넣고 꺼내 보곤 했다.

'인생에서 가장 억울했던 순간, 검사님을 만난 덕분에 제2의 삶을 얻었습니다'는 감사 글이 담긴 편지였다. 검사는 나쁜 놈을 잡는 게 일이다. 나쁜 놈은 나를 욕하지만 피해를 당한 사람, 누명을 쓴 사람들은 눈물을 흘리며 고마워한다. 작은 실마리로부터 숨겨진 사실을 밝혀내고 진실을 찾아낸다. 합당한 죗값을 치르도록 노력하다 보면 내 아이, 내 가족, 내 이웃이 더 안전한 세상에서 살 수 있을 것이다. 이 믿음 속에서 오늘도 그들은 밤을 새운다.

"강지상 변호사님이시지요?"
"누구시더라…?"
"태양로펌의 조수찬 변호사입니다. 강 변호사님의 명성은 익히 들어 잘 알고 있습니다."
그가 태양을 그만둔 후 수찬이 근무했기에 둘은 모르는 사이였다.
"강 변호사님, 고생 많으시지요?"
"무슨 말씀인지?"
"백도진 씨가 제 의뢰인입니다. 그러니 패소하여 부디 그 명성에 먹칠을 하지 않았으면 합니다."
'어? 이놈 봐라. 초면에 싸가지가 왕재수네.'
"워낙 패소 변호사로 소문나서, 먹칠할 명성이라도 있나요?"
두 사람 사이에 은연중 내공 싸움이 시작되었다.
"강 변호사님, 사람이 언제 추해지는 줄 아십니까?"
"네?"
"가진 것을 놓지 않기 위해서, 욕망을 위해서, 궁지에 몰릴 때지요."

"일리는 있는데 헛다리를 짚은 것 같네요. 뭘 가진 게 있어야 잃을 게 있지요. 또 희망이 없으니 욕망도 없고, 떨어질 바닥도 없으니 궁지에 처할 리도 없어요. 그런데 왜 그런 말을 하는 거지요?"

"강 변호사님이 더 이상 추해지는 걸 보고 싶지 않아서 드리는 말씀입니다."

"도리어 제가 태양로펌에게 해야 할 말인 것 같은데요?"

"무슨 뜻인가요?"

"가서 오기탁에게 전해요. 증거 조작을 하거나 증인과 배심원들을 매수하지 말라고요. 그건 분명한 범죄라고요. 그리고 조 변께서도 이 경고를 명심하기 바랍니다. 이 경고는 옵션이 아니라 기본입니다."

뜨끔한 수찬은 귓불이 빨개졌다.

"네. 협박까지 받았다고 전하겠습니다."

"협박이 아니라 보약이지요. 보약 드시고 최고 로펌에서 말뚝을 박으셔야죠. 힘들게 들어갔을 텐데요. 그럼 이만."

"저놈, 기탁이 말대로 완전 또라이네!"

수찬은 분에 못 이겨 땅바닥을 냅다 걷어찼다.

11
배심원 선정

연우가 법원에 도착하니 오전 9시였다. 로비 정면으로 한복을 입은 정의의 여신상이 오른손에는 수평 저울을 높이 들고 왼손은 법전을 가슴에 품고 앉아 있었다. 그가 알기로 저울은 어느 한쪽에도 치우치지 않은 판결을, 법전은 법에 적힌 대로 하겠다는 의미이다. 그런데 이 동상은 전에 연우가 사진에서 본 서양의 정의의 여신상과 다른 점을 발견했다. 그 사진은 눈을 뜬 우리 동상과는 달리 눈가리개를 쓰고 있었다. 그 이유를 인간의 선입견과 주관이 개입되면 정의를 해칠 수 있어서라고 생각했다. 그래서 다가가 양 손바닥으로 동상의 눈을 가리며 중얼거렸다.

"이러면 기울어짐 없이 공정한 재판을 할 수 있을 거야."

대법정 게시판에 '국민참여재판 개정'이란 공고가 붙었다.

검색대에서 가방 검사를 했다. 어떤 아가씨의 가방에서 음료 컵이 발견되었다. 직원이 압수하는 것으로 보아 액체류 반입은 금지되는 것 같앉다. 후보자 명부와 신분증 대조로 본인 확인을 마친 사람들은 법정으로 들어갔다. 벽과 집기들은 어두운 원목으로 구성되어 권위와 무게감이 느껴졌다. 특히 법대가 무척이나 높아 보였다.

오른편으로 변호인석이, 왼편으로 검사석, 그 뒤로 배심원석이 있었다. 변호인석 위로는 대형 모니터가 설치되었다.

연우에게 12번 배심원 후보자 명찰이 주어졌다. 직원의 호명에 순서대로 방청석에 앉았다. 자리 앞에는 '배심원 선정 절차 안내서'가 놓여 있었다. 후보자들은 배심원 역할을 설명해 주는 비디오를 시청했다. 시청을 마치자 재판장과 2명의 배석 판사가 입장했다. 재판장은 심 판사였다. 그가 배심원들을 둘러보고는 말했다.

"이 사건의 피고인은 설상태, 나이는 27세입니다. 만약 피고인과 아는 관계인 배심원 후보자는 불공평한 판단을 할 우려가 있으므로 제척 사유가 됩니다. 이에 해당하는 후보자는 질문표에 적어 제출하시기 바랍니다."

순간 연우는 압박감이 심장을 조여왔다. 방청석은 조용했다.

"그러면 없는 것으로 알겠습니다. 저는 심재평 판사입니다. 바쁘신 와중에도 시간을 내어 예비 배심원으로 참석해 주신 여러분께 감사드립니다. 지금부터 배심원 선정을 하겠습니다."

배심원들의 기본 자질을 구별하기 위한 재판장의 질문이 이어졌다.

"1번 후보님. 유죄라는 심증은 확실히 가지만 물증이 없을 때 이를 유죄로 판단해야 할까요? 무죄로 판단해야 할까요?"

"저는 무죄로 판단해야 된다고 생각합니다."

"알겠습니다. 2번 후보님의 견해는 어떻습니까?"
"저는 유죄를 내리겠습니다."
"3번 후보님은요?"
"결정하기가… 참 힘드네요."
"괜찮습니다. 사건의 사안에 따라 다르므로 정답이 없을 수도 있습니다. 4번 후보님은 어떤 판단을 하겠습니까?"
"저는 무죄를 선택하겠습니다."
모든 후보자의 답변이 끝났다.
"오늘 후보자 분들은 배심원 자격으로 손색이 없습니다."
그는 무난한 표정을 지으며 직원에게 눈짓했다. 직원이 작은 박스에 번호표를 넣고 무작위로 10명을 뽑는 재판장에게 넘겼다. 번호가 호명되었다. 12번은 없다. 호명된 사람들은 배심원석으로 자리를 옮겼다. 실망한 그는 지상의 말을 떠올렸다.
"처음에 뽑히지 않아도 괜찮아. 기회는 계속 있으니까. 그리고 기필코 내가 만들 거야."
"45명 중에 10명이 선정되었습니다. 두 분은 어떻게 생각하십니까?"
심 판사가 지상과 석낙에게 물었다.
"재판장님, 30번과 42번을 기피합니다."
"저는 9번을 제외시키겠습니다."
석낙에 이어 지상이 말했다. 지명된 사람들은 방청석으로 내려갔다. 이런 과정은 정식 배심원이 선정될 때까지 이어졌다.
"잠시만요. 두 분도 아시다시피 무이유 기피 신청은 5명까지만 가능합니다. 신중하게 선정해 주세요."

직원은 3장을 뽑아 재판장에게 전했다. 다시 호명된 번호에도 12번은 없었다.

배심원이 9명인 국민참여재판에서는 검사와 변호인은 이유를 불문하고 5명까지 배심원 선정을 거부할 수 있다. 이 거부에서 그는 석낙에 비해 훨씬 불리한 위치에 있었다. 지상은 질문표에 적힌 후보자의 직업 등 몇 가지 사실만을 알 수 있었지만 석낙은 TF 팀에서 조사한 후보자들의 모든 정보를 갖고 있었기 때문이다. 그는 매수 대상에 부적합한 후보자를 무조건 거부하면 되었지만 지상은 고민하지 않을 수 없었다.

두 사람의 질문 순서가 되었다. 먼저 석낙이 포문을 열었다.

"19번 후보님. 아기가 배고파 울부짖는데 엄마가 돈이 없어 분유를 훔쳤다면 처벌을 해야 할까요?"

"그래도 법은 지켜야 한다고 봅니다."

"5번 후보님은요?"

"처음이라면 용서를 해야지요. 아기가 불쌍하잖아요."

젊은 사내의 냉정한 말투에 중년 여자가 안쓰럽게 말했다. 처벌과 선처로 후보자들의 의견은 나뉘었다.

"저는 4번과 35번을 제외합니다."

"저는 8번을 기피합니다."

석낙은 2명을, 지상은 1명을 거부했다. 자기주장이 강한 사람은 배심원에서 탈락된다는 지상의 언질에 그는 튀는 발언을 하지 않았다. 직원은 또다시 3장을 뽑았다. 이번에도 12번은 없다. 갈수록 연우는 조바심이 났다. 속내를 감춘 지상도 마찬가지다.

"2번 후보님. 혹시 가족이나 친지, 지인 중 교통사고 피해자가 있습니까?"

"네. 작년에 외삼촌이 교통사고를 당했지요."

"33번 후보자님은요?"

"저는 없는 것 같은데요."

갑자기 지상은 말이 빨라졌다.

"15번 후보님은요?"

"얼마 전에 친구가 교통사고로 죽었어요."

"그렇군요. 5번 후보님은요?"

"잠시만요. 변호인 지금 뭐 하는 겁니까?"

지상의 의도를 파악한 석낙이 브레이크를 걸었다. 호락호락하게 당할 석낙이 아니다.

"재판장님. 지금 변호인은 유도 질문을 하고 있습니다. 이 재판은 교통사고 사건입니다. 그러니 교통사고 피해자가 있는 후보자님은 검찰 측에 유리하고, 피해자가 없는 후보자님은 피고인 측에 유리할 것이므로 고묘히 말장난으로 가려내고 있는 것입니다."

"인정합니다. 변호인은 후보자님 사생활 질문을 삼가주세요."

"네."

지상은 재판장 경고에 머쓱해졌다.

'여우 같은 놈. 벌써 눈치를 챘군.'

그러나 나름 성과를 얻었기에 만족했다.

"더 기피 신청을 하시겠습니까?"

"저는 없습니다."

석낙은 여유로웠다. 이에 반해 지상은 5명까지 할 수 있는 무이유 기피 신청을 모두 써서라도 연우를 선정해야만 했다. 신중에 신중을 기했다.

머리에 쥐가 났다. 등에는 땀이 송골송골 맺혔다.

"검찰 측은 없는 것 같고, 변호인은 어떻습니까?"

"2번과 15번을 제외합니다."

교통사고 피해자가 있는 후보자들이다.

이제 지상과 석낙은 단 한 번의 기피 신청만 남았다. 직원이 2명을 뽑아 재판장에게 건넸다. 그 순간 연우는 두 손을 모으고 간절히 기도했다. 어릴 적 잠깐 다녔던 교회의 하나님을 찾았다. 또 자신이 아는 신의 이름을 전부 주절거렸다.

'예수님, 부처님, 알라님, 제우스님….'

드디어 재판장이 번호를 호명했다. 역시나 12번은 없다. 절망적이다. 모든 신을 원망했다. 절대 신앙을 갖지 않겠다고 다짐했다.

"이제 검찰과 변호인의 기피는 한 번씩 남았습니다. 검찰 측, 질문하시겠습니까?"

석낙은 고개를 저었다. TF 팀에서 조사한바 적합한 후보자였다.

"변호인도 질문이 없습니까? 그러면 이것으로 배심원 선정을 마치도록…."

"아니, 있습니다."

황급히 일어난 지상이 후보자들에게 다가갔다.

'아직 한 번은 거부할 수 있다. 45명의 후보자 중 이미 9명은 선정되었다. 지금까지 탈락한 사람은 석낙이 4명, 내가 4명으로 8명이다. 남은 28명 가운데 필히 연우가 뽑혀야 한다. 확률은 자그마치 28 대 1이다. 만일 석낙도 기피 신청을 한다면 절반으로 줄어들겠지만 기대할 수는 없다.'

그는 호흡을 길게 내뱉고는 질문을 던졌다.

"17번 후보자님. 열 명의 범죄자를 풀어주더라도 한 명의 억울한 사람을 처벌해서는 안 된다고 생각하십니까? 아니면 한 명의 억울한 사람이 나오더라도 열 명의 범죄자를 처벌해야 한다고 보십니까?"

"저는 전자를 선택하겠습니다."

"4번 후보자님은요?"

"한 명에게는 억울하겠지만 열 명의 범죄자를 처벌하는 것이 사회의 안정을 위한 대의라고 봅니다."

'그래, 걸려들었어!'

지상은 자신의 의도가 적중한 것에 주먹을 불끈 쥐었다.

"4번을 기피합니다."

보통 이 물음은 피고인 측으로서는 전자의 후보자를 선호하고 검찰은 후자다. 이것을 아는 석낙도 17번 후보자의 답변에 기피를 할지 헷갈렸다. TF 팀의 정보에 의하면 검찰 측에 유리한 후보자이기 때문이다. 석낙은 마지막 거부권을 남겨두기로 했다. 한 장의 번호표가 재판장의 손으로 넘어갔다.

"12번 후보자님께서 배심원으로 선정되었습니다."

마침내 기도가 통했다! 연우는 심장이 벌렁거렸다. 신들에게 감사의 기도를 드렸다. 지상이 주위를 스치듯 파이팅의 눈빛을 보냈다.

"변호인의 기피 신청은 끝났고 검찰 측은 한 번 남았는데 질문을 하시겠습니까?"

사실 석낙도 12번 선정에 흐뭇했다.

후보자 신상 파악에 의하면 12번은 도원그룹 취업 준비생이다. 게다가 그의 여동생은 교통사고로 숨졌다. 이보다 검찰 측 입맛에 딱 맞는 아군이 어디 있단 말인가!

'그러나 돌다리도 몇 번씩 두드리고 건너야 한다.'

"12번 후보자님. 지속적으로 괴롭힘과 구타를 당하던 피해자가 돌발적으로 가해자를 사망케 했습니다. 이 피해자의 행위는 살인입니까? 정당방위입니까?"

연우는 배심원 선정 과정을 지켜보면서 깨달은 게 있다. 검찰에 유리한 답변은 피고인 측에는 불리하다는 것이다. 반대의 경우도 마찬가지다. 또 너무 주관적이고 확고한 신념의 견해는 배심원에서 제외된다는 것을 알았다.

'이제 답은 나왔네! 두루뭉술 검찰 편을 드는 거야.'

"먼저 그 피해 사실을 밝힐 수 있는 기회가 있었기에 정당방위라고 보기는 힘들 것 같습니다."

연우는 자신의 가치관과 정반대로 말했다.

'어느 누가 그렇게 하고 싶지 않았겠는가! 하지만 불가항력이기에 발생할 수밖에 없는 사건이 얼마나 많은가!'

석낙은 흡족한 표정이었다가 뜻밖의 질문을 던졌다.

"12번 후보자님께 묻겠습니다. 혹시 피고인이나 변호인과 전에라도 아는 관계는 아닙니까?"

연우는 당황하여 손끝이 떨렸다. 그 찰나 지상의 당부가 머릿속을 스쳤다. 얼른 얼굴과 목청을 자연스럽게 가다듬었다.

"아닙니다. 모르는 사이입니다."

"기피하지 않겠습니다."

"이것으로 배심원 선정을 마칩니다. 오랜 시간 고생하셨습니다. 배심원으로 선정된 분들은 모두 배심원석에 착석하시기 바랍니다. 다른 분들은 퇴정하시고 소정의 여비를 받아 가십시오. 수고 많으셨습니다."

이로써 10명의 배심원 선정은 끝났다. 직원이 앉은 순서대로 배심원 번호가 적힌 명찰을 나누어 주었다. 연우는 9번 명찰을 가슴에 달았다.

재판장은 배심원의 권리, 의무와 유의사항을 말하기 시작했다.

"정식 배심원에 선정된 것을 축하드립니다. 지금부터 배심원은 이름 대신 번호로 불립니다. 이는 배심원 신변을 보호하기 위함이니 양해를 구합니다. 여러분 중에 한 분은 예비 배심원입니다. 예비 배심원은 평의와 평결에 참여할 수 없습니다. 이 외에는 배심원과 같은 권리와 의무를 가집니다. 변론의 집중을 위해 예비 배심원은 변론 종결 후에 알려드리겠습니다. 이제 배심원 유의 사항을 말씀 드리겠습니다. 배심원 상호 간은 사건에 대해 이야기할 수 없습니다. 평의에 들어가기 전까지 자신의 견해를 밝히거나 의논할 수 없습니다. 재판 절차 외에는 사건 정보를 수집하거나 조사할 수도 없습니다…."

재판장의 말이 길어질수록 연우는 가슴이 뜨끔했다. 이때까지도 그는 자신이 바로 예비 배심원이란 사실을 까마득히 모르고 있었다.

배심원 선정은 10시 40분에 종료되었다. 재판은 11시부터 개정이다.

석낙이 복도를 돌자 기다리던 기탁이 물었다.
"배심원 선정은 잘 끝났어?"
"뭐, 할 거나 있나. 형식적으로 질문하느라 고생만 했지."
"하기야 우리 리스트에 없는 배심원들만 기피하면 되니까."
서로의 미소에서 끈끈한 전우애가 넘쳐났다.
"그런데 깜짝 놀랐어."
"왜?"
"강 변이 배심원들에게 가족이나 지인 중에 교통사고 피해자가 있냐고 묻잖아."
"그랬겠네. 우리가 중점적으로 조사한 부분인데."
"잽싸게 유도질문을 한다고 공세를 폈지."
"그래서?"
"재판장에게 경고를 받아 쪽만 팔렸지. 그럼, 난 이만. 재판 시간이 되어서."
"너무 힘 빼지 마. 이미 끝난 게임이니까."
"당연하지. 수석과 차석의 합작품이잖아."
그들의 속닥거림은 마치 다정한 연인의 대화 같았다.
지상이 법정을 나오자 수진과 상아가 다가왔다.
"어떻게 됐어? 선정됐어?"

그는 무언의 미소로 화답했다.

'야호!'

수진은 팔짝팔짝 뛰었다.

상아도 안도의 숨을 내쉬었다.

"그런데 왜 이렇게 오래 걸렸어?"

"고 검사와 눈치 싸움을 좀 했지. 배심원들 분석은 점심시간에 하자고. 곧 재판 시작이야. 들어가자."

"나는 화장실 들렀다 갈게."

수진은 화장실로 가다 맞은편에서 오던 석낙과 맞닥뜨렸다.

"어이, 하 변~"

그는 반갑게 수진을 불렀다. 두 사람은 사법 연수원 선후배로 아는 사이였다. 수진은 늘 잘난 체하는 그를 못마땅해했다.

'재수 없는 놈!'

그녀는 쌩하게 지나쳤다.

작년에 그녀가 맡았던 사건의 담당 검사가 석낙이었다. 수진은 그때를 떠올리며 치를 떨었다.

"인근 주민들의 증언은 확보했고요. CCTV가 근처에 없다 보니까…."

"변호사님은 변호만 잘 하시고 수사는 제가 한다고요."

석낙은 피의자를 윽박지르기 시작했다.

"야, 박민호. 넌 분명히 단독 범행이라고 자백을 했어. 그런데 뭐? 이제 와서 아니라고?"

"네."

"야! 장난쳐? 이 새끼. 왜 갑자기 말을 바꿔. 뭐, 때문에?"

"검사님! 피의자에게 너무하는 거 아니에요?"

"너무 뭐요? 내가 지금 협박했나요? 거짓 진술을 강요한 것도 아니고 뭐 어쨌다고요. 다시 묻지. 경찰서에서 네가 했다고 진술했잖아. 맞아? 아니야?"

"맞, 맞아요."

민호는 겁에 질려 대답했다.

"너, 이 자식. 근데 왜 말을 바꾸냐고?"

더 이상 참지 못한 수진이 책상을 탕 쳤다.

"진술 거부하겠습니다. 그만 일어나자. 아무래도 검사님은 네 말을 들을 생각이 없는가 보다. 지금부터 무슨 말도 하지 말아."

"정, 그렇게 억울하면 법정에서 이기면 되잖아요."

석낙은 빈정거렸다.

"지금 민호가 보육원에서 지내는 고아라고 무시하는 거잖아요. 아무런 힘도 없고 백도 없는 아이라서 대충대충 수사하겠다는 건가요? 검사님도 흙수저 출신으로 알고 있는데 이러면 안 되잖아요?"

"저는 수저를 가리지 않고 원칙대로 조사할 뿐입니다."

수진의 앙칼진 고성도 뻔뻔한 그에게는 통하지 않았다. 석낙은 기소율을 높이기 위해 피의자의 인권을 짓밟으며 강압 수사를 하곤 했다.

멀어지는 그녀를 보며 석낙이 코를 찡그렸다.

"저게 지상이와 어울리더니 뵈는 게 없나 보네."

12
치열한 법정 공방

대법정 방청석은 이 재판과 연관된 사람들로 가득 찼다. 더욱이 도원 그룹 후계자의 진실 공방이 이슈가 되어 기자와 카메라맨들로 북적였다. 심지어 외신 기자도 눈에 띄었다.

"심 판사, 재판을 비공개로 하는 게 어때?"

"선배님, 염려 놓으세요. 재판장인 제가 다 알아서 하겠습니다."

윤철은 혹시 모를 변수를 대비하기 위해 비공개 재판을 제안했었다. 그러나 심 판사는 태양로펌 부산 대표로 가기 위해서는 자신의 인지도를 높일 필요가 있다는 생각에 공개 재판을 강행했다. 그래서 방청객과 기자들이 입장할 수 있었다.

재판 상황은 여론의 관심으로 포털 사이트에 실시간으로 기사가 떴다. 변호인석 가운데는 상태가, 양옆으로 지상과 수진이 앉았다. 상태를 바라보는 상아의 눈에 눈물이 고였다. 검사석에서 석낙과 다른 공판검사가 열심히 서류를 뒤적였다. 방청석에는 치수, 윤철, 기탁, 수찬, TF

팀 요원 등이 참석했다.

그러나 세호는 보이지 않았다. 아침에 먼 지방으로 떠나서였다. 만약 그가 재판에 왔더라면 배심원으로 선정될지도 모르는 연우를 보았을 것이다. 그러면 이들의 사이가 석낙에게 전해졌을 테고, 이에 그는 재판부에 이 사실을 폭로하여 연우를 기피 신청했을 것이다. 결국에는 피고인 측과 내통한 관계가 드러나 배심원 탈락은 불 보듯 뻔한 일이다.

법관 전용 문으로 배심원들이 들어와 순서대로 앉았다. 가슴에 9번 명찰을 단 연우의 자리는 맨 위 칸 두 번째였다. 앞에는 설명 자료와 필기도구, 질문지가 놓여 있었다.

고개를 치켜든 상태가 배심원석을 바라보다 연우와 눈이 마주쳤다. 상태는 긴가민가한 표정을 짓고는 고개를 숙였다. 지상이 그의 귀에다 속삭였다.

"고개 들어요. 죄인처럼 보이잖아요."

법원 경위가 소리쳤다.

"재판장님 입장하십니다. 모두 자리에서 일어나 주시기 바랍니다."

방청객과 배심원들은 일동 기립을 하고 재판부가 착석하자 따라 앉았다. 연우는 사람들을 일사불란하게 만드는 그 권위에 웃음이 났다.

우리 국민의 사법부 신뢰 지수는 27%다. 그만큼 불신이 크다는 의미다. 그것에 빗대면 모순이란 생각이 들어서다. 혹시 언제든 자신도 판결을 받을 수 있다는 잠재의식이 깔려 있는지도 모르겠다.

"본 재판은 피고인의 요청에 의해 국민참여재판으로 진행합니다. 1번 배심원께서 대표로 배심원 선서를 낭독해 주시기 바랍니다."

"사건을 정당하게 판단할 것과 재판장이 설명하는 법과 증거에 의하여 진실하게 평결할 것을 엄숙히 선서합니다."

재판장은 배심원석으로 고개를 돌렸다.

"배심원은 공판에 집중하여 법정에서 조사된 증거를 이해하며 기억해야 합니다. 그리고 설명 자료를 참조하시고 필요한 내용은 적으셔도 됩니다. 단 자료는 피고인의 인권을 보호하기 위해 유출을 금합니다. 질문은 변론을 종결한 후에 질문지에 적어 재판부에 제출하시기 바랍니다.

지금부터 증거 조사를 시작하겠습니다. 먼저 검사님께서 어떤 이유로 피고인을 기소하게 되었는지 공소 사실을 말씀해 주시겠습니까?"

석낙은 배심원석과 방청석을 향해 목례를 하고는 서류를 평판 영사기 아래에 놓고 리모컨을 눌렀다. 그러자 대형 모니터에 공소 내용이 나타났다.

"존경하는 재판장님. 그리고 무엇보다 이 자리에 와 주신 배심원 여러분께 감사드립니다. 피고인은 2015년 7월 14일 오후 10시경 친구들과 술을 마셨습니다. 이어 음주 상태에서 차를 운전하던 중 속초 인근 신풍리에서 4차선 중앙선을 넘어 마주 오던 차량을 들이받았습니다. 이 사고로 두 명을 숨지게 하였습니다. 더욱 안타까운 것은 피해자 서경란이 임신 8개월로 결국 세 명의 목숨을 앗아갔습니다."

곳곳에서 피고인을 질타하는 소리가 터져 나왔다. 석낙은 국과수 감정서를 지적하며 말을 이었다.

"당시 피고인은 혈중 알코올 농도 0.22%로 그 자체만으로 면허 취소 대상입니다. 이후 증인들이 증언하겠지만 피고인은 몸도 가누지 못할 정도의 만취 상태였습니다. 이에 본 검사는 교통사고처리 특례법 제3조 1항, 형법 제268조에 의해 피고인을 기소한 것입니다."

"알겠습니다. 피고인 측 변론하시지요?"

지상이 법대 앞으로 나오자 방청객에서 수군거림이 들렸다. 한편에서는 야유 소리도 났다. 매스컴에서 그의 부정적 보도를 접했기 때문이다. 그는 이를 예상한 듯 아랑곳하지 않고 헛기침 두어 번으로 목을 풀었다.

"배심원 여러분. 앞서 검사님께서 사건 경위에 대해서 말씀하셨습니다. 그런데 검사님의 발언에는 사실을 오해할 만한 몇 가지가 있습니다. 이제부터 그 부분을 밝히려고 합니다."

모니터에 어떤 공식이 등장했다.

'혈중 알코올 농도 = [알코올 농도(%) × 마신 양(mL) × 0.7894] / [체중(kg) × 0.7 × 1000]'

"이것은 경찰에서 음주 수치를 측정하기 위해 사용하는 위드마크 계산법입니다. 만약 체중이 70kg인 남자가 맥주 1,000cc를 마셨다면 이 공식에 의해 0.064% 수치가 나옵니다. 또 혈중 알코올 농도는 시간당 평균 0.015% 내려간다는 것이 학계 연구 결과입니다. 그러므로 이 사람은 적어도 2시간이 지나면 면허정지 처벌 기준인 0.05% 밑으로 내려갑니다. 피고인이 술집을 나온 시간은 오후 11경이고 사고가 난 것은 약 3시간 후입니다. 이 계산과 음주 경과 시간을 고려하면 체중이 62kg인 피고인의 알코올 수치는 약 0.02%가 나와야 정상인 것입니다."

"아닙니다. 위드마크 공식대로 한다고 해도 0.05% 이상입니다. 변호인은 이 간단한 계산으로도 처벌 기준을 모면하려는 술수를 쓰고 있습니다.”

석낙이 언제 계산기를 두드렸는지 자신 있게 반박했다. 지상은 이미 예견한 듯 씩 웃었다.

"검사님. 소주잔의 용량이 어떻게 되지요?”

"보통 50mL로 알고 있습니다.”

"그러면 양주잔의 용량은요?”

"거의 비슷하지 않나요?”

"제가 정확히 보여드리겠습니다.”

지상은 가방에서 생수병과 소주잔, 양주잔, 눈금이 표시된 주사기를 꺼내 탁자 위에 올려놓았다. 이어 생수를 주사기에 주입하고는 각 잔에 채웠다. 모두의 시선이 그의 동작에 집중되었다. 한순간 법정은 과학실로 변한 듯했다.

"보다시피 소주잔은 50mL, 양주잔은 30mL입니다. 아마도 검사님은 양주잔 용량을 소주잔인 50mL로 계산했을 겁니다. 그러면 그 수치가 맞습니다.”

감탄의 소리가 터져 나왔다. 석낙은 얼굴이 우거지상이 되었다.

"피고인의 혈중 알코올 농도가 0.02%라는 정황 증거가 또 있습니다.”

모니터에 '혈중 알코올 농도 대비 음주량' 표가 나타났다. 지상이 상태에게 물었다.

"그날 피고인은 술을 몇 잔 마셨나요?”

"3잔입니다.”

"그렇습니다. 피고인은 양주잔으로 고작 3잔을 마셨습니다. 보통 사람이라면 이 표대로 0.01~0.03%가 나옵니다. 이 수치는 위드 마크 계산법과 거의 일치합니다. 그러므로 피고인의 알코올 수치가 0.22%라는 국과수 검사 결과는 절대 신뢰할 수가 없습니다. 즉 무언가 잘못되었다는 것을 의미하는…."

"그건 사람마다 다릅니다."

석낙이 벌떡 일어나며 그의 말을 끊었다.

"피고인은 평소 술을 마십니까?"

"원래 체질적으로 알코올 분해 효소가 떨어져 못 마십니다."

"바로 이겁니다. 피고인은 특이한 체질로, 보통 사람에게 적용되는 수치는 의미가 없습니다. 피고인은 알코올 도수가 무려 40도인 조니워커를 마셨습니다. 물에 희석해서 마셨나요? 스트레이트로 마셨나요?"

"아마도 스트레이트로…."

"보십시오. 지금도 술 마신 방법을 기억하지 못하고 있습니다. 이런 피고인의 진술을 어떻게 신뢰할 수 있겠습니까?"

상대방이 심적 부담을 느껴 실수하기를 바라는 것. 그 허점을 노린 비열한 짓! 마치 복싱에서 코너에 몰린 선수가 심판 몰래 머리로 들이받아 경기를 끝내려는 치사한 수법이다.

'약아빠진 놈!'

지상은 그렇게 대답하면 어떡하냐는 듯 상태 옆구리를 툭 쳤다. 석낙은 기세를 잡은 양 목청을 높였다.

"술은 마실수록 면역성이 있어 주량이 느는 것이 보통입니다. 이런 보통 사람 알코올 수치와 체질적으로 술이 안 받는 피고인이 40도나 되는 독주를 그것도 스트레이트로 마신 것과 비교하는 자체가 무리입니다. 술을 마시고 몇 시간이 지나면 운전대를 잡을 수 있을까요? 그 증거를 공개하겠습니다."

모니터에 저명한 알코올 중독 치료 전문가인 의학 박사의 논문이 나타났다.

"우리 몸에 알코올이 들어오면 해소되는 시간이 생각보다 오래 걸립니다. 간에서 알코올을 분해할 수 있는 양은 시간당 7~10g 정도입니다. 소주 한 병을 마셨을 경우 알코올의 양은 약 80g으로 몸에서 완전히 빠져 나가려면 10시간 정도가 소요됩니다. 여기서 보다시피 양주 4잔을 마신 70kg 남성이 술 깨는 데 걸리는 시간은 6시간 28분입니다. 그런데 피고인은 3잔을 마셨고 3시간 후에 사고가 났습니다. 과연 술이 완전히 깼다고 할 수 있을까요?"

이번에는 기탁의 논리에 공감한다는 분위기로 기울었다. 의기양양해진 그가 설명을 덧붙였다.

"음주 수치는 술의 양이나 알코올 농도뿐만 아니라 나이, 성별, 컨디션, 섭취한 음식물 등에 따라 차이가 있습니다. 변호인이 제시한 위드마크 방식은 단지 공식에 의한 계산일 뿐 알코올 분해 시간은 사람마다 다른 것입니다."

"검사님은 지금 자신의 발언에 대해 책임질 수 있습니까?"

"당연하지요."

"이 시간에도 모든 경찰은 위드 마크 방식으로 음주 수치 측정을 하고 있습니다. 검사님께서 주장하는 엉터리 계산법을 사용하고 있다는 겁니다. 그러면 이들을 직권 남용죄로 처벌해야 할까요? 아니면 직무 유기죄로 처벌해야 할까요?"

"그, 그건…."

한순간의 어퍼컷이었다.

"피고인이 만취 상태가 아니었다는 증거를 확실히 보여 드리겠습니다."

모니터에 '주행기록표'가 떴다.

"이 기록표는 가해 차량의 주행기록계를 근거로 작성된 것입니다. 피고인이 술집에서 나온 시간은 오후 11시경이고 사고가 일어난 것은 오전 2시경으로 약 3시간 후입니다. 그리고 병원에서 혈중 알코올 농도 측정을 위해 채혈한 시간은 오전 3시로 음주 후 4시간 뒤입니다.

여기서 우리가 주목해야 할 것이 있습니다. 피고인이 출발한 장소에서 사고 지점까지는 일반인 운전으로도 평균 3시간이 소요되는 거리입니다. 깜깜한 밤에, 더구나 초행길을 피고인도 똑같이 3시간에 도착했다는 것은 무엇을 의미하는 걸까요? 바로 만취 상태가 아니었음을 증명하는 것입니다."

전세의 불리함을 느낀 석낙이 서류를 흔들며 발끈했다.

"그러면 변호인은 국과수의 이 감정서를 부정한다는 것입니까? 그 근거를 제시하기 바랍니다."

"곧 보시게 될 겁니다."

모니터에 판결문이 떴다.

"서울중앙지법 2012 고단 429 판결을 소개하고자 합니다. 소주 반병을 마시고 음주 운전으로 적발된 피의자는 혈중 알코올 농도 분석을 위해 병원에서 채혈을 했습니다. 이 과정에서 임상병리사가 피의자의 팔을 알코올로 소독하였습니다. 그런데 알코올이 채혈된 혈액에 섞이게 되었습니다. 에틸알코올은 술에 포함된 알코올과 똑같은 성분으로, 혈액을 오염시킬 수 있는 가능성이 있습니다.

그 결과 피의자 혈중 알코올 농도 수치가 0.3% 이상이 나와 구속되려다 석방된 사건이 있었습니다. 이와 같은 판례에 비추어 국과수 자료도 오류를 범할 수 있다는 것입니다."

방청객과 배심원들이 고개를 끄덕였다. 석낙은 옷매무새를 가다듬으며 중얼거렸다.

"저놈, 준비를 철저히 했네. 섣불리 하다가는 개망신을 당하겠는걸."

지상이 리모컨을 누르자 모니터에 '혈중 알코올 농도 대비 몸의 상태 증상' 도표와 꼬불꼬불한 국도 사진이 나타났다.

"이 도표에서 보다시피 혈중 알코올 농도 0.22%이면 소주 2병 이상을 마셔야 합니다. 또한 똑바로 걷지도 못하며 의사소통이 어려운 수치입니다."

이어 레이저빔으로 연속 굽어진 도로를 따라가며 말했다.

"이것은 사고현장 부근으로 하늘에서 찍은 항공사진입니다. 검사 결과대로라면 피고인은 멀쩡한 정신으로도 운전하기 힘든 급회전이 쉼 없이 반복되는 구간을 0.22%라는 만취 상태로 운전했다는 것입니다. 과연 이렇게 험한 길을 무사히 운전할 수 있었겠습니까?"

다시 모니터에 가파른 절벽의 낭떠러지 사진들이 보였다.

"이 사진은 본 변호인이 현장 검증을 나가서 찍은 것입니다. 이처럼 급경사로 이어진 도로를 안전하게 지나왔음에도 인사불성 수준의 0.22%가 나왔다는 것은 명백한 검사 오류입니다."

배심원 대부분이 긍정의 소리를 냈다. 위급한 상황이라 판단한 석낙이 반전 카드를 꺼내 들었다.

"지금 변호인은 국가공인기관인 국립과학수사연구원을 모독하고 있습니다. 국과수 분석실장을 증인으로 신청합니다."

"채택합니다."

"양심에 따라 숨기거나 보태지 아니하고 사실 그대로 말하며 만일 거짓말을 하면 위증의 벌을 받기로 맹세합니다."

석낙이 심문했다.

"변호인 주장대로 이런 일이 생길 수 있습니까?"

"저희 국립과학수사연구원은 최첨단 기법으로 한 치의 오차도 없는 기관입니다. 혈중 알코올 농도 수치가 다르게 나온다는 것은 말도 안 되는 억지입니다. 국가를 위해 열심히 봉사한다고 자부하는데 상당히 억울합니다."

분석실장은 불쾌한 표정을 지었다.

"국과수와 증인의 명예에 손상을 주었다면 사과드립니다. 단지 본 변호인은 전문가라도 사람이기에 실수할 수도 있다는 겁니다. 그러면 방금 전 판례를 부정하시는 겁니까?"

"그, 그건…."

"아니면 그 판결을 내리신 판사님이 오판하신 겁니까?"

"아, 아닙니다."

"그럼, 인정하시는 거네요. 이상입니다."

지상의 재치에 그는 얼떨결에 오류의 가능성을 시인한 꼴이 되었다. 기탁이 방청석으로 돌아오는 분석실장을 죽일 듯이 째려보았다.

결국 음주 수치 공방전은 무승부로 끝났다.

며칠 전 국과수 부근 카페에서 기탁과 분석실장이 만났다.
"아드님과 따님이 영국 명문대에 유학 중이더군요."
"아니, 그걸 어떻게?"
"저희 태양로펌 정보력은 국정원보다 빠릅니다."
"그런데 만나자고 한 용건이?"
"요즘 자녀들 유학비 대기가 버거우시죠? 그래도 부모로서 학업은 마치게 해 주셔야죠."

슬며시 돈가방이 건네졌다. 분석실로 돌아온 그는 0.02%에서 두 번째 0을 2로 고쳤다.

'이렇게 간단한 일에 1억이라. 역시 나는 복 받은 놈이야!'

상태의 혈중 알코올 농도가 0.22%로 바뀐 새로운 감정서가 출력되었다.

지상은 항공사진에 표시된 곳을 가리키며 상태에게 물었다.
"이 지점에서 백도진 씨와 운전을 교대했다고 자신 있게 주장하는 피고인의 근거는 무엇입니까?"
"교대하면서 전방에 속초 10km라는 도로 표지판을 보았기 때문입니다."
"그렇군요. 교통 표지판을 본 기억이 확실하단 말이지요?"

"네."

"이상입니다."

"검찰 측 반대심문 하시겠습니까?"

"본 검사도 현장 검증을 하였으나 피고인이 교대하였다는 지점에서 도로 표지판까지는 약 80m입니다. 이 거리로는 그것이 도로 표지판이라고 확신하기는 매우 어렵다는 것입니다. 하물며 깜깜한 새벽에 속초 10km라는 글씨를 정확히 본다는 것은 더욱 불가능합니다.

아마도 피고인은 만취 상태에서 운전하며 본 다른 교통 표지판과 착각하는 것 같습니다. 이를 근거로 피고인이 이 지점에서 백도진 씨와 교대했다는 주장은 신뢰할 수 없습니다. 그런데도 변호인은 마치 증거능력이 있는 것처럼 혼란을 주고 있습니다."

"정말 그럴까요?"

모니터에 일기 예보표와 상태의 시력 검사표가 나타났다.

"사고 당일은 비도 내리지 않고 안개도 없는 맑은 날씨였습니다. 즉 시야 확보가 용이했다는 것입니다. 피고인 시력은 어떻게 되지요?"

"양쪽이 1.5입니다."

"알겠습니다. 그럼 다음으로 넘어가지요."

화면에 자동차 관련 정보 문헌이 나왔다.

"여기서 자동차 전조등에 관해 간단히 말씀드리겠습니다. 그 이유는 검찰 측의 주장을 반박하기 위해서입니다. 전조등은 클리어와 프로젝션 타입이 있습니다. 둘의 차이라면 클리어 타입은 빛은 가깝지만 넓게 퍼뜨리고, 프로젝션 타입은 좁지만 멀리 보낸다는 것입니다. 피고인이 운전한 차량은 BMW i8 프로젝션 타입으로 성능이 최고인 레이저 전조등입니다. 이와 같이 사고일 날씨와 전조등 성능으로 미루어, 피고인이 교통 표지판을 보았다는 진술은 매우 신빙성이 높습니다.”

“지금 변호인은 단지 문헌에 불과한 이론으로 억지를 펴고 있습니다.”

“인정합니다. 변호인! 정황으로 증거 입증을 자제하세요. 서기! 방금 변호인 진술을 속기록에서 삭제하세요!”

심 판사는 노골적으로 석낙 편을 들었다.

“재판장님, 실제로 저희 검찰이 그 시간대에 현장 검증을 한바 도로 표지판을 분별하기는 불가능했습니다. 이에 명백한 증거를 보여 드리겠습니다. 모든 상황은 사고일과 똑같다는 점을 말씀드립니다.”

석낙은 교대 지점에서 도로 표지판을 향해 찍은 사진을 모니터에 띄웠다. 어두운 배경으로 희미한 물체가 보였다. 역시 식별하기는 어려웠다.

“저게 교통 표지판인가?”

“아무리 봐도 모르겠는데.”

“피고인이 거짓 주장을 했나?”

배심원의 수군거림이 커질수록 석낙은 입꼬리가 늘어졌다.

'그래! 네 유일한 비밀병기가 고작 그 정도겠지.'

이것은 지상이 예상했던 수순이었다.

“검사님이 현장 검증을 했을 때 전조등 위치는 어떤 상태였습니까?”

“그게 무슨….”

“하향등이었습니까? 상향등이었습니까?”

“거, 거기까지는….”

석낙은 우물쭈물했다. 지상이 상태에게 물었다.

"당시 운전할 때 전조등 위치는요?"

"워낙 험한 길이고 그 시간에 맞은편 차들이 거의 없어 먼 거리를 확보하기 위해 상향등을 켜고 운전했습니다."

"바로 이겁니다. 이 문헌에서 보다시피 하향등은 가시거리가 약 40m이고 상향등은 100m입니다. 이것으로 피고인은 충분히 도로 표지판을 볼 수 있었다는 것이 증명됩니다. 분명 검찰 측 실험은 습관적으로 하향등을 켜고 했을 겁니다. 그랬다면 또 맞을 수도 있습니다."

지상은 은근히 비꼬았다.

"전조등 거리는 제조사마다 성능과 배치 기준이 다르므로 일률편적으로 적용할 수 없습니다."

"인정합니다."

재판장은 다시 석낙에게 힘을 실어주었다. 지상은 속이 부글부글 끓었다. 이로써 교통 표시판 식별 공방도 무승부였다.

모니터에 차량 내부가 떴다.

"가해 차량이 폐차되어 부득이 동일 차량을 보여드립니다. 그런데 이상한 것은 이 부분에 설치되었던 블랙박스가 감쪽같이 사라진 겁니다. 차가 충돌하여 그 충격으로 떨어졌다면 차 안 어딘가에 있어야 하는데 말입니다. 만약 결정적 증거인 블랙박스가 발견되었다면 당시 운전자를 알 수 있기에 지금의 재판도 필요 없겠지만요."

"저희 검찰도 현장 근처를 샅샅이 살폈으나 찾을 수 없어 그 점은 안타깝게 생각합니다. 아마도 차량 충돌 시 창문을 통해 튕겨 나간 것으로 추정할 따름입니다."

사실 석낙도 블랙박스의 행방은 몰랐다. 오직 성국과 치수, 도진, 도희만 알고 있었다. 지상이 상태에게 심문했다.

"피고인은 에어컨을 켠 상태에서 운전을 했습니까?"

"네. 한여름이라서…."

"에어컨을 켰다면 창문은 전부 닫혀 있었겠네요?"

"네."

석낙이 재판부를 향해 소리쳤다.

"재판장님, 지금 변호인은 사건과 무관한 질문으로 재판의 진행을 방해하고 있습니다."

"인정합니다. 변호인의 질문은 무엇을 주장하기 위함입니까?"

"이것은 매우 중요합니다. 피고인의 진술대로라면 모든 창문이 닫혀 있어 검찰의 추정은 불가능하다는 것입니다."

"물론 검찰 측도 블랙박스의 중요성은 수긍합니다. 그러나 변호인은 피고인의 범죄를 은폐하기 위해 블랙박스 행방을 억지로 꿰맞추고 있습니다."

"그렇다면 과연 블랙박스 행방이 누구에게 유리하기에 이토록 집착하겠습니까? 피고인입니까? 백도진 씨입니까?"

"사고 당시 탑승자 4명은 모두 기절한 상태였습니다. 그러므로 지금 변호인의 주장은 실익이 없는 논쟁거리에 불과합니다."

"그렇지 않습니다! 이것은 분명 누군가 고의로 블랙박스를 숨겼거나 인멸했다는 것을 의미합니다. 이에 본 변호인은 그 행방에 강력히 의문을 제기하지 않을 수 없습니다!"

"변호인! 흥분하지 마세요."

재판장은 일부러 말을 자르고 지상에게 물었다.

"피해 차량 블랙박스는 회수했습니까?"

"그 차량의 블랙박스는 고장 나 있었습니다."

"그렇군요. 점심시간이 되었기에 휴정을 하겠습니다. 오후 재판은 1시 30분부터 증인 심문으로 속행하겠습니다."

이렇게 피고인 심문은 끝났다. 방청객들은 정문으로 퇴정하고 재판부와 배심원들은 전용 문으로 나갔다.

한편 세호는 지방의 고속 터미널에 내려 시외버스로 갈아타고 어디론가 부지런히 가고 있었다.

13
아군을 확보하라

직원의 인솔하에 배심원들은 법원 구내식당으로 갔다. 평의에 들어가기 전까지 배심원 상호 간에는 사건에 대해서 이야기할 수 없다. 칸막이로 가려진 식탁에서 배심원들만 조용히 식사를 했다. 그들은 휴식을 위해 평의실로 이동하여 둥근 원목 책상에 둘러앉았다.

8번 배심원이 먼저 말을 꺼냈다.

"나는 몸도 안 좋은데 못 한다고 할 걸 그랬나 봐요."

1번 배심원이 대꾸했다.

"이런 경험도 한번 해보는 게 좋잖아요. 전과 등이 있으면 안 되는데 우리는 그만큼 착하게 살았다는 증거가 아니겠어요?"

"저는 법원에서 등기가 왔다고 해서 긴장했어요."

10번 배심원이 말했다.

"저도 그랬어요."

6번 배심원이 맞장구쳤다.

"이 재판 언제 끝나요? 빨리 가서 프로야구를 봐야 하는데."

7번 배심원이 불평했다. 연우는 이 분위기에 아랑곳없이 골몰히 생각에 잠겼다.

"이제 법정으로 갈 시간입니다."

직원이 문을 열며 말했다. 그때였다.

"저, 화장실에 들렀다 가면 안 될까요?"

5번 배심원이 직원에게 사정했다.

"저도요."

기회를 엿보던 연우가 냉큼 그를 따라 나섰다. 마침 화장실에는 두 사람뿐이다. 연우는 옆에서 소변을 보면서 말을 걸었다.

"결정적 증거인 블랙박스가 사라진 것이 이상하지 않나요?"

5번 배심원은 평의 전에 사건에 관해 이야기하면 안 된다는 것을 알기에 멈칫했다. 연우는 조급해졌다. 소변 누는 시간이 얼마나 된단 말인가!

'어떡해서라도 이 찬스를 놓쳐서는 안 돼!'

그는 친근하게 재판과 상관없는 말을 붙였다.

"무슨 일 하세요?"

"전교조 활동을 하다 해임되어서 쉬고 있어요. 빨리 기간제 교사 자리라도 잡아야 하는데 어렵네요."

'그래! 아군으로 딱이야!'

순간 연우는 순발력을 발휘했다.

"저는 교원 임용 시험에 합격해서 발령 대기 중이에요. 교직 선배님 되시네요. 앞으로 많은 가르침 부탁드립니다."

"별말씀을요."

그는 같은 계통임에 경계심을 조금 풀었다.

"선배님. 전교조에 가입하려면 어떻게 해야 되나요?"

"전교조에 가입하려고요?"

연우가 한 술 더 뜨자 그는 동지 의식을 느낀 듯 기뻐했다. 연우는 잽싸게 그의 휴대폰에 자신의 전화번호를 남겼다.

"선배님 연락처도 알려 주실래요? 조만간 전화 드릴게요."

어느새 허물이 없어진 두 사람은 복도를 걸었다. 연우가 조심스럽게 입을 뗐다.

"그런데 블랙박스가 사라진 것이 수상하지 않나요?"

"저도 그렇게 생각해요. 피고인 측에서 블랙박스 행방에 집요한 것을 보면 결백하다는 느낌이 들기도 하고요."

동의하는 듯한 발언에 연우는 힘이 솟았다. 법정 문에서 직원이 빨리 들어오라는 손짓을 했다. 걸음을 재촉하는 귓가에 지상의 음성이 울렸.

"가능하면 배심원 중에서 아군을 만들어 놓는 게 평의 시에 좋아. 물론 직원의 감시로 쉬운 일은 아니겠지만 말이야."

그는 마치 시험에 통과한 듯 뿌듯했다.

점심시간에 지상과 수진은 식사도 거른 채 부근의 커피숍에서 회의를 했다. 사무실까지는 거리가 멀어 작전 시간을 아끼기 위해서다.

"이 재판의 배심원들이야. 자, 그럼 배심원들을 분석해 볼까? 1번 배심원인 이 남자가 가장 연장자로 배심원들을 이끌어 나갈 확률이 높아.

이 사람을 집중해서 어필해야 할 것 같아."

"30대 초반 남자인 7번 배심원은 어때요?"

"크게 신경 쓸 거 없어. 30대 미혼에 직장을 다니는 평범한 사람이 뭐 하러 다른 배심원들과 대립을 하겠어. 이 배심원의 바람은 곧 끝내고 프로야구를 보러 가는 걸 거야."

두 사람은 1번이 배심원 대표가 될 가능성에 무게를 두고 커피숍을 나섰다.

석낙은 옥상으로 지상을 다시 불렀다.

"아이고, 고 검사님. 왜 자꾸 귀찮게 하시나요? 남들이 보면 우리 사귀는 줄 알겠어요."

지상이 조롱하고는 퉁명스럽게 내뱉었다.

"왜 불렀어?"

"이제 어떻게 할 거야?"

"뭘?"

"그놈 범행은 안 봐도 뻔하잖아. 어쩔 건데?"

"너, 지금 나 걱정해 주냐? 도대체 고 검사님이 나한테 왜 이러실까?"

"거래하자. 한 번 패소하는 게 이 바닥에서 얼마나 치명적인 거 잘 알지? 원래 6년인데 반토막으로 해 줄게. 현실적으로 딱 좋잖아. 그런 놈 변호를 맡아서 그 정도면 선방한 거라고. 웬만한 사람들도 다 인정해 줄 거야."

석낙은 선심을 쓰는 척했다. 배심원 분위기에 위기감을 느낀 그는 어차피 유죄 평결만 이끌어 내면 되므로 잔꾀를 썼다.

"구형 3년이라… 뭐, 나쁘지 않네. 모두가 행복하네. 그런데 말이야. 내가 원하는 건 3년도 아니고, 3일도 아니고 무죄야."

"무죄라고? 이제 자진해서 네 무덤을 포클레인으로 파는구나. 전직 검사란 인간이 빼도 박도 못하는 증인들이 있는데 그런 말이 나와? 더 나올 증거도 없고 오후면 재판이 끝나는데?"

석낙은 손목시계를 보며 비아냥거렸다.

"과연 그렇게 될까?"

"무슨 말이야?"

"고 검사, 아니 고석낙. 네 성이 높을 고에 아마 이름이 돌 석 자, 떨어질 낙을 쓰지?"

"어떻게…?"

"곧 높은 곳에서 돌이 떨어져 깨질 거야. 그래서 네가 옥상을 좋아하나 보네."

지상이 고개를 숙여 땅바닥을 내려다보았다.

"여기가 떨어지기에는 아주 안성맞춤이네. 요즘은 날개가 있어도 추락한다지? 아, 글구 검사가 피고인 변호인에게 형량 거래를 제의했지? 그거 직권남용죄인데 내가 녹음을 안 해서 그냥 넘어가는 줄 알아라."

석낙은 얼굴이 시뻘게졌다. 그때 기탁이 문을 열고 옥상으로 들어섰다.

"어이, 고 검사. 여기 있었네. 한참 찾았잖아."

"잘들 한다. 이런 식으로 플레이해도 되냐? 검사와 의뢰인 변호인이 쥐새끼처럼 만나고 말이야. 한 사건에서 서로 접견 금지인 거 몰라?"

"동기라 사적으로 보는 거야. 강 변, 왜 너도 끼워줘? 아, 아니지. 수석과 차석 모임에 꼴찌가 끼면 평균 점수가 내려가서 안 되겠다."

기탁이 속을 긁었다. 지상은 망설이다 말문을 열었다.

"내가 정말 이 말만은 안 하려고 했는데… 우리 셋의 공통점이 뭔 줄 아냐?"

"응?"

"뭔데?"

"바로 흙수저란 거다. 너희들, 연수원 2학기 기말 시험 기억하냐? 둘이 공모해서 나에게 시험 범위를 잘못 알려줬지. 덕분에 그 과목에서 과락이 나왔잖아. 근데 왜 그냥 넘어간 줄 아냐? 장학금 수혜자가 한정되어서 양보한 거야. 누군가 한 사람은 제외되어야 했으니까. 내가 지금까지 라면을 안 먹는 이유가 뭔 줄 아냐? 그때 평생 먹을 라면을 다 먹었거든."

지상은 한편으로 마음이 아팠다. 그래도 한때는 친구로 마음을 나누었는데 이제는 적 관계가 되어서다.

"사람이 괴물로 변할 때 정작 자신은 못 느끼지. 그렇다고 악마가 되면 안 되는 거잖아?"

지상은 은연히 호소했으나 그들은 막무가내로 나왔다.

"증거가 있냐?"

"있으면 증명을 해 봐."

"자식들, 끝까지 비겁하게 나오네. 오기탁, 네 이름을 풀이해 주마. 오리가 기어가다 탁하고 뒈질 거다. 오늘 너희를 이름 풀이 값은 무료다."

문으로 향하던 지상이 돌아서며 단호하게 말했다.

"피고인은 틀림없이 무죄야. 그리고 형벌의 고통이 범죄로 얻는 이익보다 커야 한다는 것을 명심해라. 그것이 판결의 원칙이다. 또 너희들은 절대 날 못 이긴다. 왠 줄 아냐? 난 항상 히든카드가 있으니까."

"네 놈의 허풍은 여전하구나."

"아직 주둥아리는 살아 있네."

"그래? 너희들, 미리 상조회에 회원가입을 해 놓는 게 좋을 거다. 부조금도 신용카드가 되냐? 아, 그리고 이제 너희도 용도변경 좀 하고 살아라. 그럼, 저승사자는 내려가마."

지상이 비위를 긁자 두 사람은 열받아 어쩔 줄 몰라 했다.

그들은 사법 연수원에 입소해서 알게 되었다. 처음에는 동병상련으로 친하게 지냈다. 그러다 지상은 시험 사건의 전말을 알고는 그들과의 우정을 마음에서 지워 버렸다.

오후 재판은 증인 심문으로 시작되었다. 법정에 들어선 도희는 배심원석의 연우와 눈이 마주쳤다. 순간 두 사람은 화들짝 놀랐다. 검찰이 증인으로 신청한 구급대원이 증인 선서를 하고 증인석에 앉았다.

"속초 소방서 구급대원인 박철규 씨를 심문하겠습니다. 검찰 측 질문하시죠?"

"증인은 사건 현장에 가장 먼저 도착한 구급대원이지요?"

"네."

"사고 접수를 받고 갔을 때 현장은 어떠했습니까?"

"한 차는 가로수를 들이박은 상태였고 다른 차는 논두렁에 뒤집혔는데 안에 있던 두 사람은 이미 숨져 있었습니다."

"사고 현장에서 피고인에게 술 냄새가 났습니까?"

"네. 차 안에서 술 냄새가 진동했습니다."

방청석에서 피고인을 힐난하는 소리가 났다.

"당시 피고인은 어땠습니까? 자세히 말씀해 주시지요."

"처음에 혼절한 것 같아서 말을 걸어 깨웠는데 의식이 있더군요. 일단 차에서 내리게 하고는 부축해서 구급차로 갔습니다. 술에 취했는지 비틀거리며 횡설수설했습니다."

"그렇군요. 이상입니다."

"변호인 심문하십시오."

지상은 증인석으로 다가갔다.

"방금 증인은 피고인이 '술에 취했는지'라고 하셨는데 그 의미를 정확히 말씀해 주시겠습니까?"

"뭐, 술 냄새가 났고… 비틀거렸고… 정신이 없어 보였으니까….'

그는 손으로 목을 어루만지며 머뭇거렸다.

"당시 피고인은 머리에 부상을 입었죠?"

"네. 머리에서 피가 흐르고 있었습니다."

"증인은 피고인이 머리 부상의 충격으로 비틀거리고 횡설수설할 수도 있다는 생각은 안 해 보셨나요?"

"그러고 보니 또 그런 것 같기도 하고…."

그가 말끝을 흘리자 지상은 생각할 겨를을 주지 않으려고 질문을 재촉했다.

"증인은 피고인이 횡설수설했다고 증언했죠?"
"네."
"구체적으로 어떤 말을 했는지 기억하시나요?"
"그러니까… '친구들이 차에 있어요. 누가 119를 불러줘요'라고."
피고인을 칭찬하는 음성이 간헐적으로 나왔다.
"증인은 부상자를 꺼낼 때 창문이 열려 있었습니까? 닫혀 있었습니까? 그리고 차 안에서 블랙박스를 본 적이 있습니까?"
"경황이 없어 거기까지는 모르겠습니다."
"네. 이상입니다."

이때 기탁은 구급대원을 매수하지 않은 것을 후회했다. 그의 증언은 검찰 측에게도 피고인 측에게도 유불리를 판단하기에 애매해서다.

사실은 그를 포섭하려고 시도했었다. 그러나 현실의 약점이 없었고 소방 공무원으로서 자부심이 강해 자칫하면 역효과가 생길 수도 있어 포기한 것이다.

"검찰 측이 신청한 증인으로 속초 경찰서 교통조사계 구천달 경사께서 출석하셨습니다. 검찰, 심문하시지요?"
"증인은 이 사건을 담당한 경찰이시죠?"
"네."
"사고 원인을 설명해 주시겠습니까?"
"가해 차량이 중앙선을 넘어 마주 오던 피해 차량 측면과 충돌하면서 사고가 발생한 것으로 확인되었습니다."
"증인은 피고인을 병원으로 데리고 가 혈중 알코올 농도 검사를 의뢰했지요?"

"네."

"가는 동안 피고인에게서 술 냄새가 엄청났다고 진술했는데 틀림없지요?"

"네."

"이상입니다."

지상은 구 경사 곁으로 바짝 다가갔다. 몸을 가까이 붙인 것은 상대방에게 심리적으로 부담을 주자는 의도였다. 순간적으로 뭔가 찝찝한 냄새를 맡은 것이다.

"증인은 사고 현장에서 가해 차량을 조사했지요?"

"네."

"에어백의 상태는 어땠나요? 터졌나요?"

"터지지 않았습니다."

"네? 상대방 차와 가로수 충격이 상당했을 텐데 안 터질 수도 있나요?"

"에어백은 보통 전면 좌우 30도 이내의 각도와 충돌 시 속도가 약 20~30km 이상의 조건에 맞아야 작동을 합니다. 그런데 가해 차량은 측면 충돌로 두 바퀴를 회전하여 속도가 감속된 상태에서 가로수를 박아 에어백이 터지지 않은 것으로 보입니다."

"그래요? 변호인이 현장에 가서 보니 가로수 줄기에 패인 자국이 엄청나던데요?"

"하여간 저희가 과학적으로 조사한 바로는 그렇습니다."

"물론 교통사고 처리 전문가시니 어련하시겠습니까."

지상은 마치 준비한 듯한 그의 답변에 의심의 여지를 떨칠 수 없었다.

"재판장님, 지금 변호인은 국민을 위해 밤낮으로 고생하는 경찰의 명예와 인격을 모독하고 있습니다."

"인정합니다. 변호인은 발언에 신중하세요."

"본의 아니게 죄송합니다. 당시 차량의 창문들은 닫혀 있었나요?"

"분명히 열려 있었습니다."

"증인은 기억력이 꽤나 좋은 것 같습니다. 그러면 앞쪽 창문이었나요? 뒤쪽 창문이었나요?"

"그것까지는 잘….".

그는 머리를 긁적이며 눈동자를 돌렸다.

"참 이상하네요. 창문이 열려 있었다고 확신하는 증인이 앞뒤 창문을 구별 못한다는 것이 이해가 되지 않는군요. 혹시 증인은 깨진 창문을 보고 열려 있었다고 착각하는 건 아닙니까?"

"절대 아닙니다."

그는 완강히 부인했다. 기탁이 입꼬리를 씰룩이며 중얼거렸다.

"요원이 물건 하나는 제대로 골랐네."

"그런데 변호인은 왜 가해 차량의 증거 보전 신청을 안 했습니까?"

재판장의 물음에 지상은 방청석의 기탁을 노려보며 말했다.

"안타깝게도 사고 후 폐차되었기 때문입니다."

"그렇군요."

"증인에게 다시 묻겠습니다. 피고인에게서 술 냄새가 났다고 하였는데 몸에서 났습니까? 입에서 났습니까?"

허를 찌르는 심문이었다.

"그, 그건… 잘 모르겠습니다."

그는 허둥지둥거렸다. 석낙이 후다닥 일어났다.

"재판장님. 이 법정은 피고인의 죄과를 가리기 위한 자리입니다. 지금 변호인은 터무니없는 질문으로 재판의 논점을 흐리고 있습니다."

"그렇지 않습니다. 피고인의 무죄를 입증하기 위한 합리적인 과정입니다."

지상도 지지 않겠다는 듯 방청석을 향해 소리쳤다. 대부분의 사람들이 고개를 끄덕였다. 재판장은 분위기를 살피고는 말했다.

"검찰 측 반론을 기각합니다. 변호인 계속하세요."

"증인은 피고인과 말을 주고받은 적이 있습니까?"

"없는데요."

지상의 예리한 질문이 빛을 발하는 순간이었다.

"바로 이겁니다. 조금 전 구급대원의 증언처럼 차 안에서 술 냄새가 진동하였다고 했습니다. 그러면 당연히 피고인의 몸에서 술 냄새가 날 수 있습니다. 정확히 입에서 났다면 모를까 단지 이것만으로 피고인이 만취했다고 볼 수 없는 것입니다. 또 증인은 가해 차량을 조사했다고 하였지요? 그때 블랙박스를 확보했습니까?"

"거기까지는 신경을 못 써서…."

구 경사의 목소리가 기어들어 갔다.

"그것도 이상하네요. 교통사고 담당 경찰관의 의무가 무엇이지요?"

"네?"

아군을 확보하라 | 215

"사고 원인의 단서를 밝히기 위해 가장 먼저 증거로 확보해야 하는 것이 차량 블랙박스가 아닌가요? 그렇다면 증인은 직무 유기로 처벌을 받아야 하는 것이 아닙니까?"

"네?"

일부러 지상은 몽니를 부렸다. 순간 구 경사는 겁을 먹었다.

"이상입니다."

"검찰 측 반대 심문 있습니까?"

"없습니다."

석낙은 맥 빠진 목소리로 대답했다.

구 경사가 방청석으로 돌아가다 요원과 눈길이 마주치자 고개를 푹 숙였다.

며칠 전 속초 바닷가 횟집에서 요원과 구 경사가 자리를 했다.

"선배님. 국내 최고 로펌인 태양에서 근무하게 되셨다면서요. 축하드립니다."

구 경사는 아양을 떨었다.

"고마워. 얼마 전 자네 관할에서 교통사고가 난 적이 있지? 가해 차량에 도원그룹 후계자가 타고 있었다던데. 자네가 담당이라며?"

"네. 그 사건에 증인으로 채택되어 법원에 가야 해서 귀찮아 죽겠어요."

"그래서 말인데…."

요원의 말이 길어질수록 구 경사의 표정은 환해졌다.

"그거 뭐 어려운 부탁도 아닌데 이렇게 챙겨주시고. 나중에 저도 태양로펌에 갈 수 있도록 신경 좀 써 주세요."

"암, 당연히 후배님을 끌어야지."

"오신 김에 싱싱한 회나 실컷 드시고 가세요."

건배 소리에 비례하여 서빙하는 종업원의 손길도 바빠졌다.

피고인 측이 증인으로 신청한 준영이 증인석에 앉았다.

"변호인, 증인에게 심문하세요."

"증인은 피고인과 어떤 관계지요?"

"초등학교 동창입니다."

"증인은 술집에서 피고인이 마신 술의 양을 기억합니까?"

"아마도 3잔일 겁니다."

"피고인은 술을 못하는데 스스로 마셨습니까? 아니면 증인이 권했나요?"

"아, 아닙니다."

준영은 손사래를 쳤다.

"그러면 누가 강요했나요?"

"도진이가…."

"그러니까 곧 운전할 피고인에게 백도진 씨가 술을 억지로 먹였다는 거네요."

"네."

도진 측 관계자들의 인상이 험악해졌다. 이 물음은 나름 속내가 있었다. 내일 증인으로 나올 백도진에 대한 선입견을 미리 나쁘게 하려는 밑밥이었다.

"지금 변호인은 사적인 질문으로 재판의 요점을 흐리고 있습니다."

"인정합니다. 변호인은 사건과 관계없는 질문은 삼가주세요."

재판장은 지상에게 주의를 주었다.

"검찰 측 심문해 주세요."

"술집에서 나와 운전은 누가 했나요?"

"피고인이 했습니다."

"사고 당시 상황을 말씀해 주시겠습니까?"

"저는 술을 많이 마셔 차에 타자마자 잠들었습니다. 그런데 갑자기 꽝 하는 소리가 들리더니 그 후로는 기억이 없고 눈을 떠 보니 병원이었습니다."

"그러면 증인은 피고인이 주장하는 대로 두 사람이 운전을 교대하는 모습을 보았습니까?"

"보지 못했습니다."

"이상입니다."

"변호인 반대 심문하세요."

"증인은 차에 탑승해서 블랙박스를 보았습니까? 그리고 창문의 개폐 상태는 어땠나요?"

"술에 취해 잠이 들어 그것까지는…."

"알겠습니다. 이상입니다."

재판장이 배심원석을 향해 말했다.

"오랜 시간 힘드시죠. 하지만 본인이 재판장이라는 생각으로 공정한 재판을 위해 마지막까지 집중해 주시기를 바랍니다. 잠시 휴정하고 증인 심문을 계속하겠습니다."

이 시각 세호는 바닷가 외진 시골 버스 정류장에 내렸다. 그는 지나가는 행인에게 쪽지를 보여 주며 물었다. 행인이 가리킨 곳에 초라한 전파상이 보였다.

'저런 점포에서 CCTV를 복구할 수 있을까?'

설마 하는 표정으로 문을 열고 들어섰다.

노인이 전자 제품을 수리하고 있었다. 진열된 제품들과 벽에 부착된 도구들은 골동품점에서나 봄직한 구식이었다.

"서울에서 의뢰한 CCTV 파일을 가지러 왔는데요."

"아, 연락 받았어요. 그런데 어떡하지요?"

"왜요?"

노인이 안쓰럽게 말했다.

"조금 전에 손주놈이 놀다가 글쎄 물에 빠뜨렸지 뭡니까. 그래서 다시 손보고 있어요. 그동안 이 동네나 둘러보세요. 바닷가라 경치가 죽입니다. 복원하면 연락드릴게요."

"저, 혹시 CCTV 내용은 보셨나요?"

"도로에 차들만 쌩쌩 달리고 별거 없던데요. 뭐."

벌써 지상과 각본을 짠 노인은 능글맞게 연기했다.

그때 세호의 휴대폰이 울렸다. 기탁에게서 온 전화였다. 그는 지금까지 상황을 보고했다.

"제가 시킨 대로 하세요. 결과가 나오면 바로 연락을 주시고요."

세호는 하염없이 기다릴 수밖에 없었다. 이때까지만도 기탁과의 약속을 철석같이 믿었기에 홀로 바닷가를 거닐면서도 외롭지 않았다.

마지막 증인으로 영채가 증인석에 앉았다.
"변호인. 심문하시지요?"
"증인은 피고인과 어떤 관계인가요?"
"초등학교 동창이에요."
"증인의 주량은 소주 기준으로 어떻게 되나요?"
"반병 정도에요."
"당시 술은 어느 정도 했나요?"
"평소보다 과음한 것 같아요."
"증인은 정면에 부착된 블랙박스를 본 적이 있나요?"
"술에 취해 정신이 없어서 잘 모르겠어요."
"증인은 사고 순간을 기억하나요?"
"저, 저도 준영이와 마찬가지로 차에 타자마자 잠이 들었고 사고가 난 후 기절했는지 기억이 안 납니다."
그녀의 목소리 끝이 갈라졌다.
"그러니까 목적지 가까이 3시간 정도를 계속 잤다는 거네요. 한 번도 깨지 않고 말인가요?"
"네."
"차 안의 창문은 열려 있었습니까? 닫혀 있었습니까?"
"잘 모르겠는데요."

"증인은 차가 출발하자마자 창문이 열려 있어 춥다고 하여 피고인이 모든 창문을 닫았습니다. 그런 적이 있나요?"

"글쎄요."

"좋습니다. 그리고 약 10분 후에 증인은 술기운에 덥다면서 피고인에게 에어컨을 틀어 달라고 했습니다. 이건 기억나시겠지요?"

"그런 기억이 없는데요."

영채는 입술을 오물거렸다.

"그래요? 만약 증인은 열린 창문으로 새벽의 찬 공기가 들어왔다면 한 번도 깨지 않고 목적지까지 잠을 잘 수는 없었겠네요. 그렇지요?"

"아마 그럴 겁니다."

그녀는 무심코 대답했다. 지상의 유도 심문에 빠져든 것이다. 이를 간과할 석낙이 아니다. 그는 자리를 박차고 일어났다.

"재판장님. 지금 변호인은 증인의 답변을 피고인 측에 유리하도록 교묘히 유도하고 있습니다. 변호인의 심문을 중지시켜주십시오."

"인정합니다. 변호인은 심문을 유도성으로 하지 마세요."

"네."

재차 재판장 주의가 떨어졌다. 지상은 일단 꼬리를 내렸다. 그러고는 목소리에 힘을 주었다.

"그러나 이건 매우 중요한 증거입니다."

모니터에 판결문이 보였다.

"이번과 유사한 교통사고 사건인 판례 2009고합 1248을 소개하고자 합니다. 이 사건에서 차량 충돌 시 열린 창문으로 블랙박스가 팅

겨나간 경우가 있었기 때문입니다. 다행히 부근에서 블랙박스가 회수되어 시시비비는 해결되었습니다. 그런데 지금 증인이 증언한 것처럼 3시간이 걸리는 목적지까지 한 번도 깨지 않고 잘 수 있었다는 것은 모든 창문이 닫혀 있었다는 것을 증명하는 것입니다. 사고 현장 주변의 반경은 좁습니다. 피고인 측과 검찰이 일대를 샅샅이 뒤졌음에도 블랙박스를 찾지 못했습니다. 이는 차 안의 누군가, 또는 현장에 출동한 사람들이 고의로 숨겼거나 인멸했다는 것을 의미하는 것입니다."

배심원들의 표정이 반신반의로 변했다.

"지금 변호인은 창문이 닫혔다는 전제하에서 억지로 퍼즐을 맞추고 있습니다. 증인은 탑승 후 바로 잠들 정도의 만취 상태로 창문의 개폐를 인지할 수 없음은 당연합니다. 또 만일 창문으로 블랙박스가 나갔다면 동네 사람이나 행인이 주울 수도 있습니다. 피고인이 에어컨을 켰다는 것도 단지 본인의 일방적인 주장일 뿐입니다."

"그렇지 않습니다. 주민들에게 수소문한바 블랙박스를 발견한 사람은 없었습니다. 이제 피고인이 에어컨을 켰다는 증거를 확실히 보여드리겠습니다. 모니터를 봐 주시기 바랍니다."

'연료기록표'가 나타났다.

"저 기록표는 가해 차량이 폐차된 후 어렵게 연료기록계를 찾아 도출한 표입니다. 출발 지점에서 사고 지점까지는 약 185km입니다. 이 거리는 에어컨을 켜지 않고 평균 속도로 달렸을 때 20리터 정도의 기름이 소비됩니다. 그런데 피고인이 운전한 차량의 기름 소비량은 약 28리터로 1.4배가 높습니다. 이것은 무엇을 의미하는 걸까요? 바로 에어컨을 틀고 운전했다는 것을 증명하는 것입니다. 에어컨을 켠 상태서 창문을 열고 운전하는 사람이 있을까요?"

배심원들이 고개를 저었다.

"이 연료기록표를 재판부에 증거로 제출합니다."

다급해진 석낙이 반론을 폈다.

"변호인은 근거 없는 주장을 하고 있습니다. 사람마다 운전하는 습관이 다르고 도로 상황 등에 따라 소비하는 기름의 차이가 납니다. 또한 창문이 닫혔다고 증언하는 증인이 있습니까? 세 명의 증인은 기억이 없다 하고 한 명의 증인은 분명히 열려 있었다고 합니다. 지금 변호인은 정황 증거만으로 직접 증거인 증인들의 증언을 무시하고 있는 것입니다."

이번에는 배심원석에서 호응의 소리가 들렸다.

"과연 그럴까요? 피고인이 운전한 시간은 자정 무렵부터 새벽 시간대입니다. 이 시간은 도심에서도 교통 체증이 없습니다. 하물며 고속도로와 지방 국도를 경유하는 차가 평균 기름 소비량에 1.4배를 더 사용할 수가 있겠습니까? 에어컨을 켜지 않았다면 말입니다. 그리고 과학적인 정황 증거는 술 취한 인간의 기억보다 훨씬 정확할 수 있습니다. 이상입니다."

지상은 배심원들을 설득하기 위해 사력을 다했다.

재판장은 배심원들이 장시간 힘들 거라며 또 휴정을 선고했다. 석낙의 입장에서 재판은 종반전으로 접어들었으나 지상에게는 이제부터 시작이었다.

14
재판을 하루 더 하다

복도에서 지상과 석낙이 마주쳤다. 석낙이 그의 앞을 가로막았다.

"이제 몇 시간이면 재판이 끝나네. 게임 아웃인 거 알지?"

"네 뜻대로 끝날 거였으면 진작 너의 제의를 받아들였겠지. 아직도 하루씩이나 남았는데?"

"곧 게거품을 물 놈이 자존심은 있어 가지고."

"세상일이라는 게 하루에도 열두 번씩 변하는 거 모르지?"

"강 변호사님, 꼴리는 대로 지껄이세요."

석낙은 비웃으며 지나갔다.

재판이 개정되자마자 지상은 강력하게 나왔다.

"피고인은 사고 당시 백도진 씨와 운전을 교대했기에 자신은 무죄라고 일관되게 주장하고 있습니다. 이 재판의 쟁점이 바로 이 부분이므로 가장 중요한 증인인 백도진 씨를 심문하기까지 이 재판은 무기한 연기되어야 한다고 주장하는 바입니다."

"아쉽게도 현재 증인은 심한 부상으로 거동이 불편하여 법정에 나올 수가 없습니다. 이에 부득이 이 서면 진술 조서로 대신하겠습니다."

석낙이 재판부에 서류를 제출했다. 재판장은 형식적으로 보는 척했다.

"인정합니다."

"형소법 314조에 의하면 서면 진술 조서는 작성자가 법정에서 자신이 했다고 진술해야만 증거로 사용할 수 있으므로 저 조서는 증거 능력이 없습니다."

지상이 손짓으로 법대 위의 서류를 가리켰다.

잠시 심 판사는 양쪽의 배석 판사와 상의하는 체했다.

"사망이나 질병, 소재 불명 등에 준하는 사유로 진술할 수 없으면 예외로 인정합니다."

재판장은 검찰 측의 이유를 받아들였다. 지상은 감정을 억누르느라 숨을 골랐다.

"얼마 전 거짓말 탐지기 조사를 받으러 경찰청까지 갔던 증인이 법정에 출석할 수 없다는 것은 어불성설입니다."

그의 격앙된 고성에 법정 안이 웅성거렸다.

지상은 공판 준비 기일에 두 사람을 대상으로 재판부에 거짓말 탐지기 검사를 신청했었다.

거짓말 탐지란 사람이 말을 허위로 꾸미는 과정에서 반드시 신체적 변화를 동반한다는 사실에 근거한다. 질문에 거짓으로 답변할 경우 심장 박동 수가 빨라져 호흡이 가빠진다거나 피부에 땀이 증가하는 증상 등이 차트 그림에 나타난다.

그러나 거짓말 탐지기는 어디까지나 신체 반응에 의존하기에 정신불안자나 예민한 타입, 반대로 극도로 이성적이거나 냉철한 사람에게는 실제와 상반된 결과가 도출될 수 있다. 이런 한계가 있기에 법원에서 정황 증거로만 활용할 뿐 증거 능력을 인정하지 않는다. 자칫 선량한 시민을 범죄자로 낙인찍거나 범죄자에게 면죄부를 주는 도구로 악용될 수 있기 때문이다.

그런 이유로 반드시 면담 조사가 따른다. 거짓말 탐지에 있어 측정 장비 검사 시간은 짧고 피검사자와의 면담에 대부분의 시간을 할애한다. 면담 중에 녹화된 미세 표정을 통해 정밀 관찰된다. 아무리 거짓말을 태연하게 잘 하는 사람도 0.3초 동안에 경미한 표정 변화는 있기 마련이다. 순간 검사관은 이를 포착하여 거짓말임을 잡아낸다.

증언 중에 분석 실장은 코를 매만졌다. 구 경사는 머리를 긁적이며 눈동자를 돌렸다. 영채는 입술을 오물거렸다. 이들에게서 보통 거짓말을 할 때 나타나는 현상들이 있었지만 아무도 눈치채지 못했던 것이다.

당연히 상태는 음성이었지만 거짓으로 드러난 도진의 양성 결과는 기탁이 매수한 검사관에 의해 음성으로 바뀌었다. 지상은 이 사실을 알 수 있는 방법이 없었기에 포기했다. 도리어 백도진의 결백에 힘을 실어 주는 악수를 둘 수 있어 재판에서 다투지 않았던 것이다. 배심원의 판단에 혼란을 주는 것은 손해라는 생각에서다.

지상은 방청석을 향해 소리쳤다.

"지금 증인인 백도진 씨는 오늘 하루 만에 마치는 이 국민참여재판을 이용하고 있습니다. 그래서 재판이 끝날 때까지 출석을 회피하고 있는 것입니다. 이는 곧 자신의 유죄를 감추려는 것으로 용서할 수 없는 행위입니다. 이에 본 변호인은 백도진 씨의 출석을 강력히 요청하는 바입니다."

법정 안이 술렁이기 시작했다. 재판장은 마지못해 석낙에게 물었다.

"증인의 건강은 어떻습니까?"

"몸 상태가 악화되어 걸을 수가 없습니다."

순간 재판장은 방청석의 윤철과 눈빛을 교환했다.

"피고인 측이 신청한 증인 백도진 씨의 출석은 검찰이 제출한 서면 진술 조서로 대신하겠습니다."

이어 배심원들에게 말했다.

"지금까지의 증거 조사에 의문이나 질문 사항이 있으면 질문지에 적어 재판부에 제출하시기 바랍니다."

유일하게 연우의 질문지가 직원을 거쳐 재판장에게 건네졌다. 그것은 당연했다. 다른 배심원들은 빨리 재판이 끝나기만을 기다릴 뿐이었다. 모두의 시선이 그 종이에 집중되었다. 질문지를 펼친 재판장의 눈썹이 씰룩거렸다. 읽어 내려가는 음성이 심하게 떨렸다.

"사고 현장 주변에 설치된 CCTV를 확인하면 당시 차량 운전자를 알 수 있습니다."

두 사람의 공동 작품이 불을 뿜는 순간이었다.

"연우야, 너는 밀어 붙여. 나는 퍼부울 테니까."

"그럼 저는 태풍이고 선배님은 장대비네요."

"그렇지. 우리 각자 맡은 역할에 최선을 다하자고."

전에 이 시점에서 연우가 질문지를 제출하기로 하면서 주고받은 대화였다.
여기저기서 감탄의 소리가 터졌다. 석낙이 선수를 치고 나왔다.
"재판장님. 검찰이 도로공사에 알아본바 사고 시간대의 CCTV 영상이 시설 점검으로 삭제되었다고 합니다. 또한 복원도 불가한 것으로 판명되었습니다."
"아, 그래요. 안타깝네요."
"그래서 피고인 측이 유능한 복원 전문 업체를 찾아 손상된 CCTV 영상 복구를 의뢰했습니다. 그쪽에서 내일 완벽하게 복원해 주기로 했습니다."
"음, 음. 그래요. 시간도 없는데 굳이 그렇게까지 할 필요가 있을까요?"
재판장은 헛기침을 하고는 부정적으로 나왔다. 지상이 작심한 듯 발언했다.
"지금 재판부는 배심원이 제시한 결정적 증거이면서, 진범을 판단할 수 있는 단서인 CCTV 확인을 무시하고 있습니다. 더욱이 가장 중요한 증인의 출석도 거부하고 있습니다. 이는 직무 유기와 더불어 헌법에 보장된 피고인의 자기 방어권을 침해하고 있는 것입니다. 이에 변호인은 본 재판부를 헌법 재판소에 위헌 법률 제청을 하며 항소 법원에 기피 신청을 하겠습니다."
사방에서 술렁이기 시작했다. 기자들의 카메라가 재판장의 얼굴로 집중되었다.
이를 의식한 심 판사는 시뻘건 낯짝으로 고민에 잠겼다. '판사 입장에서 나의 사건이 문제가 되어 헌재까지 간다는 것은 불명예지. 이 불명예는 평생 꼬리표로 따라 다닐 것이고 가문의 망신이야. 또 자식들을 볼 면목도 없고. 만약 기피 신청이 받아진다면 재판부가 바뀌어 편파를 인정하는 꼴이 되지. 지금 흐름으로 그럴 가능성도 높아.'

속앓이를 하는 심 판사는 이마에 식은땀이 맺혔다. 공개 재판을 결정한 것에 후회가 밀려왔다. 그러나 이미 엎질러진 물을 어찌 담을 수 있단 말인가!

그는 더 이상 버티기가 힘들다는 듯 윤철과 마주친 눈을 내리깔았다. 이윽고 항복 선언을 했다.

"CCTV 검증을 위해 내일 더 재판을 속행하겠습니다. 피고인 측은 CCTV를 재판부에 제출하세요. 그리고 검찰은 백도진 씨를 출석시키세요."

석낙은 고개를 끄덕일 수밖에 없었다. 이래서 원래 하루 예정이던 재판이 이틀 동안 열리게 되었다.

연우는 한순간 지옥에서 천국행 롤러코스터를 탄 것 같았다. 지상의 말이 떠올랐다.

"어떡해서든지 재판을 내일까지 연기해야만 도진을 참석시켜 심문할 수 있어. 만약 재판이 오늘 끝난다면 증인들의 증언이 상태에게 불리하므로 유죄가 될 것은 뻔한 일이야."

그들에게는 백도진의 출석만이 유일한 스모킹 건이었다.

물론 CCTV 문제를 지상이 거론할 수도 있었다. 하지만 심 판사가 무조건 기각할 수 있어 그 역할을 연우에게 맡겼다. 배심원 의견 제시는 국민참여재판의 필수 절차이므로 재판장이 무시할 수 없다는 점에 착안한 것이다. 지상은 갑자기 재판부가 바뀐 것과 심 판사가 윤철의 후배였다는 사실에 수상한 낌새를 간파하고 있었다.

이때 기탁이 수찬의 귀에 무언가 속닥였다. 두 사람의 얼굴에 회심의 미소가 번졌다. 수찬은 부리나케 법정을 빠져나갔다. 곧이어 기탁은 살며시 자리를 뜨더니 복도에서 TF 팀에게 연락했다.

"빨리 9번 배심원 신상에 대해 더 상세히 조사해서 보고해!"

그는 휴대폰을 끊으며 중얼거렸다.

"9번은 도원그룹 입사를 준비하는 것으로 알고 있는데… 그래서 우리 편으로 생각했는데… 왜 그런 돌발적인 질문을 했지? 이해가 안 되네. 이 모두가 CCTV 복원 업체를 찾느라 시간을 낭비해서야. 성과는 개뿔도 없으면서 말이야."

기탁은 연우를 아군으로 여겨 배심원 선정에서도 제외하지 않았다. 그런데 그의 행동은 기탁을 헷갈리게 하고 불안하게 만들었다. 세호의 정보만 믿고 허탕 친 것과 연우의 뒷조사가 미흡했던 점에 부아가 치밀었다.

즉시 연우와 상태가 중학교 동창이었다는 사실이 그의 귀에 들어왔다. 기탁의 메모지가 수고비를 쥐어준 법원 경위를 통해 감쪽같이 석낙에게 전달되었다.

"재판장님. 9번 배심원은 피고인과 중학교 동창인 것으로 밝혀졌습니다. 이에 본 검사는 공정한 재판을 위해 9번 배심원을 기피 신청합니다."

"그게, 사실입니까?"

"정말이에요? 저도 방금 알았는데요?"

연우는 깜짝 놀라는 척하며 금시초문이라는 표정을 지었다. 그제야 설마 하던 상태가 그를 다시 쳐다보았다.

"9번 배심원은 피고인을 기억합니까?"

"전혀 모르겠습니다. 동창 중에 저 친구가 있었는지… 그리고 졸업한 지가 벌써 10년이 훨씬 지나서….″

연우는 고개를 설레설레 저었다.

"서로 일면식도 없는 관계가 검찰 측의 기피 사유라면 삼척동자도 웃을 일입니다. 만일 피고인의 고향이 서울이라면 여기 계신 배심원님들의 고향은 모두 지방이어야 한다는 거네요."

지상의 논리에 방청석에서 실소가 터졌다.

"검사님께 묻겠습니다."

"네?"

"중학교를 어디서 나왔나요?"

"서울입니다."

"동기생은 몇 명 정도였나요?"

"500여 명…."

"지금 그 친구들을 전부 기억하며 만나고 있습니까?"

"그, 그건 아니지만….″

"바로 똑같은 이치입니다."

석낙은 머쓱해졌다. 여기서는 일방적인 K.O패였다.

"검찰 측의 기피 사유를 기각합니다."

연우는 구사일생으로 배심원 탈락의 최대 위기를 모면했다. 안도의 숨과 동시에 가슴을 쓸어내렸다. 이 기피 사유 논쟁 중에 그는 마음속으로 기도하고 있었다.

'신들이여, 학교까지는 괜찮습니다. 그러나 한 반이었다는 사실은 발각되지 않게 해주세요. 같은 반이었던 친구를 모른다는 걸 누가 믿겠습니까?'

다행히 그의 바람은 TF 팀 요원의 게으름으로 이루어졌다.

첫 재판이 끝났다. 벽시계는 6시 20분을 가리켰다. 교도관에 이끌려 문을 나서던 상태가 고개를 돌렸다. 배심원석의 연우와 눈이 마주쳤다. 상태는 부끄러운 미소를 보냈다.

방청객들은 썰물처럼 빠져나갔다. 복도에는 기사를 송고하는 기자들의 목소리로 시장통을 방불케 했다.

"무슨 재판을 이틀이나 하나? 할 일이 산더미인데."

"왜? 난 좋은데. 일당을 더 벌고 말이야."

배심원들은 불평과 만족으로 나뉘었다.

어느새 법원 주변은 깜깜했다. 그때 지상에게로 4번 배심원인 홍판기가 다가왔다. 그는 지상을 노려보며 말했다.

"변호사님. 얼마 전에 제 여동생이 음주 운전 교통사고를 당해 식물인간이 되었지요. 저는 배심원들을 최대한 설득하여 유죄 평결을 받아낼 겁니다. 두고 보세요."

그는 압박성 경고를 하고는 휙 돌아서 정문으로 걸어갔다. 오늘 저녁에 태양로펌은 어떤 방법을 써서라도 배심원들을 매수할 것이다. 이런 상황에서 그의 협박은 설상가상이었다. 지상은 암담했다. 수진과 상아는 약속이 있다며 먼저 갔기에 혼자였다. 또한 태양에 허점을 잡히지 않으려고 연우와의 만남도 조심했다. 그들의 감시망과 미행은 GPS보다 사정거리가 넓고 끈질긴 것을 알기 때문이다. 낙담한 지상의 발걸음은 터벅터벅 포장마차로 향했다.

15
배심원 매수 작업

 TF 팀 사무실에 비상이 걸렸다. 남은 시간이 별로 없었다. 기탁은 상기된 얼굴로 요원들에게 지시를 내렸다.
 "여러분도 알다시피 재판이 내일까지입니다. 지금까지는 배심원 선정을 위한 작업이었다면 이제는 맞춤형 매수 작업에 돌입해야 합니다. 1번 배심원 김성원은 중소기업을 다니다 구조 조정으로 해고되어 생활이 어려운 가장입니다."
 기탁은 요원 1을 향해 인상을 썼다. 그는 증인이던 구 경사의 매수에 기대만큼 성과를 내지 못했던 것이다.
 "당신은 이 작업에서 제외합니다. 그리 아세요."
 "저… 팀장님. 그러면 보너스와 3배의 연봉은…."
 "지금 무슨 말을 하는 겁니까? 맡은 일도 제대로 못하면서."
 "그래도 나름 열심을 다했는데…."
 "당신 바보요? 멍청이요? 이 분위기에서 그런 말이 나와! 이 시간으로 당신은 해고요."

"팀장님, 한 번만 더 기회를 주십시오. 처자식을 생각해서라도 제발 선처를…."

"내가 그것까지 책임져야 하나요? 내일 퇴직금은 정산될 테니 당장 꺼져요!"

요원 1은 많은 사람 앞에서 수치와 모멸을 당하고는 밖으로 나갈 수밖에 없었다. 그런데 기탁은 이것이 나중에 자신을 조이는 족쇄가 될 줄은 전혀 생각지 못했다.

그는 감정을 주체하지 못해 '가능한 적을 만들지 말라'는 격언을 무시한 대가를 치르리라는 것을 몰랐다.

"요원 2는 이 사람에게 도원그룹 계열사인 편의점을 내주겠다는 제의를 하며 작업하세요. 그리고 2번 박형일은… 3번 성민지는… 4번 홍판기는 여동생이 교통사고로 식물인간 상태여서 피고인에게 복수심으로 유죄 평결을 내릴 겁니다. 그러니 이 사람은 매수 대상에서 제외해도 됩니다. 5번 차현오는… 6번 김해자는… 7번 지규한은… 8번 송인순은… 9번 최연우는 제가 맡겠습니다. 마지막 10번 이진숙은… 실패하는 요원은 인사 고과와 연봉 재계약 시에 반드시 불이익이 돌아갈 것입니다. 자, 빨리 작전 개시합시다."

각자 임무를 부여받은 요원들은 쏜살같이 밖으로 나갔다. 그때 기탁의 휴대폰이 울렸다.

"네? 백 회장님의 따님이라고요? 저를 좀 보자고요?"

그는 전화기에 대고 굽실거렸다.

지상은 포장마차 구석진 자리에서 자포자기한 듯 연신 술을 들이켰다. 홍판기의 선전 포고를 떠올리며 중얼거렸다.
"오늘 태양에서 배심원 매수 작업을 본격적으로 펼칠 텐데… 이 재판은 틀렸어."
이때 수진이 들어오며 쏘아댔다.
"강 선배, 내일이 재판인데 지금 뭐 하는 거야? 정신이 있는 거야 없는 거야!"
그녀가 술잔을 낚아챘다.
"우리는 여기까지야. 더 이상 싸울 힘도 없어. 포기하자."
"비겁한 새끼! 한때는 정의의 검사였다가, 불나방처럼 돈을 좇아가더니 꼴좋다! 그래도 널 선배로 생각한 내가 정말 수치스럽다. 이 개 같은 새끼야."
"그래 나 멍멍이다. 너무 그런 눈으로 쳐다보지 마라. 나도 내가 나쁜 놈인 거 잘 안다."
"검사에서 도망치고, 여기서도 도망치고, 평생 도망이나 치면서 살아라. 이 살인자야!"
수진은 토이넷 소송의 내막을 알기에 그의 급소를 찔렀다. 그녀는 지상의 검사 사직을 오로지 돈의 탐욕으로만 알고 있었다. 당시에 지상은 자신이 처한 곤궁을 이야기하지 않아서다. 수진은 모욕을 날리고 차갑게 나갔다.
'살인자라고?'
순간 지상은 토이넷 사건이 머릿속을 헤집었다.

'도원 엔터테인먼트와 토이넷의 판결을 선고하겠습니다. 민사 2012가단 1258 사건은 원고 도원 엔터테인먼트의 승소입니다.'

'게임 벤처 회사로 촉망받던 젊은 사업가. 건물 옥상에서 투신자살. 대기업인 도원 엔터테인먼트와 지적 재산권 침해 등의 소송을 하던 토이넷 대표는 억울하게 패소하였다며 갑의 횡포를 죽음으로 고발한다는 유서를 남기고는….'

"토이넷 대표가 자살하였듯이 어쩌면 상태도… 결국 나는 또 살인자가 되고… 평생을 죄책감 속에 살게 되겠지…."

그는 어금니를 악물었다. 마시려던 술잔을 꺾었다. 넥타이를 고쳐 맸다. 황급히 포장마차를 나가며 중얼거렸다.

"포기하는 순간 핑곗거리를 찾게 되고, 도전하는 순간 방법을 찾게 되지."

커피숍에서 기탁과 도희가 만났다. 기탁은 그녀에게 쩔쩔맸다. 조만간 도원그룹 법무팀장으로 가면 자신에게 영원한 갑이 아닌가!

"9번 배심원인 최연우 씨와 영애님이 애인 관계라고요?"

기탁은 까무러칠 뻔했다.

"네. 연우 씨는 제가 책임지고 설득할게요. 우리는 곧 결혼할 거예요."

그녀는 한 술 더 떴다.

"오늘 밤에 최연우 씨를 만나려고 했는데… 그러면 영애님만 믿겠습니다."

"걱정 마세요."

도희는 자신만만하게 나왔다. 그는 연우를 단순히 배심원으로 여겼다. 그런데 곧 도원그룹의 사위가 아닌가!

'어떡해서든 그놈에게 잘 보여야겠는걸.'

기탁은 복잡한 계산에 머리가 지끈거렸다.

도희는 연우를 찾아갔다.

"이렇게 늦은 시간에 웬일이야? 그런데 오늘 법정은 왜 왔었어?"

"그게… 증인인 영채 언니를 만나러 갔었어. 법정 구경도 할 겸."

도희는 슬쩍 둘러댔다. 이때까지도 연우는 그녀가 도진의 동생이라는 것을 몰랐다. 상아도 이 사실을 함구했었다.

"그랬구나."

"연우 씨, 배심원으로 선정되었나 봐."

"응. 힘들게 됐어. 내일까지 재판한다고 하네. 덕분에 일당도 두둑이 챙기고 말이야. 알바비 받으면 한턱 쏠게."

"내가 보기에는 피고인이 틀림없이 진범 같은데 연우 씨 생각은? 그런데 CCTV 확인은 왜 꺼냈어?"

그녀는 슬며시 속내를 떠보았다.

"우연히 CCTV가 떠올라서. 블랙박스가 사라진 것도 그렇고… 이 사건에 이상한 점이 한둘이 아니야. 마치 누군가가 피고인에게 누명을 씌우는 느낌이 들어. 내일 재판까지 지켜봐야 알겠지만 내 생각에는 백도진 씨가 운전한 것 같아."

"아니래도! 모든 정황으로 봤을 때 상태가 범인이라니까?"

도희는 반사적으로 흥분했다.

"상태라니? 네가 피고인의 이름을 어떻게 알아? 아는 사람이야?"

"아, 아니. 언뜻 법정에서 들은 것 같아서."

"그래. 배심원들만 아는 내용인데…."

순간 그는 미심쩍었지만 그냥 넘어갔다.

"도희야, 나는 배심원으로서 진실을 꼭 밝혀 낼 거야."

"그럴 필요 없다니까!"

둘 사이가 급 냉각되었다. 연우는 그녀를 이해시키기 위해 자신의 치부를 드러냈다. 그것은 중학교 때 사건이었다.

"내가 죄책감을 벗어나는 길은 오직 이것뿐이야."

잠시 그녀는 고민에 휩싸였다.

"무슨 생각을 그렇게 골몰히 해?"

"…."

"뭔데? 말해 봐?"

"사실은… 백도진이 우리 오빠야."

"뭐라고? 그러면 네 아버지가 도원그룹 임원이 아니고 백성국 회장님이란 말이야?"

연우는 퍼즐을 맞추느라 정신이 없었다. 전에 상아와 도희가 길에서 마주쳤을 때 두 사람은 입이라도 맞춘 듯 학교 동창이라 했었다. 이제야 과거 상태 가족의 사연에 그녀도 연관되었음을 안 것이다.

그동안 도희는 자존심이 강한 그에게 가족사를 비밀로 부쳤다. 그리고 연우가 도원에 입사하면 사실을 고백하려 했다.

"그래서 말인데… 우리 오빠에게 유리하게 해 주면 안 될까?"

"무슨 뜻이야?"

"피고인에게 유죄 평결을 내리면…."

그의 눈치를 살피던 도희가 반색으로 나왔다.

"그러면 도원그룹 입사는 내가 무조건 책임질게. 또 아빠에게 말해서 요직에 초고속 승진까지. 어차피 우리는 결혼할 거잖아."

연우는 갈등했다.

'그토록 갈망하던 도원그룹 입사가 보장된다. 게다가 재벌의 부군 자리까지도. 천우신조인 이 기회를 절대 포기할 수는 없어. 그런데 내가 개입해서 도진이 진범이라는 것이 밝혀지면 우리는 원수 사이가 될 거야. 그러면 나의 탄탄한 장밋빛 미래를 포기해야만 하잖아.'

머릿속이 어지러웠다. 마음은 흔들리다 못해 지진이 일었다. 순간의 판단이 평생을 좌우한다는 말이 실감났다. 그때 상아의 애처로운 울먹임이 귓가에 파동 쳤다.

"우리 오빠는 절대 거짓말할 사람이 아니에요. 친구이니 더욱 잘 아실 거 아니에요. 지금 제 주변에는 오빠를 도와줄 사람이 연우 오빠밖에는 없어요."

지푸라기라도 잡으려는 그녀에게 실망을, 아니 절망을 줄 수는 없었다.

'도희의 바람대로 한다면 나는 죽을 때까지 상태에 대한 죄책감에서 벗어나지 못할 거야. 결코 그렇게 살고 싶지는 않아.'

그는 상태의 편에 서기로 결심했다. 그 순간 지상의 신신당부가 떠올랐다.

"두 사람 사이가 탄로 나면 배심원 기피 사유가 되어 배심원에서 탈락

될 거야. 재판이 끝날 때까지는 절대 누설하면 안 돼. 하물며 부모님에게라도 말이야."

아차 싶었으나 이미 엎질러진 물이다. 법정에서 상태를 모른다며 부인한 것을 본 그녀가 아니던가! 더욱이 이제 도희는 둘이 짝꿍이었던 관계까지 알게 되었다.

만약 거절하면 분명 오빠를 구하려는 그녀를 통해 태양에게 들어갈 것이다. 이어 석낙이 그 내막을 적나라하게 폭로하고 다시 배심원 기피 신청을 할 것은 뻔하다. 그러면 배심원 탈락은 기정사실이 된다.

그는 고민하는 척하다 도희의 제안을 받아들였다. 그녀는 기뻐하며 기탁에게 결과를 알렸다.

연우는 오늘 밤 태양로펌에서 자신을 찾아와 매수할 거라고 생각했다. 이때 그들과의 대화를 녹음하여 지상에게 전하고, 재판에서 터트릴 계획이었다. 그런데 도희의 방문으로 물거품이 되어 허탈했다.

요원 2는 성원의 집 앞에서 그를 기다리고 있었다. 멀리서 축 늘어진 어깨로 걸어오는 모습이 보였다. 요원은 배심원석에 있던 그를 보았기에 단번에 알아차렸다.

요사이 성원은 부지런히 일자리를 찾았으나 전부 퇴짜를 맞았다. 이런 불경기에 젊은이들도 취업하기 어려운데 더구나 50대를 받아 주는 회사는 없었다. 한창 돈이 들어가는 대학생과 고등학생인 자식들의 뒷바라지를 해야 하는데 걱정이었다.

퇴직금 1억여 원과 코딱지만 한 집을 담보로 5천만 원을 대출받아 프

랜차이즈 치킨집을 열었다. 오픈 당시 주변에 3개였던 치킨집은 불과 2년 후 10개로 늘어났다. 고정적인 상권의 수익을 나눠먹다 보니 매출은 곤두박질 쳤다. 인건비를 아끼려 아내까지 뛰어들었으나 도저히 버틸 수가 없었다. 은행 대출금 연체이자는 불어났고 급기야 집을 경매로 넘기겠다는 통지서까지 날아왔다. 성원은 치킨집을 접을 수밖에 없었다.

이미 그의 사정을 파악한 요원이 명함을 건넸다.

"교통사고 피해자의 부친이 도원그룹 직원입니다. 사재를 털어서라도 외아들의 가족을 몰살시킨 피고인에게 죄의 대가를 치르게 하겠다며… 피고인에게 유죄 평결을 내려 주십시오. 그러면 새 출발하실 편의점은 장사가 잘 되는 자리로 알아봐 드리겠습니다. 거기에 드는 비용은 전혀 염려하실 필요가 없습니다."

성원은 마치 요원이 박 씨를 물고 온 제비로 착각되었다.

"저도 모든 정황으로 보아 피고인이 유죄라고 생각했는데… 하하하. 제가 행운아인 것 같습니다. 절대 걱정하지 마십시오."

요원은 기탁에게 임무 완료의 메시지를 보냈다.

형일은 식당에서 제육볶음을 시켰다. 내일까지 법원에 출석하면 24만 원이란 거금이 생기므로 모처럼 외식을 했다. 고시원에서 무료로 제공하는 밥과 김치는 신물이 났다. 고향의 지방 대학을 우수한 성적으로 졸업하고 서울에 온 지도 어언 3년이 흘렀다.

그동안 대기업 정규직에 수없이 도전하였으나 대부분 1차 서류 전형에서 탈락했다. 그나마 몇 군데 통과한 회사는 면접에서 고배를 마셨다. 혹시 스펙이 부족하나 싶어 자격증을 취득하고 인턴 경험도 쌓았지만 결과는 마찬가지였다. 지금껏 집에서 겨우 생활비를 타 썼지만 그것도 올해가 끝이다. 내년에 아버지가 정년퇴직을 하므로 이제는 홀로서기를 해야 한다. 그래서 울며 겨자 먹기로 중소기업의 계약직이라도 취업을 해야 할 처지다. 부모님께 볼 낯이 없어 집에 못 간 지도 여러 해 되었다.

맥없이 고시원으로 들어가는 그에게 요원 3이 다가왔다.

"박형일 씨 되시죠?"

"네."

"태양로펌에서 나왔습니다."

"무슨 일로?"

"요즘 직장 구하기가 힘드시죠?"

"…."

"제가 괜찮은 제안을 할까 합니다. 다름이 아니라 내일 재판에서 피고인에게 유죄 평결을 내려 주시기 바랍니다."

"왜요?"

"그렇게 해주시면 박형일 씨에게 도원물산의 정규직 자리를 보장하겠습니다."

"네? 도원물산이라면 도원그룹 계열사를 말씀하시는 건가요?"

"그렇습니다. 저희 로펌에서 도원그룹을 대신하여 이 일을 위임받았습니다."

"정, 정말입니까?"

"약속합니다."

"그거야 뭐…. 어렵지 않지요. 그렇게 하겠습니다."
요원과 헤어진 그는 얼른 휴대폰을 들었다.
"엄마, 드디어 대기업인 도원물산에 정규직으로 취직했어. 이번 명절에 꼭 찾아뵐게요."

민지는 법원을 나오자마자 편의점으로 달렸다. 다행히 정시에 도착하여 점장의 꾸중은 면했다. 이제 새벽까지 알바를 해야 한다. 주말에는 예식장 도우미, 커피숍 서빙도 기다리고 있다. 그나마 편한 과외 알바는 SKY생들도 구하기 힘들다는 요즘이니 자기에게는 기회조차 오지 않았다.
그래서 배심원에 선정되었을 때 기뻐서 펄쩍 뛰었다. 다른 알바에 비하면 휴식이었고 수입도 짭짤했다. 이 알바만 내내 했으면 좋겠다고 생각했다. 내년에 3학년이다. 이를 악물고 졸업할 때까지 참아야 하지만 너무 힘들다. 낭만적인 캠퍼스 생활은 그녀에게 사치다.
'아프니까 청춘이다.'
물론 아름다운 말이다. 그러나 학교를 다니며 서너 개 알바를 뛰는 자신에게는 미사여구일 뿐이다. 이 현실이 민지에게는 선택이 아닌 필수이기 때문이다.
그녀는 어릴 때 부모님의 이혼으로 외할머니에게 맡겨졌다. 그 후로 부모님의 얼굴은 본 적이 없다. 촌구석에서 열심히 공부했고, 똘똘하다는 소리도 들었다.
수도권 대학에 장학생으로 선발되어 서울로 올라왔다. 민지는 집안의 보물이었고 할머니에게는 희망이었다. 입학하자마자 의식주를 해결하기 위해 알바를 했다. 그런데 다음 학기부터는 평균 학점이 미달되어 장학금을 받을 수 없었다. 여유가 있는 친구들은 공부에만 전념하기에 그녀는 경쟁에서 밀렸다. 성적이 떨어지니 공납금을 마련하느라 알바를 더 해야 했고, 장학금을 못 받는 악순환이 반복되었다. 더구나 할머니의 건강이 악화되어 얼마의 생활비와 약값도 보태야 했다.

'빈익빈 부익부.'

그녀가 일찍 사회에서 깨달은 서글픈 인생철학이다. 자정을 넘어 편의점을 나서는 그녀를 요원 4가 불러 세웠다.

"성민지 씨 되시지요?"

"그런데요."

"잠깐 대화를 할 수 있을까요?"

"왜요?"

"기적을 선물하려고요."

"네? 무슨 말이에요?"

피곤하여 반쯤 감긴 눈꺼풀이 솟구쳤다.

"국민참여재판의 3번 배심원이지요?"

"어떻게 그걸 아세요?"

"태양로펌 직원입니다. 백도진 씨를 변호하는 로펌이지요. 오늘 재판에서 피고인에게 유죄 평결을 내리면 도원그룹 장학재단에서 졸업 시까지 전액 장학금과 월 생활비를 지급하겠습니다."

"진, 진짜요?"

"분명히 약속합니다. 그리고 다른 배심원들도 모두 그렇게 할 겁니다."

"그래요? 하지만 그 이유라도 알아야…."
"알다시피 피고인은 유죄인데 이왕이면 만장일치로 평결이 나왔으면 합니다."
"그, 그렇군요."
순간 그녀는 머리 회전을 돌렸다. 이윽고 승부수를 던졌다.
"그렇게 할게요. 단 조건이 있어요."
"네? 무슨?"
"지금 주세요. 어차피 나중에 주는 거나 마찬가지잖아요."
"그, 그야 그렇지만… 잠시만요."
이것은 자기가 결정할 사안이 아니었다. 요원은 기탁에게 자초지종을 설명했다. 흔쾌히 콜이 떨어졌다.
"입금되었을 겁니다."
요원이 사라지자 그녀는 어디론가 전화를 걸었다.
"할머니, 졸업할 때까지 학비와 생활비가 해결되었어요. 이제 할머니께 돈도 많이 보내 드릴게요."
선견지명인지 그녀는 총명했다.

기탁은 홍판기의 가족사를 알기에 당연히 그가 유죄 평결할 것으로 믿어 매수 대상에서 제외하는 우를 범했다.

해자는 축 처진 어깨로 용역 사무실을 나왔다.
"파출부 자리가 나온 게 있나요?"

"아직 없는데요."

그녀는 안다. 불경기다 보니 젊은 여자들까지 이 잡일에 몰려 50대들의 일자리가 점차 줄어드는 것을.

남편은 10여 년 전에 빚만 남기고 술병으로 세상을 떠났다. 그 이후로 식당 설거지, 빌딩 청소 등 몸으로 때우는 일을 전전했다. 장사할 밑천이 없는 그녀로서는 어쩔 수 없었다.

작년에 며느리가 집을 나갔다. 성실하던 아들이 교통사고를 당해 한쪽 다리를 심하게 절었다. 무단횡단 사고라 일체 보상금도 받지 못했다. 아들은 술독에 빠져 그 화풀이를 아내에게 돌렸다. 해자는 견디다 못한 며느리의 가출을 이해하기에 욕하지 않았다. 어린이집을 다니는 손주들의 양육은 오로지 그녀의 몫이 되었다.

버스를 기다리는 그녀 앞에 요원 5가 나타났다.

"김해자 씨지요?"

"네."

"지금 국민참여재판의 배심원이시고요."

"그런데요?"

"태양로펌에서 나왔습니다. 김해자 씨에게 좋은 제의를 드리려고요."

"그게 뭔데요?"

"내일 재판에서 피고인에게 유죄 평결을 내리시면 도원그룹 사옥의 정규직 청소 자리를 보장하겠습니다. 물론 상여금, 퇴직금, 휴가비 등도 지급되지요."

"정, 정말이에요?"

그녀는 꿈인가 싶어 허벅지를 꼬집었다. 아픈 것으로 보아 생시이다. 이제 날마다 일자리를 걱정할 필요도 없다. 날씨는 신경 쓰지 않고 출근만 하면 된다. 용역 사무실에 내는 10%의 수수료도 아낄 수 있다. 그녀는 가족의 생계를 위해 선택에 고민할 겨를이 없었다.

"그렇게 할게요."

"그럼, 믿겠습니다."

요원의 뒷모습을 보며 그녀가 중얼거렸다.

"이제 아들놈만 정신 차리면 되겠네."

규한은 집골목 모퉁이에 몸을 숨기고 두리번거렸다. 도박 빚으로 쫓겨다니는 신세였다. 그 금액이 자그마치 8천만 원에 육박했다. 집에 못 들어간 지도 며칠이 되었다. 그동안 찜질방에서 컵라면으로 끼니를 때우며 지냈다.

얼마 전 사채업자에게 붙잡혀 죽을 만큼 두들겨 맞았다.

"다행히 오장육부는 멀쩡하네. 이번 달까지 못 갚으면 네 몸뚱어리는 우리 것이다."

신체포기각서에 사인을 하고는 최후통첩을 받았다. 그런데 벌써 그 기한이 지났다.

'어쩌다 내 인생이 이렇게 꼬였을까? 이 젊은 나이에 시한부 선고를 받다니… 아이고 내 팔자야!'

자신이 너무나 한심스러워 목 놓아 울고 싶었다. 그러나 이제 와 후회한들 소용이 없었다.

그때 누군가 그의 등을 톡톡 쳤다.

"저, 지규한 씨가 맞지요?"

"아, 아닌데요."

"어, 이상하네… 이 사진의 인물이 확실한데."

요원 6이 휴대폰 사진과 비교하면서 고개를 갸웃했다. 순간 규한은 사채업자가 아님을 알고는 안도의 숨을 내쉬었다.

"그런데 누구세요?"

"태양로펌의 직원입니다. 7번 배심원인 지규한 씨지요?"

"네."

"요즘 도망 다니느라 힘드시죠?"

"아니, 그걸 어떻게?"

"로펌의 정보력으로 그 정도는 애들 장난이지요. 이제 제가 도망자에서 해방시켜 드리겠습니다. 단 저희 제의를 받아들이는 조건하에 말입니다."

"그게 뭔데요?"

"내일 재판에서 피고인에게 유죄 평결을 하면 그 대가로 도박 빚을 다 갚아 드리겠습니다."

"진, 진짜입니까?"

"설마 국내 최고 로펌에서 헛소리를 하려고 이 늦은 밤에 찾아왔겠습니까?"

"무조건 하겠습니다. 백 번이라도 하겠습니다."

멀어지는 요원을 향해 규한은 허리가 땅에 닿도록 절을 했다. 이어 휴대폰을 집어 들었다.

"야! 김 사장 새끼야. 내, 더러워서 내일까지 빚 다 갚는다, 갚아!"

인순은 재판을 마치자 식당으로 뛰었다. 몇 시간이라도 일을 해야 급여를 더 받는다. 유니폼으로 갈아입은 그녀는 바로 서빙에 투입됐다. 다른 식당들은 한산한데 유독 이 고깃집은 눈코 뜰 새 없이 바빴다.

인순은 남편만 생각하면 울화통이 터졌다. 만날 사고만 치던 남편이 교도소에 들어간 지도 1년이 넘었다. 이혼하고 싶었지만 그나마 아이들에게 아빠란 존재가 필요할 것 같아 참았다. 아침에 애들을 학교에 보내고 식당으로 출근하여 밤늦게 돌아오면 몸이 천근만근이다. 하루 종일 고기를 만지면서도 막상 자식들에게는 먹이지 못하는 것에 마음이 아팠다.

올해 중학생이 된 큰딸은 공부방이 없다며 투덜거린다. 그래도 동생들을 돌보는 것이 대견하면서도 늘 미안하다. 한 칸인 반지하에서 벗어날 기미는 좀처럼 보이지 않는다. 자정이 돼서야 지친 걸음으로 터덜터덜 가게를 나왔다. 그런 그녀를 요원 7이 기다리고 있었다.

"잠깐만요. 송인순 씨 되시지요?"

"네."

"국민참여재판의 배심원이시고요."

"네."

"백도진 씨를 변호하는 태양로펌에서 나왔습니다."

"그런데요?"

"태양에서 송인순 씨에게 둘도 없는 기회를 드릴까 해서요."

"네?"

"저희 제의를 수락하시면 도원건설의 임대 아파트를 무상으로 제공하겠습니다. 그러면 자녀분들과 쾌적하게 살 수 있지 않겠습니까?"

"그, 그야 그렇지만… 무슨 일인데요?"

"오늘 재판에서 피고인에게 유죄 평결만 내리시면 됩니다. 사실 송인순 씨도 그렇게 생각하지 않습니까?"

순간 그녀의 머릿속에는 오직 곰팡이 핀 지하방을 벗어난다는 기쁨뿐이었다.

"저도… 유죄라 여기고 있었어요."

"현명한 판단입니다. 그럼, 재판을 마치고 이사 갈 준비를 하세요."

그녀는 집으로 내달렸다. 그리고 방으로 들어가며 외쳤다.

"선희야, 드디어 네 공부방을 갖게 되었어!"

진숙은 법정을 나서자마자 병원으로 향했다. 하나뿐인 7살 아들이 백혈병을 앓고 있어서다. 그녀는 자신 때문에 아이가 병에 걸린 것 같아 죄책감이 들었다. 그녀에게는 오빠도 어린 나이에 백혈병으로 숨진 가족 병력이 있었다. 또 임신 중에 교통사고를 당해 엑스레이 촬영으로 방사선에 노출된 것이 원인일지 모른다는 생각에서다.

벌써 입원한 지 2년이 지났다. 멀쩡하던 아이가 갑자기 열이 오르고 피부에 붉은 반점이 돋았다. 청천벽력과 같은 진단이 떨어졌다.

"급성 골수성 백혈병입니다."

"치료는 어떻게 하나요?"

"항암 약물 요법으로 할 겁니다. 그래도 완치가 어려우면 골수 이식을 해야지요."

"맞는 골수가 없으면요?"

"재발률과 사망률이 높아지지요. 하지만 요즘은 골수를 전 세계적으로 구할 수 있습니다. 문제는 돈이 많이 든다는 거지요."

안타깝게도 그녀와 남편의 골수는 부적합 판정을 받았다. 맞벌이로 악착같이 마련한 전셋집은 몇 번의 수술비에 월세로 옮겼다. 은행과 대부업체에서도 더 이상 돈을 빌릴 수 없었다. 병실로 향하는 그녀를 수납 직원이 불러 세웠다.

"진환군 중간 병원비를 계산하셔야 되는데요."

"조금만 기다려 주세요."

진숙은 막막한 심정으로 애원했다. 엘리베이터를 타려는 그녀의 팔을 요원 8이 붙잡았다.

"이진숙 씨 되시지요?"

"네?"

"잠깐 대화를 할 수 있을까요?"

"왜요?"

"이 재판에서 피고인에게 유죄 평결을 내려 주시면 진환군의 치료를 저희가 책임지겠습니다."

"정말이요…? 그런데 누구세요?"

"내일 증인으로 출석할 도원그룹 후계자인 백도진 씨를 변호하는 태양로펌의 직원입니다."

"저희 아이를 어떻게 치료해 주신다는 건데요?"

"도원병원 소아암 병동에서 골수 이식을 받게 될 겁니다. 거기에 드는 모든 병원비와 간병 비용은 저희가 부담합니다."

도원병원 소아암 센터는 우리나라 최고의 의료 시설이다. 아이의 병을 고칠 수 있다는 생각에 망설일 이유가 없었다. 게다가 간병도 해 준다니 직장도 구할 수 있다.

"고맙습니다. 그렇게 할게요."

그녀는 요원이 하늘에서 내려온 천사로 보였다. 진숙은 공장에서 야근하는 남편에게 급히 전화를 걸었다.

"여보, 우리 진환이를 도원 병원에서 완치될 때까지 무료로 치료해 준대요. 하나님이 우리 기도를 들어주셨어요."

수찬은 차현오를 찾아갔다. 기탁은 그의 매수를 요원에게 맡기려다가 언변이 좋은 수찬이 더 적임자라고 판단했다. 그리고 무엇보다 현오가 전교조 출신이라 변호사인 그가 상대하는 것이 신뢰와 무게감에 있어 앞선다고 봤다. 집에 있던 현오의 휴대폰이 울렸다. 생소한 번호였.

"누구세요?"

"태양로펌의 조수찬 변호사입니다."

"네? 어떻게 제 휴대폰 번호를 아셨나요?"

"뭐, 그것보다 차 선생님께 기쁜 소식이 있어 알려드릴까 합니다. 잠시 뵀으면 하는데요?"

"네? 그러지요."

전화를 끊은 현오는 의아했다.

'태양이라면 백도진을 변호하는 로펌인데… 이 늦은 밤에 무슨 일이지?'

그는 약속 장소인 커피숍으로 가면서 연우와의 통화를 떠올렸다.

"아마도 저녁에 태양로펌이나 도원그룹에서 차 선생님을 찾아갈지도 모릅니다. 그러면 대화 내용을 몰래 녹음해 놓으세요."

재판이 끝난 후 연우는 그에게 전화를 걸어 그렇게 말했었다. 또한 다른 배심원들에게도 같은 부탁을 하고 싶었지만 연락처를 몰라 애를 태웠다. 그러나 이것이 오히려 전화위복이 될 줄은 평의실에 가서야 알았다.

"차 선생님, 교직에서 해임되어 생활이 힘드시지요? 그리고 기간제 교사 자리도 얻기가 쉽지 않지요?"

"저에 대해 어떻게 아세요?"

"로펌에서 근무하다 보면 상대방의 웬만한 정보는 다 꿰뚫습니다."

"그런데 만나자는 용건이 뭡니까?"

"내일 재판에서 피고인에게 유죄 평결을 내리시면 도원학원 재단의 정교사 자리를 보장하겠습니다."

'음음….'

수찬의 제의는 너무나 유혹적이었다. 현오는 마음이 흔들렸다.

"이미 다른 배심원들도 다 그렇게 평결하기로 했습니다. 사실 차 선생님께서 반대하셔도 판결에 영향은 없습니다. 다만 이번에 더 좋은 자리로 복직할 수 있는 기회를 드리려는 겁니다. 한마디로 로또를 맞으신 거지요."

"저는 내일 법정에서 CCTV와 증인 심문을 보고 결정하겠습니다."

현오는 강단 있게 나왔다. 수찬은 포기할 수밖에 없었다. 풀죽어 떠나는 그를 보면서 현오가 중얼거렸다.

"이런 적폐를 폭로하다 선생에서 잘렸는데… 내가 저들과 똑같다면 무슨 낯짝으로 아이들을 가르친단 말인가!"

수찬은 기탁에게 그를 포섭하는 데 실패했다고 알렸다.

"바보 같은 자식! 요원하고 다를 게 하나도 없잖아. 이런 놈을 라이벌이라고 여겼으니 나도 미친놈이지."

기탁의 휴대폰이 울렸다. 작업 결과를 백 회장에게 보고하기 위한 치수의 전화였다.

"배심원 작업은 잘 진행되고 있습니까?"

"5번 배심원을 제외하고는 모두 성공했습니다."

"만장일치로는 안 될까요?"

"아마도 어려울 것 같습니다. 그래도 이 정도면 대단한 성과입니다."

아쉬운 듯한 치수에게 그는 생색을 냈다. 전화를 끊은 기탁이 불만을 토했다.

"도대체 어디까지 바라는 거야! 필드 작업의 고생도 모르면서 말이야."

어느덧 시간은 밤 10시를 훌쩍 지났다.

도원그룹 비서실 전등은 여전히 불을 밝히고 있었다.

"회장님께 만장일치로 유죄 평결이 나올 거라며 큰소리를 쳤는데 이걸 어쩌나? 그래야 신임을 회복하고 사장단에 합류할 수 있는데…."

그는 지하 주차장으로 뛰었다. 그리고 현오 집을 향해 엑셀을 밟았다.

"야밤에 줄줄이 뭐하는 겁니까? 잠도 못 자게."

달려온 보람도 없이 현오의 대답은 마찬가지였다. 거액을 제시했음에도 그는 꿈적하지 않았다. 결국 치수는 돌아설 수밖에 없었다.

그는 무서운 계략을 꾸미기 시작했다.

'만약 5번 배심원이 불출석을 한다면 예비 배심원이 정식 배심원이 될 것이고… 그러면 저절로 만장일치가 되는 것이 아닌가!'

그는 어디론가 전화를 걸었다.

"저번 일은 아주 잘 처리했어. 이번은 말이야…."

역시나 심부름센터였다.

16
조작된 증거

영채는 도진의 병실을 들어서려다 멈칫했다. 살짝 열린 문틈으로 도진과 현정 두 사람이 밀회를 즐기는 모습을 목격한 것이다. 그녀는 분노의 가슴을 진정시키며 현정이 떠날 때까지 기다렸다.
"누구야?"
"알지 모르겠네. 국회의장님 딸이야. 곧 나랑 결혼할 사이이기도 하고."
도진은 천연덕스럽게 나왔다.
"뭐라고? 나를 사랑한다면서 어떻게 그럴 수가 있어?"
"사랑한다고 했지 결혼한다고는 한 적 없잖아."
"그러면 왜 나를 만난 거야?"
"귀국하고 따분해서 잠시 엔조이한 거야. 그리고 우리가 수준이 어울린다고 생각하냐? 결혼은 비슷한 신분끼리 해야 불행을 막을 수 있는 거야."
그는 뻔뻔하게 결혼의 정의를 내렸다. 망설이던 영채가 고백했다.

"사실, 나… 도진 씨의 아기를 가졌어."
"뭐라고? 당장 아기를 지워! 안 그러면 가만 두지 않을 거야. 아, 참. 네 아버지 회사가 도원그룹 계열사 하청이지. 내 말을 거역하면 너희 가족 밥줄을 끊어 버릴 거야. 명심해!"
"그래도… 난 아기를 낳을 거야."
"이게 미쳤구나! 감히 내 인생의 걸림돌이 되려고 작정을 했냐?"
그가 영채의 뺨을 후려 갈겼다. 그녀는 맞으면서도 울며 매달렸다.

세호는 지방에서 헛걸음을 하고는 기탁의 사무실로 들어섰다. 시간을 질질 끈 노인은 재판이 끝날 무렵에야 블랙박스의 복원이 불가능하다고 했다. 즉시 이 결과는 기탁에게 전해졌다.
"그동안 수고했습니다. 원래는 10장인데 1장 더 넣었습니다. 가시는 길에 차비나 하시라고."
"그럼 그때 약속하신 건…."
"무슨 약속을 말씀하시는 건지?"
"팀장님. 약속하셨잖아요. 저… 이번 일을 잘 해결하면 태양로펌으로 들어가는 거 아니었나요? 분명히 태양에서 변호사로 일하게 해 주신다고…."
"문 변호사님. 순진하신 건가요? 멍청하신 건가요? 겨우 이런 일 좀 했다고 상황이 뒤집힐 것 같나요? 문 변호사님의 가치는 그저 강 변이 뭐 하는지 망이나 보는 것 정도였습니다. 그러니 주제 넘는 소리 마시고 조심해 가세요."
"그럼 처음부터 이럴 생각이었나요?"

"원래 소모품은 한 번 쓰고 버리는 겁니다."

"야! 내가 지금 이따위 푼돈이나 받으려고 그 짓을 한 줄 알아? 네까짓 게 내 노력에 그따위 가치를…."

세호가 씩씩거렸다. 그때 그의 가슴으로 발길질이 날아들었다. 세호는 꽈당 뒤로 자빠졌다.

"그따위 가치! 그따위 짓밖에 못하니까 그따위 대가밖에 못 받는 거다. 외우는 거밖에 할 줄 모르는 헛똑똑이가 네 가치에 대해 주절거려. 거기까지가 네 가치의 한계인 거야. 알아들었으면 그 돈 받고 꺼져 버려!"

"내가 이렇게 당하고 가만히 있을 것 같아?"

그는 자신의 가치를 운운하는 기탁에게 덤벼들었다.

"그래서 어쩔 건데? 이제 너도 증거 인멸의 공범인 거 몰라?"

"으. 으…"

세호는 일언 대꾸도 못한 채 신음 소리를 냈다.

"옹고집에 조직 부적응까지… 너의 평가는 이미 법조계에 쫙 퍼졌어. 가는 로펌마다 쫓겨나 방구석에서 폐인 된 인간에게 콧바람을 쐬게 해주었으면 고마워나 해."

세호는 배신감에 치를 떨었지만 그가 할 수 있는 거라고는 문을 나서는 것뿐이었다.

기탁은 지상을 감시하기 위해 주변 인물을 물색하다 전에 세호가 검사 시보 시절에 함께 근무했었다는 정보를 입수했다. 그런 후 그의 약점을 파악하여 태양로펌 입사의 미끼를 던졌다. 그리고 철저히 이용하고는 팽했던 것이다.

아침에 연우는 법원에 가려고 준비하고 있었다. 그때 뉴스에서 아나운서의 음성이 들렸다.

"그제 오전 2시경 속초 부근 신풍리에서 뺑소니 교통사고가 발생하여 엄두식 씨가 사망하였습니다. 목격자와 주변 CCTV가 없어 장기 미제 사건으로 될 가능성이 높은 가운데…."

"엄두식…! 신풍리…!"

연우는 피해자의 이름이 낯익고 사고 지역이 상태와 같은 곳이라는 사실에 깜짝 놀랐다. 이어 전에 블랙박스를 찾으러 갔을 때 주민들의 대화를 떠올렸다.

"두식이 자식 말이야. 땡전 한 푼 없어 빌빌거리던 망나니가 요즘 사방팔방 돈을 뿌리고 다닌다며?"

무언가 섬광이 스치며 얼른 휴대폰을 찾았다.

"상아야, 지금 빨리 택시를 타고 신풍리로 가야겠어. 가서는 말이야…."

연우는 그녀를 두식의 장례식장으로 보냈다. 이렇게 서두르는 까닭은 필히 재판이 끝나기 전에 도착하여 임무를 완수해야만 했다.

두 번째이자 마지막 재판이 열렸다. 보통은 첫 공판이 지나면 법정이 한산해지지만 방청객과 기자들로 발 디딜 틈이 없었다. 만복과 성국도 참석했다.

"이제부터 국민참여재판 2차 공판을 시작합니다."

직원이 재판장에게 다가가 뭐라고 속삭였다. 심 판사의 얼굴이 굳었다.

"안타깝게도 5번 배심원께서 법원으로 오다가 불의의 교통사고를 당해 출석할 수 없게 되었습니다. 그런 관계로 9번 예비 배심원을 정식 배심원으로 선정합니다."

연우는 심장이 쿵 내려앉았다. 지금까지 자신은 예비 배심원이었던 것이다. 만일 5번 배심원이 출석했다면 그는 자동으로 배심원 자격을 잃는다. 또한 평의에도 참여할 수 없어 작전은 수포로 돌아간다.

이 변동을 가장 기뻐한 사람은 다름 아닌 기탁과 수찬, 치수였다. 그들은 앓던 이였던 현오의 불참으로 만장일치의 유죄 평결을 확신했다. 사실 이 교통사고는 치수의 독단적인 범행이었다.

'두 사람이 공교롭게도 교통사고라…. 이것이 과연 우연일까?'

연우는 분명 연관이 있을 거라고 직감했다. 현오의 안부가 걱정되었다. 재판장이 직원에게 물었다.

"CCTV 확보는 어떻게 되었습니까?"

"방금 피고인 측에게서 연락을 받은바 결국 복원에 실패하였다고 합니다."

"그러면 굳이 오늘까지 재판할 필요가 없었는데…."

심 판사는 변호인석을 향해 눈을 흘겼다. 지상은 슬쩍 눈을 피했.

이때 직원이 머리에 붕대를 감고 팔다리에 깁스를 한 채 휠체어에 탄 도진을 밀며 들어왔다. 그는 연신 고통스런 표정을 지었다. 곳곳에서 측은하다는 소리가 들렸다.

"피고인 측 심문하시지요."

"증인의 몸 상태로 보아, 사고 충격으로 피고인과 운전을 교대한 기억이 없는 것은 아닙니까?"

"아, 아닙니다. 저도 술에 취해 친구들처럼 차에 타자마자 잠들었고 사고와 동시에 정신을 잃었습니다. 으으….”

도진은 앓는 소리를 냈다.

지상이 리모컨을 누르자 모니터에 사고 지점 부근의 도로와 주행기록표가 나타났다.

"본 변호인이 현장 검증을 한 바, 교대 지점에서 사고 지점까지는 4km 정도입니다. 이 거리를 규정 속도로 가면 약 5분이 걸립니다. 그런데 주행기록표에는 두 지점 사이를 통과한 시간이 8분으로 기록되었습니다. 이것은 피고인이 증인과 교대하느라 그만큼 시간이 지체되었음을 증명하는 것입니다. 이 주행기록표를 재판부에 증거로 제출합니다."

"근거 없는 논증입니다. 지금 변호인은 '규정 속도로 가면'이라고 했는데요. 그 속도는 몇 km/h입니까?"

"편도 2차선 국도이므로 시속 80km입니다."

"그러면 피고인은 시속 80km 이상으로 운전했다는 것은 절대 아니지요?"

"네. 그 이상의 속도이면 제한 속도 위반이니까요."

"바로 여기서 변호인의 주장은 억측임이 드러납니다. 교대지점에서 사고 지점까지 4km를 가는데 5분이 걸렸다면 평균 시속 80km로 달렸다는 겁니다. 속력은 거리를 시간으로 나누면 되니까요. 변호인은 이 공식을 적용했지요?"

"그렇습니다."

"그럼 변호인에게 묻겠습니다."

"같은 거리를 통과하는데 주행기록표에는 8분이라고 했는데 그러면 평균 시속 몇 km로 갔다는 겁니까?"

"시속 50km입니다."

"지금까지 변호인이 강조한 대로 깜깜한 새벽에 그것도 초행길을 시속 80km로 계속 달려야 5분 내에 도착합니다. 피고인이 레이싱 선수도 아닌데 그게 가능합니까?"

"그, 그건….”

"당연히 시속 80km 이하 속도겠지요. 이것으로 주행기록표 8분 사이에 피고인이 증인과 운전을 교대했다는 변호인의 주장은 모순인 것입니다."

모든 배심원이 고개를 끄덕였다.

석낙의 급습에 그는 보기 좋게 나가 떨어졌다. 이 공방에서는 지상의 완전한 KO패였다. 그는 야간에 직접 현장에서 실측하지 않고 주행기록표로만 도출한 수치를 근거로 제시한 것을 후회했다. 석낙은 이 허점을 영리하게 파고들었던 것이다. 지상은 이를 만회할 반전이 절박했다. 사실은 사전에 계획된 수순이었지만.

갑작스레 지상이 화들짝 놀라며 옷소매에서 새끼 뱀을 꺼내 도진에게 던졌다. 순간 도진은 기겁을 하며 휠체어에서 벌떡 일어나 잽싸게 뛰어 멀찍이 몸을 피했다. 이 모습을 지켜보던 사람들이 "헐" 소리를 냈다.

"변호인! 지금 뭐 하는 거예요? 신성한 법정에서 마술 쇼를 하는 겁니까? 한 번 더 그러면 법정 모독죄로 퇴장을 명합니다."

"주의하겠습니다. 제가 돌보는 애완 뱀입니다. 그런데 어떻게 옷 속에 들어갔지? 아무리 찾아도 없더니만."

지상은 천연덕스럽게 뱀을 집어 창문 밖으로 내던졌다. 그의 철면피

연기에 연우는 웃음을 겨우 참았다.

"증인, 아주 멀쩡하네요? 증인은 굳이 중환자 흉내를 내면 배심원들께서 피고인을 더욱 부정적으로 여길 것이라 생각했습니까?"

"쇼한 거야?"

"아주 연기가 할리우드감인데."

"별로 다치지도 않았잖아."

"증인을 못 믿겠는데."

도진을 향해 싸늘한 시선이 꽂혔다. 지상은 승기를 잡은 듯 목소리 톤을 높였다.

"배심원 여러분! 증인이 어떤 상태로 입장했습니까? 거의 죽어가는 중환자가 아니었습니까? 그런데 보다시피 멀쩡하게 서 있습니다. 저런 증인의 증언을 신뢰할 수 있겠습니까?"

"지금 변호인은 증인의 인격을 모독하고 있으며 재판을 감정적으로 몰아가고 있습니다."

"인정합니다. 변호인은 증인에 대한 인신 공격적인 발언을 자제하세요."

석낙의 견제구에 재판장은 가속도를 보탰다.

그때 수찬이 법정으로 들어왔다. 동시에 검찰 직원이 석낙에게 무언가 속삭이며 USB 메모리를 건넸다. 이 광경을 본 기탁은 최후 승자의 미소를 지으며 중얼거렸다.

"이 승부는 여기서 끝난 거야."

"이제 사고 당시 피고인이 운전을 했다는 결정적 증거를 보시게 될 겁니다. 이 영상은 사고 현장 앞에 설치된 CCTV에서 찍은 것입니다. 피고인 측에서도 복구에 실패한 것을 저희 검찰 첨단 범죄수사부에서 디지털 포렌식 기법으로 복원했습니다."

석낙은 USB 메모리를 노트북에 꽂고는 경쾌하게 엔터를 쳤다.

사고 지점을 향해 달리는 도진의 차량이 보였다. 녹화 중임을 나타내는 빨간 불이 깜빡였다. 이때 시간은 '2015.7.15 AM 2:54'을 가리켰다. 이어 운전석이 점점 확대되더니 운전자의 얼굴이 비춰졌다.

"와…!"

한순간 법정은 경악에 휩싸였다. 운전자는 바로 상태였다. 지상은 일촉즉발의 위기를 맞았다.

"아니야. 절대 아니야. 우리 상태가 그럴 리 없어. 이건 뭔가 잘못된 거야."

죄인처럼 숨죽이며 재판을 지켜보던 만복이 울부짖었다.

"사고는 7월 15일 오전 2시 54분 직후에 발생했으며 보다시피 운전석에 피고인이 있습니다. 이것보다 더 확실한 증거가 어디 있겠습니까? 이상입니다."

이로써 상황은 완전히 역전됐다. 절망한 지상의 귓불이 빨갛게 달아올랐다. 아연실색한 연우의 목 심줄이 붉어졌다. 수진도 좌절에 빠졌다. 도진 측 자리는 경사 났다. 재판은 검찰의 승리로 기울어졌다. 아니 끝났다. 상태는 다리를 부들부들 떨며 눈이 초점을 잃었다. 지상이 그의 어깨를 토닥이며 속삭였다.

"걱정하지 말아요. 이순신 장군처럼 아직 우리에게는 12척의 배가 남아 있으니까요."

"점심시간이 되었으므로 잠시 휴정하겠습니다."

재판장의 소리가 연우와 지상에게는 천상의 음성처럼 들렸다.

'분명히 CCTV 복원은 불가능하다고 했어. 그렇다면….'

방청객들은 거의 빠져나갔다. 마지막으로 나가는 법원 직원의 팔을 지상이 붙잡았다.

"조금 전 CCTV 영상을 다시 한번 볼 수 있을까요? 부탁드립니다."

"그럴 수야 있지만…."

직원이 투덜댔다. 지상은 휴대폰으로 영상을 촬영했다. 수십 번을 되돌려 보았지만 완벽한 알리바이였다. 문제가 될 만한 요소를 찾을 수 없었다. 답답하여 미칠 것만 같았다. 그럴수록 의심을 떨칠 수가 없었다.

'내 예상이 맞다면 이 영상은 조작된 것이 틀림없어. 하지만 섣부른 단정은 아직 일러. 이건 어디까지나 추정에 불과해. 좀 더 신중해야 한다.'

"하 변, 시간이 촉박해. 빨리 전자상가로 가서…."

지상은 그 영상 파일을 수진에게 건네고는 특명을 내렸다. 수진은 점심도 거른 채 그곳으로 내달렸다.

식사하는 중에 연우의 휴대폰 진동이 울렸다. 현오의 다급한 전화였다. 그는 화장실을 가는 척하며 받았다.

"저 지금 병원에 입원해 있어요. 어제 밤에 태양로펌에서 찾아왔었어요. 저에게 도원학원 재단 학교의 정교사 자리를 제의하면서 피고인에게 유죄 평결을 부탁하더라고요. 그래서 내일 CCTV와 증인의 증언을 듣고서 결정하겠다고 했지요. 다시 도원그룹 비서실장이란 사람이 찾아와서 거액을 제시하며 회유하기에 거절했어요. 아침에 법원을 가려고 집을 나섰는데 갑자기 차가 저에게 돌진하는 거예요. 순간 피하려다 다리에 골절상을 입었지요. 우연치곤 너무 석연찮아요. 아무래도 뭔가 있는 것 같아요. 그러니 연우 씨도 배심원들에게도 몸조심 하라고 하세요."

연우는 자신의 판단이 적중한 것에 놀라면서도 한편으로 겁이 났다.

오후 재판이 개정되었다. 지상은 연신 시계와 문을 초조하게 쳐다보았다. 누군가 문을 열고 들어섰다. 영채였다.

"다시 서영채 씨를 증인으로 신청합니다."

"증인 목록에는 없는데… 어제 이 증인은 증언을 마친 걸로 알고 있는데요? 검찰 측과 합의된 사항입니까?"

순간 석낙은 이 상황이 불리하다고 간파했다.

"아닙니다. 검찰은 서영채 씨의 증언을 거부합니다."

"검찰 측이 반대하므로 기각합니다."

"새로운 증거가 발견되었기에 재신청을 하는 겁니다."

지상은 물러서지 않았다. 정면 승부를 해보겠다는 의지였다. 두 사람은 증인 채택 문제로 팽팽히 맞섰다. 그때 영채가 벌떡 일어나 눈물로 호소했다.

"재판장님. 제발 증언하게 해 주세요. 진실을 밝히게 해 주세요."

법정은 동정의 소리로 메워졌다. 방청객의 시선이 재판장에게로 향했다. 심 판사는 졸지에 냉혈한 인간이란 오명을 받을 처지가 되었다.

"허락합니다."

영채가 증인석으로 이동하자 폭풍전야의 긴장감이 감돌았다. 연우는 마른침을 꼴깍 삼켰다.

"변호인 심문하세요."

"새롭게 밝힐 진실이란 게 무엇입니까?"

"사실 저는 도진이가 버럭 지른 소리에 잠이 깨서 두 사람이 운전을 교대하는 모습을 똑똑히 보았어요."

법정은 다시 술렁이기 시작했다. 성국은 낙망의 표정으로 눈을 감았다. 도희는 입술을 악물고는 머리카락을 흐트렸다. 석낙이 까칠한 말투로 던졌다.

"증인은 진술을 번복하는 이유가 뭡니까?"

"저는 백도진 씨와 애인 사이예요. 지금 그의 아기를 임신 중이지요. 그런데 새로운 여자가 생겼다며 아기를 낙태하라고 위협하고 있어요. 그래서 배신감에 진실을 밝히는 거예요."

도진이 소리쳤다.

"아니에요. 저 여자는 저와 헤어지게 되자 복수심으로 누명을 씌우고 있는 겁니다."

"재판장님, 하루 만에 증언을 뒤집는 증인을 믿을 수 없으므로 이는 증거로 채택할 수 없습니다."

"그렇지 않습니다. 증인은 백도진 씨와 특별한 관계였기에 범인 은닉죄까지 감수하며 보호하려고 했습니다. 그런데 이제는 그의 인격에 실망하여 객관적인 증거를 제시하는 겁니다."

지상의 항변에 방청객과 배심원들의 표정이 혼란스러웠다.

"증인의 증언은 개인감정이 개입되어 신뢰할 수 없으므로 증거로 채택할 수 없습니다."

이번에도 심 판사는 검찰의 손을 들어주었다. 어젯밤 지상에게 그녀로부터 연락이 왔었다.

"내일 법정에서 사건의 진실을 밝히겠어요."

이 증언으로 지상은 무죄를 이끌어낼 것이라 자신했다. 그런데 재판부로부터 기각을 당하자 실낱같은 희망이 사라졌다.

"변호인과 검찰 측은 추가로 제출할 증거가 있습니까?"

"없습니다."

풀죽은 지상에 비해 석낙은 의기양양하게 대답했다.

"이것으로 모든 증거 조사와 변론을 마쳤습니다. 검사 구형하세요."

"피고인은 만취 상태로 운전을 하여 고귀한 세 명의 목숨을 앗아갔으며, 현장에서 현행범으로 체포되었기에 유죄가 틀림없습니다. 또한 수많은 증거들이 유죄임을 증명합니다. 그럼에도 피고인은 여전히 범행을 부인하는 뻔뻔함을 보이고 있습니다. 이에 본 검사는 교통사고처리 특례법 제3조 1항, 형법 제268조를 적용하여 징역 6년을 구형하는 바입니다."

"피고인 측 변호인 최후 변론하십시오."

지상은 배심원석으로 걸어가 한 사람 한 사람과 눈을 맞추었다.

"우선 이 사건은 불가사의한 의혹이 많습니다. 분명 배심원들께서도 그런 의심을 하고 있으리라 봅니다. 먼저 가해 차량 폐차 문제입니다. 결정적 증거 중 하나인 운전석과 조수석의 혈흔을 검사하면 당시 운전자를 알 수 있었습니다. 이를 확인하기 위해 피고인 측이 폐차장에 도착하자마자 차는 압축되었습니다. 과연 이 절묘한 타이밍이 우연일까요? 더욱이 이 폐차를 지시한 것은 지금 백도진 씨를 변호하고 있는 태양로펌입니다. 무엇을 감추려고 이렇게 급히 증거 인멸을 하였을까요? 또 블랙박스가 사라진 점과 비정상적인 혈중 알코올 농도 수치입니다. 이는 어떤 거대한 음모 세력이 사건을 은폐, 조작하여 재판을 검찰 측에 유리한 방향으로 몰아가고 있는 것입니다. 그 목적은 무고한 피고인에게 누명을 씌워 유죄로 만들려는 것이겠지요.

　단언컨대 피고인은 진범이 쳐 놓은 덫에 걸린 희생양이 분명합니다. 이에 본 변호인은 피고인이 무죄임을 강력히 주장합니다. 또한 유무죄를 다투는 중요한 사건임에도 피고인을 2일 만에 송치, 3일 만에 기소했습니다. 이렇게 신속한 신병처리는 전례가 없으며 사건의 진실을 덮기 위한 기획수사라고 확신합니다. 바라건대 배심원들께서 현명한 평결을 내려 주시리라 믿습니다."

　방청석에서 웅성거리기 시작했다. 이어 지상은 법대를 향해 몸을 돌렸다.

　"존경하는 재판장님. 헌법 제27조 4항에 '의심스러울 때는 피고인의 이익으로'라는 무죄추정의 원칙이 있습니다. 그리고 '열 명의 범인을 놓쳐도 한 명의 억울한 죄인을 만들지 말라'는 법언은 형사소송법의 기본 정신입니다. 무고한 사람이 억울하게 감옥살이를 하지 않도록 하는 것, 역시 사법부의 중요한 역할이라고 봅니다. 부디 재판장님의 사려 깊은 판결을 간곡히 바라며 이상으로 최후 변론을 마치겠습니다."

털썩 주저앉은 지상은 다시 목이 빠져라 법정 문을 바라다보았다. 수진을 기다리는 것이다.

이 시각 그녀는 CCTV 가게들을 방문하여 영상 진위 여부와 증언을 부탁했다.

대부분은 판매량이 월등한 도원 전자 제품를 취급했으며 매스컴을 통해 이 사건을 알고 있었다. 그러나 그들은 자신에게 괜한 불똥이 튈지 모른다는 생각에 한결같이 거부했다.

"한 사람의 생명이 걸린 문제에요. 제발 좀 도와주세요."

"법원이랑 경찰서는 안 갈수록 좋은 거야."

"암, 그렇지."

"남의 인생에는 끼어들지 않는 게 상책이야."

"배운 당신들끼리 알아서 하세요."

다들 이런저런 핑계를 대며 머리를 가로저었다.

그 이유는 증언을 하면 도원전자 제품 공급이 끊길 거라는 두려움에서다. 벌써 도원그룹 계열사인 도원전자가 압력을 넣었던 것이다.

"피고인은 최후 진술을 하세요."

"제가 어떻게 운전석에 있었는지 모르겠어요. 사고 전에 분명히 도진이와 교대했거든요. 제발 믿어 주세요. 저는 정말 운전을 안 했어요…."

상태는 눈물범벅으로 애원했다.

"이상으로 재판 절차는 종결되었습니다. 배심원들께서는 설명 자료를 참조하시어 평결해 주시기 바랍니다. 자, 평의실로 이동해 주세요."

배심원들은 자리에서 일어났다. 이때 법정 문을 열고 세호가 들어섰다. 순간 연우와 눈빛이 마주쳤다. 연우는 당황했으나 오히려 그는 담담했다. 세호가 윙크를 하며 손가락으로 V를 만들어 보였다.

만약 어제 기탁이 그와의 약속을 지켰다면 두 사람의 관계가 폭로되어 연우는 배심원에서 제외되었을 것이다. 지상은 평의실로 가는 연우의 뒷모습을 보며 이제 그에게 마지막 희망을 걸 수밖에 없었다.

17
배심원 평결

연장자인 성원이 배심원 대표로 선출되어 평의를 주재했다.
"2번 배심원부터 자신의 의견을 밝히시지요."
"모든 목격자들의 증언이 피고인이 운전을 했다고 하니 평의는 하나 마나가 아닐까요?"
"3번 배심원은요?"
"CCTV 영상을 보니 피고인이 운전한 것이 맞아요."
연우를 빼고는 전부 한마음이다.
"피고인이 유죄인 것은 틀림없어요. 무조건 중형입니다."
판기는 교통사고로 식물인간이 된 여동생의 복수심으로 강경했다.
"저도 그렇게 생각해요."
해자와 인순도 맞장구를 쳤다. 순간 연우는 모두 태양로펌에 매수되었다는 느낌을 받았다.
"피고인은 유죄가 확실하므로 토론은 시간 낭비예요. 얼른 형량을 정하고 끝내자고요."

규한이 서둘렀다. 그들의 머릿속은 오직 태양로펌에서 제의한 조건이 빨리 성취되기만을 기대할 뿐이다. 보통 평의는 다양한 사람이 모인 만큼 치열한 논쟁이 벌어지나, 그들은 일사불란했다. 이 분위기 속에 연우가 가만히 입을 떼었다.

"잠시만요. 저는 취업 준비생인데 어젯밤에 태양로펌에서 찾아왔어요. 만일 피고인에게 유죄 평결을 내려주면 도원그룹에 취직을 시켜 주겠다는 거예요. 다른 분들도 저와 비슷한 제의를 받으셨나요?"

연우가 미끼를 던지고는 동태를 살폈다. 뜨끔한 그들은 약속이나 한 듯 완강히 고개를 저었다. 그는 기정사실로 단정 짓듯이 물었다.

"우리들이 받은 제안은 각기 다르겠지만 공통점은 도원그룹에서 선심을 베푼다는 겁니다. 과연 백도진 씨가 결백하다면 배심원들에게 이런 호조건을 제의했을까요? 이상하다는 생각은 안 해 보셨나요?"

연우의 말에 어리둥절하던 판기가 곧 감을 잡고는 일일이 다그쳤다.

"어떤 제의를 받았어요?"
"무슨 근거로 그렇게 말하는 거요?"
"생사람 잡지 마세요."
"증거 있어? 어디 있으면 대 봐."

형일이 벌컥 화를 냈다. 해자가 거들었다. 규환도 덤빌 듯한 자세를 취했다.

그들은 합세하여 공격했다. 연우는 궁지에 몰렸다.

순식간에 평의실의 공기가 서늘해졌다. 고립된 그는 판기에게 구원의 눈길을 보냈다. 그러나 우물쭈물하는 연우의 모습에 오히려 쏘아보았다. 성원이 분위기를 진정시키며 말했다.

"이제 평결에 부치겠습니다."

각자 작성한 평결서가 모아졌다.

"배심원들의 평결 결과는 유죄 8, 무죄 1로 결정이 났습니다. 평결이 만장일치가 안 되었기에 재판부를 호출하여 의견을 듣도록 하겠습니다."

연우만 무죄로, 나머지는 유죄 평결을 내렸다.

조금 후 재판장과 배석판사가 평의실로 들어왔다. 그들 중심으로 배심원들이 빙 둘러 앉았다. 심 판사는 비슷한 사건 판례를 몇 가지 들고는 자신의 의견을 표출했다.

"피고인이 일관되게 혐의를 부인하는 것으로 보아 무죄라는 심증은 갑니다. 하지만 유죄로 판단할 증인들의 증언과 물증이 있을 때는 이를 우선시하는 것이 원칙입니다. 이에 본 재판장은 유죄의 의견을 내고자 합니다. 그리고 다시 만장일치가 안 되면 다수결에 따르겠습니다."

재판부는 평의실을 나갔다.

그들은 신나는 감정을 억지로 감추었다. 인순이 성원에게 재촉했다.

"평의를 생략하고 바로 평결로 끝내면 안 될까요?"

"그러지요."

성원의 동의에 모두의 얼굴이 밝아졌다. 연우가 다시 제동을 걸었다.

"잠깐만요. 아침에 법원을 오던 5번 배심원인 차현오 씨가 갑자기 교통사고를 당한 것이 미심쩍지 않나요?"

"우연히 발생하는 것이 교통사고잖아요."

진숙이 단칼에 묵살했다.

"그런데 어떻게 5번 배심원의 이름을 알아요? 그건 비밀 사항인데."

"화장실에 갔을 때 잠깐 통성명을 했어요."

아차 싶은 연우가 급히 말을 둘러댔다.

"당신 꽤나 수상해."

연우는 그나마 아군이라 여겼던 판기에게도 의심을 받게 되었다. 규한이 삿대질을 하며 퍼부었다.

"당신은 아까처럼 무죄로 평결하면 될 거 아니야. 왜 자꾸 시비를 거는 거야. 빨리 끝내고 하우스에 가야 하는데 말이야. 짜증나게 시리."

"이것을 들으면 제 행동이 이해될 겁니다."

연우가 탁자 위에 휴대폰을 놓고는 녹음 버튼을 눌렀다.

현오와의 대화 내용이 흘러나왔다. 그들의 표정은 점점 공포로 변해갔다.

"만약 우리도 이들의 제의를 거절하였다면 5번 배심원처럼 분명 이런 사고를 당했을 겁니다."

판기가 소리쳤다.

"이것이 사실이라면 우리는 무고한 사람을 죄인으로 만드는 범죄의 공범이 되는 것입니다!"

뜻밖의 지원 공세였다. 배심원들 중 오직 복수심에 불타 유죄를 밀어붙이던 그가 아니었던가! 연우는 천군만마를 얻은 듯 힘이 솟았다.

그러나 그것도 잠깐이었다. 그들은 동요하는가 싶더니 휙 등을 돌렸다. 도원그룹이 제시한 유혹과 이들의 절실함이 더 강했던 것이다. 두 사람의 외침은 탐욕 속에 묻혀 버렸다.

이제 연우는 히든카드를 꺼내야 할 시점이라 보았다. 주머니에서 두식의 교통사고가 실린 신문기사를 꺼내 펼쳤다. 그리고 상태와 두식의 사고 지점이 같은 지역임을 지적하며 주민들에게서 들은 이야기를 했다.

"엄두식 씨가 블랙박스를 주워 도원그룹과 모종의 거래를 했을 겁니다. 그런데 언젠가는 진실이 밝혀질까 두려워 살해한 것이 틀림없어요. 지금 도원그룹이 주는 달콤한 먹이가 이처럼 우리에게도 독약으로 변할 수 있습니다."

이 경고가 먹혔는지 그들은 불안한 기색으로 서성거리기 시작했다. 연우는 비로소 자신의 설득이 먹히는 듯하여 눈물이 나올 지경이었다. 다시 평결이 바뀔 것이라 확신했다.

성원이 의심의 눈초리로 캐물었다.

"당신은 배심원에 선정되기도 전에 미리 사고 현장을 방문하여 조사한 이유가 뭡니까? 검찰도 경찰도 변호사도 아니면서 말입니다. 어디 말해 보세요?"

순간 연우는 자신의 정체가 드러난 것 같아 가슴이 철렁 내려앉았다.

'이럴수록 정신줄을 놓으면 안 돼.'

"당신, 피고인과 아는 사이지? 사실대로 말해!"

"맞아. 한통속임이 틀림없어."

"그러면 이 자리에 있을 자격이 없는 것 아닌가요?"

"말할 필요 없이 배심원 탈락 사유야."

한꺼번에 추궁이 들어왔다. 연우는 꿀 먹은 벙어리가 되었다. 졸지에 상태와 공범 취급을 받았다.

마지막 평결을 마쳤다.

"유죄 7, 무죄 2로 평결이 났습니다. 이제 형량을 정하지요? 무죄 평결을 하신 두 분은 제외하고 2번 배심원부터 양형을 제시하세요."

연우와 판기는 이 과정에 참여할 권한이 없어졌다. 그들은 형량 논의에 들어갔다.

"저는 징역 3년을 제시합니다."

"징역 2년 6개월이 적당하다고 봅니다."

"저도 징역 2년 6개월입니다."

"세 명이나 죽었기에 징역 5년이 딱이라고 보네요."

규한이 호들갑을 떨었다.

"징역 3년이요."

"저도 징역 3년으로."

대부분은 그래도 양심이 있었는지 무리한 형량을 제시하지는 않았다. 사실 그들에게는 형량보다 유죄 평결이 목적이다. 끝으로 성원이 의견을 밝혔다.

"저도 징역 3년입니다. 그러면 두 분이 징역 2년 6월, 네 분이 징역 3년, 한 분이 징역 5년의 양형을 제시하였습니다. 그럼, 다수결 원칙에 따라 징역 3년으로 모든 평결을 마치겠습니다. 이의 있습니까?"

"없습니다."

마치 상관의 명령에 따르는 군인처럼 일시에 대답했다.

성원이 평결서를 작성하는 동안 이들은 행복한 상상의 나래를 펼쳤다.

이제 연우가 기댈 수 있는 유일한 희망은 상아의 연락뿐이다. 진땀을 흘리며 연신 휴대폰을 보았다. 심장마비가 올 것만 같았다. 청심환을 먹지 않은 것을 후회했다. 평의실을 나갈 차례만 남았다. 모든 것이 끝났다. 평생 상태에 대한 죄책감을 안고 살아야 한다는 생각에 머릿속이 하얘졌다.

상아가 장례식장에 도착했을 때는 이미 발인을 마치고 화장터로 떠난 후였다. 그녀는 택시에서 내리자마자 화장터로 뛰었다. 숨이 턱까지 차오른 상아의 귓전에 연우의 음성이 맴돌았다.
'배심원들이 평결을 마치기 전까지 임무를 완수해야 해! 그래야만 오빠를 살릴 수 있어.'
두식의 모친을 발견했다. 주민들이 모친 곁에서 자식 잃은 슬픔을 나누고 있었다. 그중에는 전에 블랙박스를 찾으러 왔을 때 만났던 사람들이 보였다. 그래서 가까이 다가갈 수 없었다. 그들 앞에서 자신의 연기가 들통 나는 것은 시간문제다. 상아의 얼굴을 알기 때문이다. 주위를 맴돌며 화장이 끝나기를 기다렸다. 속절없이 흐르는 시간에 심장이 터질 것만 같았다.
화장을 마치고 집에 돌아온 모친은 넋 나간 표정으로 아들의 영정사진을 바라보았다. 비록 남들은 망나니라고 손가락질을 했어도 부모에게는 애지중지한 자식이다. 마을 사람 몇몇이 위로하고는 자리를 떴다. 모친만 홀로 남았다.
망을 보던 상아가 얼른 마당으로 들어섰다. 이어 영정 앞에 쓰러지며 통곡하기 시작했다. 이 모습에 당황한 사람은 오히려 모친이었다. 상아는 모친을 부둥켜안고 흐느꼈다.

"저는 두식 씨의 여자 친구예요. 곧 결혼할 형편이 되었다고 좋아하며… 저에게 청혼을 했었는데… 어떻게 이런 일이….…"

"아니, 그럼. 아가씨가 우리 두식이 애인이란 말이요? 저번에 서울 가서 쭉쭉 빵빵한 아가씨를 데려온다고 했었는데… 그 처자가 바로 당신이었나 보네. 이놈이 태어나서 난생처음 효도를 하는구먼."

모친은 놀라면서 반가워했다. 상아는 자신을 의심하지 않는 우연의 일치에 왠지 일이 잘 풀릴 것 같은 예감이 들었다.

"어머니, 두식 씨가 없어도 앞으로 자주 찾아뵐게요."

"어머니라고?"

서울 말씨를 쓰는 그녀의 다정다감에 모친은 며느리라도 얻은 듯 기뻐했다.

"저, 어머니. 혹시 두식 씨에게 조그만 전자 부품이 있지 않았나요? 아니면 어머니에게 맡겼다거나…."

"있어! 있지. 손톱만 한 것인데 중요하다고 하면서 잘 숨겨 놓으라기에 쌀독에 보관해 두었지. 그것 때문인지는 모르지만 얼마 전에 도둑이 들어 난장판이 났었어. 그 도둑놈 눈깔이 삐었나 봐. 이런 집구석에 뭘 훔칠 게 있다고."

순간 상아는 뛰는 심장을 참으려니 숨이 막혔다. 모친은 한마디라도 더 나누고 싶은 마음에 말이 줄줄 나왔다.

"어머니, 그 쌀독이 어디 있는데요?"

"어이 따라와."

모친은 신나서 앞장섰다. 말끝마다 상냥하게 어머니라고 부르는 그녀에게 푹 빠져 아들의 죽음은 뒷전이다. 부엌 구석에 쌀독이 보였다. 반쯤 채워진 쌀독 밑바닥에서 비닐로 둘둘 감긴 메모리칩을 꺼냈다. 이런 은밀한 곳에 감추었으니 떼도둑이 왔어도 못 찾는 것이 당연했다.

두식은 나중에 다시 협박하려고 복제품을 모친에게 맡겨 두었던 것이다. 그녀는 법정까지 갈 시간이 촉박하므로 연우에게 파일을 보냈다.

"상태가 무죄냐, 유죄냐는 이제 네 명품 연기에 달린 거야."
"걱정 마세요. 배우 캐스팅 하나는 아주 잘한 거예요."

그녀가 이곳으로 출발 전 연우와 나눈 대화였다

배심원들이 평의실 문을 나서려는데 연우의 휴대폰에서 알람 소리가 났다. 그가 몸으로 문을 막아서며 외쳤다.

"잠깐만요!"
"왜? 이번엔 또 뭔데?"
"정말, 진상이네."
"다 끝난 마당에 비켜요!"

저항의 소리가 속출했다.

연우는 동영상 버튼을 눌렀다. 생생한 현장음과 함께 사고 장면이 나타났다. 그들의 표정이 경악으로 변하기 시작했다. 판기가 욕을 쏟아냈다.

"이래도 피고인이 유죄입니까? 곧 이 영상이 법정과 모든 매스컴에 퍼질 텐데 피고인을 유죄로 평결한 당신들은 어떻게 될까요? 저는 평결

전에 이 영상을 분명히 배심원들에게 보였다고 밝힐 겁니다. 그러면 여러분은 무고죄로 처벌을 받을 수도 있습니다."

"…."

똘똘 뭉쳐 연우를 옥죄던 그들은 침묵했다. 아니 속으로는 떨고 있었다. 사실 이들은 무고죄로 처벌받지는 않는다. 겁을 주기 위해 첨부한 말이다.

"이제 평결을 다시 하시지요?"

연우가 정막을 깼다.

"피고인은 무죄입니다."

"저도 같습니다."

"당연히 무죄지요."

"물론입니다."

"두말하면 잔소리지요."

성원이 재평결서를 작성하는 동안 그들은 자신의 희망이 사라지는 것에 허망했다. 단 민지를 제외하고는.

재판장에게 평결서가 전해졌다. 순간 심 판사는 깜짝 놀라며 읽었다.

"배심원 전원은 만장일치로 피고인에게 무죄 평결을 내렸습니다."

이어 그는 오만상을 찌푸리고는 말했다.

"이에 본 재판부는 국민 배심원단의 평결을 받아들여 피고인에게 무죄를 선고합니다."

법정은 환호와 탄식의 소리로 소용돌이쳤다.

"정숙, 정숙하세요!"

심 판사는 화풀이라도 하듯 방망이를 두드렸다.

지상은 함성을 질렀다. 석낙은 고개를 바닥으로 떨구었다. 상태는 닭똥 같은 눈물을 뚝뚝 흘렸다. 그동안 참았던 억울함과 설움을 한꺼번에 토해내는 듯했다.

18
진실과 거짓

이 틈에 연우는 현오에게 문자를 보냈다. 금방 그에게 녹음 파일이 왔다. 연우는 상아에게서 온 메모리칩 영상과 통장 사진을, 현오가 보낸 녹음 파일, 주고받은 메시지, 통화 내용을 지상에게 전송했다.

메모리칩 영상을 본 지상이 중얼거렸다.

"이쯤 되면 3시간의 비밀은 완전히 풀린 거네."

그는 일어나 도진 측 자리를 향해 냉소의 시선을 던졌다.

"진실은 반드시 따르는 자가 있고, 정의는 반드시 이루는 날이 있습니다. 진실은 가린다고 가려지는 것이 아닙니다. 당신들은 지금 손바닥으로 하늘을 가리고 있을 뿐입니다. 그러나 결코 당신들의 뜻대로 세상은 움직이지 않습니다. 이제 결정적 증거인 판도라 상자를 열어 보이겠습니다."

그것은 블랙박스 영상이었다. 모니터에서 사고 장면이 클로즈업되었다. 모두의 눈이 휘둥그레졌다.

상태가 운전하다가 잠에서 깬 도진과 교대한다. 영채는 가늘게 눈을 뜨더니 곧 감는다. 준영은 자고 있다. 모든 창문은 닫혀 있다. 한순간 차량이 중앙선을 넘더니 맞은편에서 오던 차의 측면과 충돌했다. 운전석의 에어백만 터진다. 차는 두 바퀴를 회전하고는 가로수를 들이받는다. 금방 도진이 정신을 차린다. 에어백으로 도진만 멀쩡하고 세 사람은 충격을 받은 듯 기절한 상태다. 도진이 힘껏 에어백을 핸들에서 뽑아낸다. 트렁크를 열어 에어백을 스페어 바퀴 밑에 숨긴다. 기절한 상태를 끌어 운전석으로 옮긴다. 도진의 손이 블랙박스를 확 잡아 뜯는다.

순간 모니터 화면이 정지되었다. 드디어 사건의 실체는 명백히 드러났다.

"저런 나쁜 놈이 있나."

"친구에게 누명을 씌운 거네."

"즉시 구속시켜라!"

사방에서 고성이 터져 나왔다.

그때였다. 도진이 눈을 희번덕거리며 자리를 박차고 일어났다.

"씨발, 좆 까고 있네!"

"증인, 지금 뭐하는 겁니까? 앉으세요!"

"그래그래! 내가 바꿔치기했다. 그래서 뭐? 뭐가 문젠데? 쟤는 내 장난감이라고! 고장 나거나 싫증나면 버리는 게 장난감 아냐? 내 물건 내 맘대로 하는데 너희들이 뭔 상관이야!"

그는 발악을 하며 상태를 죽일 듯이 노려봤다. 당장이라도 달려갈 기세였다.

"교도관! 증인을 제지하세요."

교도관들은 황급히 도진의 양팔을 붙들었다.

"놔, 안 놔? 개새끼들아 놓으라고! 나 백도진이야! 나는 아무 잘못이 없다고. 저놈은 내 노예야. 내 맘대로 해도 된다고! 놔! 놔! 다 죽여 버릴 거야!"

도진은 악다구니를 부리며 저항했다. 방청석에서 비난의 목소리가 솟구쳤다.

"도원그룹 후계자가 저런 놈이었어?"

"저런 미친놈은 몽둥이가 약이야!"

"백 회장과 다르게 완전 개차반이네!"

"도원그룹 앞날이 훤하다 훤해!"

도진 측 자리만 조용했다.

"증인, 지금 뭐 하는 겁니까? 또다시 법정 소란 행위를 하면 감치 조치를 하겠습니다."

그러나 그의 발광은 멈추지 않았다.

연우는 이 모습을 보며 중얼거렸다.

"하긴 증거를 이기는 거짓말은 없지."

철컹, 도진의 손목에 수갑이 채워졌다. 이를 바라보는 성국의 마음은 갈기갈기 찢어졌다. 회한의 눈물이 눈꼬리를 타고 흘러내렸다.

'내가 자식을 잘못 키웠어. 인생을 헛산 거야.'

그 순간 성국이 가슴을 쥐어짜며 바닥으로 쓰러졌다.

"회장님! 회장님!"

"빨리 구급차 불러! 어서!"

수행비서들이 성국을 등에 업고 다급히 법정을 빠져나갔다. 이 광경을 지켜보는 석낙은 똥 밟은 표정이다.

'쩝. 이제 좋은 보직과 승진은 물 건너갔네.'

"검찰 측은 이 증거에 반대 심문 있습니까?"

"없습니다."

석낙은 이미 수건을 던진 것이나 다름없었다.

"뭐라고? 알았어. 지금 당장 갈게."

도원그룹 계열사인 도원일보 기자들이 울리지도 않은 휴대폰을 귀에 대며 슬금슬금 법정을 빠져나갔다. 지금껏 도진 측에게 우호적인 보도를 하던 마지막 원군마저 등을 돌린 것이다. 다른 기자들은 반전의 메인 기사를 뽑느라 정신없었다.

도진은 반쯤 풀린 눈으로 자포자기한 듯했다. 그런 그를 바라보며 연우가 혼잣말을 했다.

"돈만 있으면 사람의 목숨도 살 수 있다는 그의 잘못된 가치관에 철퇴를 내린 거야. 또 이 사회에 만연한 갑질, 약한 자를 무자비하게 짓밟는 특권층의 아가리를 날린 거지."

지상이 강력한 주장을 폈다.

"이 증거로 백도진 씨는 진범으로 밝혀졌습니다. 증인에서 피의자가 된 것입니다. 그리고 이제까지 사건 정황으로 보아 증거 인멸의 가능성이 농후합니다. 또한 조만간 미국으로 유학을 떠날 예정이어서 도주 우려가 상당합니다. 반드시 구속 수사가 필요합니다."

심 판사는 윤철을 보며 이제 더는 어쩔 수 없다는 듯 머리를 저었다. 이어 석낙을 부르더니 무언가 속삭였다.

"검찰 측이 공소를 취하했으므로 이 재판은 기각합니다. 그리고 백도진 씨는 증거 인멸 및 도주 우려가 있으므로 법정 구속을 명합니다."

이때 수진이 법정으로 웬 사내와 함께 들어왔다.

그 사내는 도원 전자의 보복에 겁먹어 증언을 거부하는 사람들 중에서 어렵게 찾아낸 인물이다. 그에게 CCTV 영상 분석을 의뢰해서 조작된 사실을 알아냈다. 그녀가 증언을 간곡히 사정하여 법원으로 온 것이다.

그리고 익명을 조건으로 몇몇 영상 기술자들이 진술한 녹음도 확보했다.

수진은 변호인석에 앉자마자 지상의 손에 녹음 파일을 쥐어주었다.

"이것으로 국민참여재판을 마치도록….”

재판 종료를 알리려는 찰나였다.

"재판장님, 검사와 상대방 변호인을 고발할 사건이 있습니다. 이에 재정증인을 요청합니다."

지상이 돌발적으로 나왔다. 재정증인이란 미리 증인으로 소환되지 아니하고 법정에서 선정된 증인을 말한다.

일어나려던 재판장과 방청객이 얼떨결에 앉았다.

순간 석낙은 이 증인이 자기에게 절대 불리하다고 직감했다.

"갑자기 재정증인이라니요?"

"사전에 검찰 측과 협의가 안 된 증인으로 거부합니다."

심 판사는 석낙과 대면한 적은 없지만 윤철을 통하여 검찰의 속셈을 알고 있었다. 그것은 함께 피고인을 유죄로 몰아가려는 무언의 합의였다. 그래서 잠시나마 전우였던 고 검사를 보호하고 싶었다.

"검사의 요청을 받아들입니다."

"재판부가 기각하시면 지금 직접 언론에 고발하겠습니다."

재판장을 향해 모든 언론의 카메라 플래시가 비추었다.

위기감을 느낀 심 판사는 자신의 꿈이 사라진 마당에 더 이상 꼬투리를 잡히고 싶지 않았다.

"허락합니다. 증인은 증인 선서를 하시기 바랍니다."

모니터에 다시 CCTV 영상이 나왔다. 지상이 심문했다.

"증인의 직업은 무엇입니까?"

"CCTV 영상 복원 전문가입니다."

"이 CCTV 영상에서 의심되는 점을 발견했다고 하셨는데 그것이 무엇인가요?"

"이 영상은 시간을 조작한 겁니다."

"확실합니까?"

"네."

"저희가 보기에는 전혀 이상이 없어 보이는데요?"

"없던 사람도 있게 만드는 세상인데 시간 정도는 컴퓨터 좀 만질 줄 아는 사람이면 어렵지 않아요."

"예시로 시간 변경을 한번 보여 줄 수 있습니까?"

"그러지요."

사내가 USB를 노트북에 꽂자 모니터에 자동차 경주 장면이 떴다.

이어 기록을 재는 타이머 시간을 자유자재로 바꿨다.

"수고하셨습니다."

"이의 있습니다. 입증할 수 없는 증언입니다. 그리고 저 증거는 형사소송법 제308조 2항, 적법한 절차 없이 수집된 증거는, 증거로 할 수 없다는 근거에 의해 사용할 수 없습니다. 지난 97년, 2004년 대법원 판례가 있습니다."

"다른 영상 전문가들의 동일한 진술 녹취도 확보했습니다."

"재판장님, 그 녹취 자료들도 역시 불법적인 증거에 기대고 있는 만큼 절대 채택되어서는 안 됩니다."

석낙은 고발 대상이 자신이기에 필사적으로 방어했다. 그리고 사내를 심문했다.

"증인이 증언을 하게 된 것은 자의적입니까? 혹시 피고인 측으로 금품 제공이나 협박 등은 받지 않았나요?"

"아, 아닙니다. 하도 증언을 통사정하길래… 글구 고맙다며 블랙박스 하나는 샀어요."

배심원들의 눈길이 수정에게 향했다. 그녀는 부끄러운 듯 얼굴이 홍당무가 되었다.

"검찰 측 주장을 인정합니다."

석낙은 위험한 고비에서 벗어났다는 안도감에 뒷목에 맺힌 땀을 닦았다. 수진은 노력에 비해 성과가 없어 힘이 쭉 빠졌다. 지상도 미찬가지다.

그러나 여기서 물러설 지상이 아니다. 그는 고삐를 더욱 조였다. 첫 번째 화살이 석낙을 겨누었다.

"검사님께 한 가지 묻겠습니다."

"네?"

"분명히 삭제된 CCTV 영상을 검찰 첨단 범죄 수사부에서 디지털 포렌스 기법으로 복구했다고 하였습니다. 그 부서에다 다시 한번 확인을 거쳐도 되겠습니까? 그리고 그 과정을 공개할 수 있습니까? 만약 사실이 아니라면 검사님은 증거 조작을 하신 겁니다. 인정하십니까?"

"…"

"검찰 측은 반론하세요. 반론 안 할 겁니까?"

재판장은 공격적으로 물었다. 한순간 적군에서 아군으로 변한 듯했다. 심 판사는 머릿속으로 계산했다.

'태양로펌 부산 대표 자리는 이미 물거품이 됐어. 이제부터는 정의의 판사로 이미지를 쇄신할 필요가 있어.'

"그, 그게… 사실은 백도진 씨를 변호하는 측에서 제공받은 것입니다."

"공명정대해야 할 검찰에서 중요한 증거를 검증도 안 했다는 것은 명백한 직무 유기가 아닙니까? 그로인해 무죄인 피고인이 억울하게 유죄로 판결 날 수 있었는데 말입니다."

지상의 이 추궁은 석낙에게는 목을 조이는 올무였다.

"…"

"검찰 측, 그런 겁니까?"

석낙은 어깨를 잔뜩 움츠렸다. 모든 군사를 잃고 전의를 상실한 패장의 몰골이었다. 이제 쟁점은 증거 조작 공방으로 옮겨 갔다. 방청객들은 흥미진진한 듯 숨을 죽였다.

"그러면 조작된 CCTV 영상을 제공한 사람은 누구입니까? 이 답변을 거부하면 검사님은 증거 조작의 공범임을 시인하는 것입니다."
　CCTV의 진실은 이랬다. 어제 재판에서 삭제된 CCTV 영상 복구가 문제되자 기탁은 무서운 계략을 세웠다. 그것은 CCTV 조작이었다. 수찬을 시켜 실행하고 검찰 직원을 거쳐 석낙에게 전해진 것이다.
　사실 석낙은 CCTV 영상 조작을 몰랐다. 증인과 배심원 매수와 다른 증거 조작들도 마찬가지다. 그는 진짜 CCTV가 복구된 것으로 알았다. 이를 증거로 내밀면서 '검찰 첨단 범죄 수사부에서 디지털 포렌식 기법으로 복원'이라고 표현한 것은 단지 신뢰성 부각이었다. 그런데 이것이 자신의 발목을 잡을 줄은 생각지도 못했다. 그는 진퇴양난에 빠졌다. 그렇다고 독박을 쓸 인간이 아니었다.
　"태양로펌 오기탁 변호사에게 받았습니다."
　사람들의 힐난이 기탁에게로 난무했다. 그는 얼굴을 무릎 사이로 푹 박았다. 두 번째 화살을 맞은 것이다.
　지상의 살생부는 여기서 멈추지 않았다. 다음 타깃은 배심원들이었다.
　"배심원단께 묻겠습니다. 어젯밤에 태양로펌에서 호조건을 제시하며 피고인에게 유죄 평결을 내려달라는 제의를 받으셨지요? 대부분은 그 제의를 수락하셨고요. 그렇지 않습니까?"
　"그런 일이 있었어?"
　"지금 저 변호사가 뭐라고 하는 거야?"
　"아니, 우리를 어떻게 보고 저런 막말을 하지."
　"피곤해 죽겠는데 의심까지 받아야 해요?"
　"더러워서 배심원 못 해 먹겠네."

배심원석에서 불평불만이 쏟아졌다.

"변호인, 확실한 증거도 없이 배심원들의 인격을 모독하면 퇴장을 명합니다. 빨리 배심원분들께 사과하세요!"

"아닙니다. 그 증거가 있습니다. 이 녹음 파일을 경청해 주십시오. 여기서 차 선생이란 오늘 아침 법원으로 오다 의문의 교통사고를 당한 5번 배심원입니다."

지상이 휴대폰 녹음 버튼을 누르자 법정 스피커에서 대화가 흘러나왔다.

"차 선생님, 교직에서 해임되어 요즘 생활이 힘드시지요? 또 기간제 교사 자리도 얻기가 쉽지 않지요? 저에 대해 어떻게 아세요? 로펌에서 근무하다 보면 상대방의 웬만한 정보는 다 꿰뚫습니다. 그런데 만나자는 용건이 뭡니까? 내일 재판에서 피고인에게 유죄 평결을 내리시면 도원학원 재단의 정교사 자리를 보장하겠습니다. 이미 다른 배심원들도 전부 그렇게 평결하기로 했습니다. 사실 차 선생님께서 반대하셔도 판결에 영향은 없습니다. 다만 이번에 더 좋은 자리로 복직할 수 있는 기회를 드리려는 겁니다. 한마디로 로또를 맞으신 거지요…."

법정은 난리가 났다. 석낙이 자리를 박차더니 목소리 데시벨을 높였다.

"이것은 불법도청으로 증거능력이 없습니다."

"당사자 간의 녹음은 도청이 아닙니다. 다만 증거능력의 제한을 받겠지만요. 이 녹음 파일을 증거로 제출합니다."

"재판장님, 증거능력이 확인되지 않은 증거물입니다."

"이봐요, 변호인. 사전에 검증받지 않은 증거물은 채택하지 않겠다고 내가 말했죠."

"변호인도 방금 5번 배심원에게 전송받은 것입니다."

"그래요…. 음. 음…. 그러나 본 법정에서는 이 녹음의 진위 여부를 판단할 수 없기에 증거 채택을 유보하겠습니다."

"네. 알겠습니다."

지상은 소기의 목적을 달성한 듯 경쾌하게 대답했다. 이어 배심원들을 쏘아보며 말했다.

"이래도 본 변호인이 아무런 증거 없이 배심원단을 모함한다고 하시겠습니까? 각자 제의를 받은 것은 다르겠지만 거절한 배심원이 있으면 떳떳하게 의사를 밝히시기 바랍니다."

배심원 모두는 움찔하더니 고개를 숙였다. 그런데 유독 한 사람만이 뻣뻣이 고개를 세웠다. 바로 연우였다. 연우에게 복수의 끝판왕은 배심원들이다. 이들에게 당한 치욕과 모멸감에 몸서리를 쳤었다. 배심원들을 향해 야유가 빗발쳤다. 기자단에서 연우를 향해 플래시 세례가 터졌다.

"촬영을 중지하세요! 재판부의 허락 없이 법정에서 사진 촬영은 금지입니다."

재판장의 고함 소리도 아우성에 묻혀 버렸다.

세 번째 화살이 수찬을 겨냥했다.

"그러면 차 선생인 5번 배심원 매수를 시도한 사람은 과연 누구겠습니까? 지금 이 법정 안에 있습니다."

지상이 팔을 들어 올렸다. 모든 사람의 눈길이 그의 손으로 꽂혔다. 서서히 내려오던 검지손가락이 누군가를 가리켰다.

"바로… 태양로펌 조수찬 변호사입니다."

순간 수찬은 외투 깃을 올리며 자라목을 쏙 집어넣었다.

성국이 쓰러져 소란스러울 때 연우는 현오와 문자를 주고받았었다. 물론 이 메시지도 지상에게 전해졌다. 그 내용은 이랬다.

"어제 차 선생님을 매수하려 한 변호사가 누구지요?"

"조수찬 변호사입니다."

"녹음한 대화를 저에게 보내 주실래요?"

"당연하지요. 그런데 어떻게 족집게처럼 예상했어요?"

"제가 좀 신기가 있어요. 헤헤…."

연우는 곁의 배심원을 의식하여 허벅지 사이로 휴대폰을 감추고 바삐 손놀림을 놀렸다. 그래서 아무도 눈치채지 못했다.

또 지상은 카운터펀치를 날릴 준비를 했다. 두 사람의 숨통을 완전히 끊으려는 심산이다.

"마침내 오기탁, 조수찬 변호사가 CCTV 증거 조작과 증인 매수를 한 것으로 드러났습니다. 지금 재판장님께서 직접 이들에게 고발을 선언해 주시기 바랍니다."

'저 빛나는 아우라는 뭐래? 숨이 막히네. 그런데 왜 이렇게 심장이 두근거리지. 제발 심장아 나대지 마라.'

지상의 결정타마다 수진이 혀를 내두르며 가슴을 눌렀다. 그녀도 사법 연수원 선배인 기탁과 아는 사이였다. 하지만 그의 속물근성을 경멸하여 상종하지 않았다. 그래서 사필귀정이라 여기며 고소해했다.

"검찰은 오기탁 변호사와 조수찬 변호사를 증거 조작과 증인 매수 혐의로 기소해서 재판에 넘기세요."

"네."

석낙의 목소리는 기어들어 갔다. 각자의 야망을 위해 끈끈이 맺었던 그들의 동맹은 한순간 무참히 깨져 버렸다.

기탁과 수찬은 넋이 나가 석고상이 되었다. 이제 화살의 과녁은 태양로펌과 도원그룹으로 향했다.

"여러분들도 아시다시피 태양로펌과 도원그룹은 우리나라 최대 기업이며 최고 로펌입니다. 그런데 그 명성과 다르게 그들의 추악한 실체를 밝히겠습니다."

스피커에서 음성통화가 나왔다.

"저 지금 병원에 입원해 있어요. 어젯밤에 태양로펌에서 찾아왔었어요. 저에게 도원학원 재단 학교의 정교사 자리를 제의하면서 피고인에게 유죄 평결을 부탁하더라고요…."

석낙이 후다닥 일어나면서 소리쳤다.

"이 녹음은 불법 녹취로 증거 능력이 없습니다!"

마지막 발버둥이었다. 자신의 평생 보험을 위해서 태양로펌만은 보호해야 했다.

"검찰 측 조용히 하세요. 일단 들어보고 판단해도 늦지 않습니다."

다시 스피커에서 소리가 이어졌다.

"또 도원그룹 비서실장이란 사람이 찾아와서 거액을 제시하며 회유하기에 거절했어요. 아침에 법원을 가려고 집을 나섰는데 갑자기 차가 저에게 돌진하는 거예요. 순간 피하려다 다리에 골절상을 입었지요. 우연치곤 너무 석연찮아요. 아무래도 뭔가 있는 것 같아요."

'그러니 연우 씨도 배심원들에게도 몸조심하라고 하세요.'

연우는 이 마지막 말을 일부러 삭제하고 지상에게 보냈었다. 이 문장은 배심원인 연우가 개입했다는 증거가 드러나 어떤 후폭풍이 일어날지 알 수 없어서다.

그는 이 재판이 시작될 때부터 보조 배터리를 주머니에 넣고 녹음하기로 작정했다. 딱히 이유가 있다기보다는 왠지 그러면 도움이 될 것 같았다. 특히 평의실에서 배심원들 매수 증거를 잡으려 했으나 실패했다. 오히려 자신에게 불리한 상황만 연출되어 혼쭐이 났다.

그런 중에 점심 때 현오에게 전화가 왔고 습관처럼 녹음 버튼을 누른 것이다.

"와, 국정요원 뺨치는데! 조만간에 스카우트 되겠어."

나중에 지상이 그의 어깨를 두드리며 내뱉은 감탄사였다.

네 번째 화살은 치수를 조준했다.

"여러분, 여기서 말하는 도원그룹 비서실장이라는 분이 영광스럽게도 이 자리에 계십니다."

지상이 그를 가리켰다. 치수는 사시나무 떨듯 덜덜거렸다.

태양로펌과 도원그룹을 성토하는 소리가 쓰나미를 방불케 했다. 동시에 혐오의 눈빛이 태양로펌 대표인 윤철에게 집중되었다. 윤철은 허리를 숙이며 바닥에 떨어진 물건을 줍는 시늉을 했다. 그 모습이 애처로웠다.

"이것으로 공판을 마치도록…."

"재판장님! 이 재판에 살인 사건이 개입되어 있음을 밝힙니다."

지상은 마지막 화살의 시위를 당겼다.

"사실입니까? 하지만 재판은 검사가 공소를 제기한 사안만을 다루는 것이 원칙이므로 기각합니다."

"그러면 재정 신청을 요청합니다."

지상은 끈질기게 물고 늘어졌다. 재정 신청이란 검사의 불기소 처분에 불복하여 직접 법원에 재판을 신청하는 제도다. 사실 이 경우는 재정 신청의 요건이 안 된다는 것을 그도 잘 알고 있다. 그럼에도 이렇게 주장하는 데는 이 분위기에서 빅 이슈를 던져 방청객과 여론의 힘을 이용하려는 의도였다.

역시나 법정은 다시 술렁거리기 시작했다.

"살인 사건이라고?"

"이 사건보다 더 끔찍하네."

"그럼 당연히 밝혀야 하는 거 아냐?"

"저 재판장은 처음부터 편파적이었어."

"나도 그렇게 느꼈어."

심 판사는 자신에게 비판이 날아들자 몸 둘 바를 몰랐다. 그리고 내일 터질 매스컴 보도가 두려웠다.

"변호인, 사건의 진상을 말씀해 보세요."

"여러분, 다시 한번 모니터를 주시하기 바랍니다."

이제 방청객들은 지상의 폭탄 발언에 길들여진 듯 귀를 쫑긋했다. 예금주 '김순례'로 5억이 입금된 농협 통장이 나타났다. 입금자는 이치수이다. 순간 치수는 얼른 외투로 상체를 뒤집어쓰고는 꼼짝도 하지 않았다. 현금으로 주지 않은 것을 후회했다. 하지만 당시 블랙박스 진위를 알 수 없었기에 이체만이 최선의 방어책이었다.

"이 예금주는 엄두식의 모친입니다. 그러면 엄두식이 누구인지 궁금하실 겁니다. 이 재판의 교통사고 지역과 동일한 곳에서 엊그제 뺑소니 교통사고로 숨진 피해자가 바로 엄두식입니다. 그런데 보름 전에 그의 모친 통장으로 5억이란 거액이 입금되었습니다. 보다시피 입금자는 이치수로 5번 배심원을 매수하려던 도원그룹 비서실장입니다. 이게 어찌 된 상황일까요? 도원그룹 비서실장이 일면식도 없는 김순례 씨에게 왜 돈을 입금했을까요? 무슨 약점이라도 잡혀서일까요? 여기에 의문이 들 것입니다. 벌써 눈치 빠른 분들은 감을 잡으셨겠죠. 바로 이것입니다."

비닐 봉투에 담긴 메모리칩 사진이 모니터에 떴다.

"분명 이 메모리칩에 엄두식 씨의 지문이 남아 있을 겁니다. 피고인 측에서 그토록 애타게 찾던 블랙박스 메모리칩이 그의 손에 들어갔던 것입니다. 이것을 미끼로 도원그룹에 협박하여 거액을 요구한 것이지요. 그리고 자신은 신용 불량이라 모친의 통장으로 입금을 받은 겁니다."

"그렇다 하더라도 이 사건과 엄두식 씨 교통사고 사망의 인과 관계를 단정 짓기는 무리가 있지 않을까요?"

어떤 기자가 물었다.

"이 녹음을 들어보시면 이해가 될 겁니다. 엄두식 씨 마을 주민들의 대화입니다."

"두식이 자식 말이야. 땡전 한 푼 없어 빌빌거리던 망나니가 요즘 사방팔방 돈을 뿌리고 다닌다며?"

"자기 말로는 로또를 맞았다고 하는데 신용 불량인 놈이 그거 살 돈이나 있었나?"

"며칠 전에는 술집에서 팁으로 100만 원을 줬다나 봐."

"요새 우리 마을에서 두식이 놈이 제일 바쁘다며?"

"무슨 말이야?"

"경마장에, 노름방에… 정신이 없다나 봐."

이것은 연우가 신풍리로 블랙박스를 찾으러 갔을 때 주민들의 대화를 녹음한 것이다. 연우는 상아에게서 김순례 명의의 통장을 전송받고는 이 대화와 연계하여 시나리오를 완성했다. 그리고 즉시 그 내용과 통장 사진을 지상에게 보냈다.

"엄두식 씨는 이렇게 돈을 전부 탕진하고 다시 도원그룹에 협박을 했을 것입니다. 그러다 결국 이런 사고를 당했다고 추정합니다. 또한 5번 배심원의 교통사고도 분명 이처럼 연관되었을 것이라 확신합니다."

"그러면 도원그룹에서 청부 살인과 상해를 입혔다는 것입니까?"

다른 기자가 질문을 했다. 마치 지상이 사건을 브리핑하는 모양새가 되었다.

"그 사건들의 실체적 진실을 밝히기 위해서 지금 단서를 제공하는 것입니다. 그리고 이 사건의 조사는 부실 수사로 일관한 이 재판의 검찰 측에 절대 맡길 수 없습니다. 이에 수사검사인 고석낙 검사를 기피 신청하며 강행한다면 본 변호인은 상급 검찰청에 항고하겠습니다."

불시에 치명타를 맞은 석낙은 얼굴이 일그러졌다. 공개적으로 쪽팔린 것이다. 그 모습을 바라보며 지상은 중얼거렸다.

"한 손을 못 쓰는 복서는 허수아비나 다름없지."
기자들은 이 기사를 송고하느라 분주했다. 이제 석낙은 이 사건을 맡고 싶어도 할 수가 없는 신분이 되었다. 마지막까지 도원그룹을 보호할 기회조차 박탈당한 것이다. 검찰총장은 언감생심 오히려 자신의 안위를 걱정해야 하는 처지로 바뀌었다.

연우는 상아를 신풍리로 보내면서 어떤 주민의 말이 뇌리를 스쳤다.
"자기 말로는 로또를 맞았다고 하는데 신용 불량인 놈이 그거 살 돈이 나 있었나?"
바로 엄두식이 신용 불량자란 것에 주목했다. 그렇다면 본인의 통장을 사용할 수 없다. 돈이 묶여 인출이 불가능하기 때문이다. 그 대체 방법은 하나다. 모친의 통장을 이용하는 것.
그래서 상아에게 메모리칩 행방과 더불어 통장 확인 임무도 부여했었다.
상아의 연기는 자연스러웠다.
"어머니, 혹시 두식 씨 통장이 어디 있을까요? 제가 얼마라도 넣어드릴 테니 두식 씨 생각하면서 쓰세요."
"아이고 말이라도 고마워. 그런데 그놈은 신용 불량이라 통장 거래를 못 해. 얼마 전에 내 앞으로 통장을 만들어 달라기에 그렇게 했지. 장롱 안에 있을 거야. 어디서 엄청난 돈이 들어왔는데 곧 사업을 한다더니 더 폐인이 됐어. 이 어미한테는 외상값 갚을 돈만 주고 말이야. 썩을 놈!"
상아는 건네받은 통장을 찍어 연우에게 전송했다.

연우는 아침에 상아를 신풍리로 보낸 이유를 지상에게 상세히 알렸다. 그때 지상이 당부했다.

"상아에게 전해. 메모리칩을 만질 때 지문이 묻지 않도록 모서리로 잡으라고. 분명 거기에 엄두식 지문이 있을 거니까."

연우는 이 메모리칩과 통장의 실마리가 결정적 문제를 풀 수 있는 실타래가 될 거라고 자신했다.

"변호인, 더 밝힐 것이 있으면 아예 지금 다 하세요. 나중에 재판부에 대한 불만을 언론에 폭로하지 마시고요."

심 판사는 학을 뗀다는 듯 고개를 설레설레 흔들었다.

"재판장님의 배려에 감사드립니다. 이상입니다."

또 다른 핵폭탄 발언을 기대했던 방청객들이 도리어 아쉬워했다.

그때 법정 문이 열리며 누군가 들어왔다. 지상이 학수고대 기다리던 요원1이다. 기탁은 그를 보더니 몸을 반쯤 숙이고 살금살금 법정 문으로 다가갔다. 지상이 벌떡 일어나며 소리쳤다.

"재판장님. 지금 오기탁 변호사가 도망치고 있습니다. 빨리 잡아 주십시오. 배심원 선정을 조작한 주범입니다."

"어, 어, 그래요. 경위, 저 사람을 못 나가게 하세요."

경위들이 기탁을 막아서고는 도로 제자리에 앉혔다. 그기 몸부림치는 광경을 기자들이 사진에 담느라 바빴다.

"재판장님, 진짜 마지막으로 증인 신청을 요청합니다."

"변호인은 법정을 공연장으로 착각합니까? 자꾸 게스트가 나오게요."

자포자기한 심 판사가 유머를 던졌다. 어젯밤에 요원 1에게 전화가 왔었다. 술 취한 목소리였다.

"강 변호사님. 솔직히 배심원 선정에 작업이 있었습니다. 내일 오전에 법정에 출석해서 진실을 밝히겠습니다. 딸꾹."

"정말요? 그런데 폭로하시는 이유라도?"

"동료를 앞에서 개망신을 당했거든요. 또 어차피 백수 된 마당에 복수나 하려고요."

그런데 요원 1이 약속한 시간에 나타나지 않자 취중에 객기를 부린 것으로 판단하고 포기하던 참이었다.

사실 지상은 배심원 선정 과정에 뭔가 이상한 낌새는 좀 느꼈었다. 그것은 자기는 후보자 명부와 질문표에만 의존하였기에 배심원들의 정보를 몰라 선택에 고민을 했다. 반면 석낙은 여유로운 모습을 보였었다. 하지만 설마 배심원 선정에 작업이 있으리라고는 생각조차 못했다. 이제야 얼추 그림의 윤곽이 잡혔다. 심 판사는 기진맥진하여 증인 요청을 순순히 허락했다.

"증인의 직업은요?"

"태양로펌 직원이었습니다."

"증언하시는 이유를 말씀해 주시겠습니까?"

"이 재판 배심원 선정에 태양로펌이 개입된 사실을 밝히려는 겁니다."

"좀 더 구체적으로 말씀을?"

"배심원 후보자들을 뒷조사하여 그 정보를 상부에 보고했습니다."

"여기서 상부란 누구이며 뒷조사란 어떤 것인가요?"

"오기탁 변호사이며 후보자들의 생활환경 등을 말합니다."

화살에 이어 칼침을 맞은 기탁은 눈동자에 초점을 잃었다.

"그런데 한 가지 의문점이 생기네요. 배심원 선정은 본 변호인과 검사가 하는데, 왜 태양로펌에서 후보자들의 신상 파악을 했나요? 혹시 그 정보를 검찰 측에 주려는 것이 아닙니까?"

"그렇게 알고 있습니다."

"여러분. 변호인인 저는 유리한 배심원 선정을 위해 검사와 치열한 선택 싸움을 거쳤습니다. 이것은 국민참여재판 과정 중 하나이기 때문입니다. 그런데 이미 배심원 후보자들의 모든 정보를 검사가 갖고 있다면 과연 공정한 선정이 되겠습니까?"

대부분 방청객들이 고개를 가로저었다.

"증인은 태양로펌이 이 정보를 왜 검찰 측에 넘겼다고 생각하시나요?"

"검찰이 유리한 배심원을 선정하려는 것으로 알고 있습니다."

"재판장님. 지금 증인은 아무런 증거도 없이 본 검사와 검찰을 무고하고 있습니다. 당장 증언을 중지시켜 주십시오!"

이제 석낙은 자신의 발등에 떨어진 불똥 끄기에 급급했다.

"일단 증인의 증언을 듣고 검찰 측 발언하세요."

심 판사는 일방적으로 지상의 편에 섰다.

"여러분도 아시겠지만 검사란 형사 사건에서 국가를 대신한 원고 측으로 엄정한 법 집행의 수호자입니다. 그런 검사가 공정해야 할 배심원 선정 과정에 불법을 저질렀습니다. 과연 누구를 보호하기 위한 걸까요? 아주 간단한 주관식 문제일 겁니다."

지상은 잠시 뜸을 들이고는 말을 이었다.

"바로 피고인과 진실 공방을 다투었던 도원그룹 후계자인 백도진 씨입니다. 그리고 이 백도진 씨를 변호하는 로펌이 태양입니다. 이제 좀 퍼즐이 맞춰지나요? 이로써 검찰과 태양로펌, 도원그룹의 삼각 커넥션 실체가 드러났습니다. 이에 변호인은 고석낙 검사를 직권남용과 검찰청법 위반으로 고발하며 대검찰청에 감찰 의뢰를 하겠습니다."

"재판장님. 지금 변호인은 증인과 공모하여 소설을 쓰고 있습니다. 이는 검사의 명예훼손이며 국가 공권력에 대한 강력한 도전입니다."

"삼류 소설인지 무협지인지는 재판 후에 두 분이 공방하세요."

심 판사가 깔끔하게 정리했다. 석낙은 더 이상 반증도 항변도 할 수 없는 처지가 되었다.

"그러면 증인은 검찰이 태양로펌으로부터 후보자들의 정보를 받은 목적이 뭐라고 생각하십니까?"

"그 후보자들 중에서 정식 배심원을 선택하려는 것입니다."

"이제야 이해가 좀 가는군요. 검찰이 원했던 정식 배심원의 조건은 무엇이었나요?"

"경제적으로 생활이 매우 어려운 분들입니다."

"아, 그렇군요. 여러분, 드디어 명확한 답이 나왔습니다. 바로 이런 배심원들의 형편을 이용하여 돈으로 회유와 매수를 했던 것입니다."

순간 방청객들의 눈길이 배심원석으로 쏠렸다. 배심원들은 모두 눈을 내리깔았다. 현우만 제외하고는.

"그러면 이 배심원 포섭 작업을 지시한 것은, 진행한 쪽은, 협조한 사람은 누구일까요? 모두 아시리라 믿으며 증인에게 단도직입적으로 묻겠습니다. 누구입니까?"

"도원그룹과 태양로펌과 검사입니다."

"이들이 확고히 연대한 이유와 목표는 무엇인지요?"

"피고인에게 유죄 평결을 내리기 위해서입니다."

다시 법정은 술렁거림으로 메워졌다.

"증인은 지금 심정이 어떻습니까?"

"영화 '라이언 일병 구하기'도 '인천상륙작전'도 아니고 '백공자 구하기' 작업이 실패해서 속이 후련합니다."

"백공자 구하기라니요?"

"이 작업을 완수하려 태양로펌에서 조직한 TF 팀 작전명이 백공자 구하기였습니다."

"그렇군요. 어렵게 용기를 내서 내부고발을 해 주신 증인에게 감사드립니다."

지상은 요원 1이 구천달 경사 포섭 작업을 한 인물임을 그와의 통화에서 알고 있었다. 그러나 그에게 불리한 증언은 일체 함구하기로 하고 살살 달랬다. 사전에 이런 약속이 있었기에 그를 증인으로 내세울 수 있었다. 또 법정에서의 질의응답을 어느 정도 맞추었다. 요원 1은 기탁에 대한 개인적 복수였지만 그로 인해 배심원 선정 과정의 부정을 밝힌 그의 공적은 인정해야만 했다. 그래서 그를 내부고발자라고 추켜세운 것이다.

사람들 모르게 지상과 연우는 윙크를 주고받았다. 지상이 혼잣말을 했다.

"나는 승부라고 여기면 결코 그 기회를 놓치지 않아. 그것이 내가 살아가는 방식이지."

"이상으로 국민참여재판을 모두 마치겠습니다. 땅땅땅."

심 판사는 물에 빠진 생쥐 꼴로 일어나 법복을 툴툴 털었다. 장밋빛 꽃길은 일장춘몽이고 남은 것은 등에 송골이 맺힌 땀뿐이었다.

치열했던 법정 공방은 이렇게 막을 내렸다. '백공자 구하기' 작전은 연우 측의 전략으로 완벽하게 박살났다.

대법정 문을 나오는 기탁과 수찬에게로 지상이 다가갔다. 그들의 눈은 퀭했다.

"두 분 눈 밑에 다크서클이 생겼네요. 오 변 동공은 완전 한쪽으로 쏠렸네 그려. 곧 사팔뜨기가 되겠는데 선글라스라도 선물해 줄까?"

"야, 이 와중에 염장질이냐?"

"내가 원래 울고 싶은 놈에게 뺨을 때리는 게 특기잖아."

"이 새끼가?"

"이제 네 수중에 히든카드는 없다. 고로 인과응보를 겸허히 받아들여라. 그래야 아직은 정의가 살아 있고 그나마 세상은 공평하지 않겠냐? 옛정을 생각해서 영치금은 더블로 넣어 주마."

지상은 손을 흔들며 유유히 사라졌다. 기탁과 수찬은 자신의 죄에서 벗어날 뾰족한 방법이 없어 조바심에 안달이 났다.

19
인과응보

법원 마당에서 상태의 손을 잡은 만복이 눈물을 찔끔거렸다. 멀리서 상아가 뛰어왔다.

"직장을 그만두었단다. 태어나 처음으로 내 의지대로 한 것 같아. 애비로서 너희들을 볼 면목이 정말 없구나."

세 사람은 부둥켜안고 울었다.

만복은 연우와 지상에게 감사의 마음을 표했다. 상태가 연우에게 다가가 손을 내밀었다.

"연우야, 정말 고마워."

연우가 그의 귀에다 속삭였다.

"이제 옛날 빚은 다 갚은 거다. 그런데 그때 누명을 쓰고도 왜 진실을 밝히지 않았어?"

"너는 잃을 것이 많았지만 난 없었잖아."

연우는 눈물이 핑 돌았다. 순간 전에 모교에서 농구를 한 후 포장마차에서 지상이 했던 말이 떠올랐다.

"연우야, 명신보감에 나오는 구절인데 '상식만천하(相識滿天下) 지심능기인(知心能幾人)'의 뜻이 뭔지 알아?"

"얼굴을 아는 사람은 천하에 가득하지만, 마음을 아는 사람은 얼마나 되는가? 라는 의미잖아요."

"그렇지. 얼굴을 알고 지내는 수많은 사람들보다 내 마음을 이해해 주는 단 한 명의 친구가 낫다는 거지. 그러면 지금껏 연우의 얼굴을 아는 사람은 얼마나 된다고 생각해?"

"초등학교 친구서부터 수백 명 정도는 될 걸요."

"그중 네 마음을 진정 헤아려 주는 벗은 과연 몇일까?"

"그, 그건…."

이때 연우는 선뜻 대답을 못했다. 그러나 이젠 자신 있게 말할 수 있다.

'바로 상태, 너라고.'

연우는 그를 와락 껴안았다. 영문을 모르는 상태는 병찐 표정이다.

이어 연우가 장난치듯 말했다.

"나, 상아와 사귀어도 되냐?"

"너 반장이잖아."

상태가 웃으며 맞장구 쳤다.

도희도 자신에게 벅차지만 좋은 여자다. 도희와 상아 두 사람의 공통적 매력은 당돌함이다. 다만 상아에게는 순수성이 있었다.

그때 머리가 희끗한 노신사가 지나가자 지상은 깍듯이 인사했다.

"법원장님, 이 법원에 웬일이세요?"

"법원장은 뭘. 지금은 시골 말단 판사야. 재판에 필요한 사건 기록을 열람하느라고. 강 변호사, 오늘 파이팅했어."

노신사는 주먹을 불끈 쥐어 보였다.

"아이, 부끄럽습니다."

"자네같이 정의로운 후배님이 있어서 아주 기뻐. 내가 근무하는 곳으로 한번 놀러 오게나. 매운탕 잘하는 집으로 안내할게. 시골이라 공기도 맑고 인심도 후해. 그럼 다음에 보세나."

"네. 조만간 꼭 찾아뵙겠습니다."

"누구세요?"

연우는 그가 이렇게 예를 차리는 행동에 의아하여 물었다.

"연수원 시절에 교수님이셨어. 내가 법조계에서 존경하는 사람 중 한 분이지."

"그런데 선배님은 법원장님이라 부르고 본인은 말단 판사라뇨? 무지 헷갈리네요."

"아마 그럴 거야. 저분은 서울고등법원장을 역임한 원로법관으로 판사가 한 명인 지방법원의 분원인 시법원에서 근무하지."

"고등법원장까지 하신 분이요?"

"보통은 변호사 사무실을 열거나 로펌으로가 '전관'으로서 지위를 누리지. 또는 대학에서 학생을 가르치거나 다른 고위 공직 기회를 기다리지. 그것이 선배 고위 법관들이 걸어간 길이야."

"저도 그렇게 알고 있는데요."

"하지만 저분은 고등법원장에서 고법 부장판사 자리로 자원해 내려갔고 다음 해에는 지법 부장판사를 맡았지. 올라갔던 길을 그대로 되밟아 하산한 거야. 한마디로 사단장이 계급장 다 떼 내고 소대로 간 셈이지. 법원에 이런 판사분들이 계셔. 대법관 하신 분도 있고."

"대법관도요? 그게 가능해요?"

"얼마 전에 고위 법관을 재판 현장에 활용하는 '원로법관제'가 도입되었거든."

"원로법관제가 뭔데요?"

"법원에는 법원장 등의 고위직을 역임한 법관들이 정년 65세 이전에 퇴직해 변호사를 하는 오래된 관행이 있었지. 후배 판사들의 길을 터주려는 결정인데, 이는 '전관예우' 폐해 논란으로 이어지기 일쑤였어. 그래서 전관 문제를 줄이고 고참 법관들의 경륜을 널리 활용한다는 취지로 이 제도를 마련했지."

"선배님이 존경하는 이유가 있었네요."

"난 누구를 존경하는데 좀 까다롭지만 저분에게는 절로 우러나는 거야."

몇 해 전 지상은 그와 저녁 자리를 한 적이 있었다.

"고등법원장까지 하신 판사님께서 소액 재판 등을 다루는 것이 너무 소소한 일이라는 생각이 들지 않으세요?"

"솔직히 변호사를 했다면 돈을 제법 벌었겠지만 하루하루 보람차게 살았다는 점에서 후회는 없어. 시군법원에서 재판한 지난 5년은 내게는 선물 같은 시간이었지."

"그래도 언론의 주목을 받으며 굵직한 재판만 하시다가…"

"서민들에게는 몇십, 몇백만 원이 큰돈이야. 하소연할 데가 없어 정신

적 고통에 시달리기도 해. 판사가 애기만 잘 들어줘도 속이 풀려 재판이 합의로 끝나는 경우가 많아. 나이가 든 판사가 서로 조금씩 양보하라고 권유하면 대체로 잘 받아들이지. 판사의 경륜을 인정해 주는 거라고 봐. 그래서 나는 재판 경험이 많은 판사를 활용한다는 점에서 '원로법관제'가 국가적으로 큰 이득이라고 생각하지."

"저도 법원장님의 견해에 공감합니다."

"그런데 안타까운 것이 원로법관의 정년을 65세에서 75세로 늘리는 법안이 국회에 발의됐으나 실제 법 개정은 이뤄지지 못했지. 미국, 영국, 일본 등에서는 65세 이상의 판사들이 재판을 맡을 수 있는 '시니어 판사' 제도가 있어. 나는 이 제도가 꼭 필요하다고 봐."

그리고 그는 이 말을 마지막으로 자리를 떴다.

"서민의 억울한 사정을 들어주는 게 대형사건 판결 못지않게 중요해. 나는 돈 대신 보람을 얻었거든."

연우는 멀리 걸어가는 노신사의 등을 바라보며 말했다.

"정말 훌륭하신 분이네요."

"이제 연우는 나 말고 롤 모델이 한 사람 더 늘었네."

"저 판사님은 인정인데 선배님은 글쎄네요."

"연우야, 제발 나도 좀 끼워 주라. 응? 응?"

지상은 그의 팔을 붙들며 사정 조로 매달렸다.

커피숍에 도희가 들어섰다.

그때 뉴스가 나왔다. 어제의 국민참여재판이 보도되었다. 화면에 배심원석에서 당당히 고개를 세운 연우의 모습과 자막이 떴다.

'도원그룹 취업 준비생 최연우 씨! 입사 보장 제의를 뿌리치고 정의의 배심원이 되다!'

도희가 비꼬며 말했다.

"스타 돼서 좋겠네."

"…."

"도대체 왜 그랬어?"

"상태에 대한 죄책감이야."

"고작 그것 때문에 우리 오빠를 감옥에 보냈단 말이야?"

그녀는 악을 썼다.

"고작이라고? 상태는 나 때문에 누구나 졸업하는 중학교도 중퇴했어. 내 잘못된 행동으로 친구의 인생을 망가트렸단 말이야. 그런데 상태가 무죄인 것을 알면서도 덮으라고? 나보고 또 죄책감 속에 살라고?"

"그 죄책감의 보상으로 아빠가 상태 식구를 평생 보살펴 주기로 했단 말이야!"

"죄를 지은 건 난데, 왜 네 아버지가 보상을 해 줘? 그것은 당사자인 내 몫이지. 그리고 하나만 물어봐도 될까?"

"뭔데?"

"사라졌던 블랙박스를 백 회장님이 회수해서 없앴지?"

"아, 아냐."

"가족이니까 너도 알고 있었을 거 아니야."

"지금 무슨 소릴 하는 거야?"

"진실을 알면서 침묵하는 것도 죄가 되지. 그거 알아? 과거를 잊으려고 할 수는 있지만 결코 지워지지 않는다는 것을. 사람의 고통이란 게 마음속 고통보다 기억 속 고통이 더 크다는 것을."

한동안 냉기가 휘감았다.

"나는 연우 씨를 이해할 수가 없어. 앞으로 우리 오빠와 아빠를 어떻게 볼 거야?"

그는 대답하지 않았다. 머리가 터질 것 같았다.

'뼛속까지 귀족인 도희와 나의 삶의 기준은 달라. 나는 처갓집 말뚝에 절을 하고 싶지는 않아.'

"이제 우리 사이는 돌이킬 수가 없어. 나는 진실을 밝히는 변호인이 되기 위해 로스쿨에 가기로 했어. 도희야, 행복해야 돼."

연우는 작별을 고하고 문으로 향했다. 도희는 안타깝지만 이미 그와 견원지간이 되었기에 붙잡을 수 없었다.

매스컴에서 이 재판의 소식을 톱뉴스로 쏟아냈다.

"긴급 속보입니다. 얼마 전 속초 신풍리에서 발생한 일가족 교통사고 사망 사건의 진범은 도원그룹 후계자인 백도진 씨로 드러났습니다. 그리고 자식을 보호하려던 빗나간 부정(父情)으로 이를 은폐한 도원그룹 백성국 회장은 증거인멸죄로, 비서실장인 이치수 씨는 살인, 상해 교사죄로 구속되었습니다. 이 사건의 공범으로 밝혀진 태양로펌 윤철 대표와 소속 변호사 오기탁 씨, 조수찬 씨도 증거 조작과 증인, 배심원 매수죄로 구속되었습니다. 일부 태양로펌 직원도 배심원 매수죄로 입건되었습니다. 태양로펌은 범죄 로펌이란 지탄을 받으며 파산 절차에 들어갔습니다. 그리고 수사와 공판 담당인 고석낙 검사는 직권남용과 검찰청법 위반으로 직위 해제 되었습니다. 또한 국과수 분석실장과 경찰청 거짓말 탐지 검사관은 증거 조작 혐의로, 속초 경찰서 구천달 경사는 위증죄로, 법원 민사과장 마동팔 씨는 직권 남용죄로 구속되었습니다. 마치 이 사건은 범죄 비리 종합 세트로 구성되어….”

추리닝 차림으로 옥탑방을 올라가는 세호 앞에 지상이 서 있었다. 그는 죄책감에 소스라치게 놀랐다.
“어이 수석, 어디 갔다 오는 거야? 한참 찾았잖아. 우리 좀 걷자.”
지상은 어깨동무를 했다.
“네가 처음 왔을 때 말이야. 너 말대로 이 바닥은 좁아. 그래서 대강 네 소식을 듣고 있었지. 너 인마, 연수원 수료하고 여러 로펌에서 쫓겨나고는 집 안에만 박혀 있었다며? 그런 놈이 뜬금없이 날 돕겠다며 밖으로 나왔잖아. 그런데 CCTV와 폐차장 등 일들이 아무리 생각해도 의심스러웠어. 혹시나 하는 마음에 따라 붙었더니 기탁을 만나더라. 그래서 말인데… 태양에서 얼마나 받기로 한 거냐?”
세호가 거칠게 나왔다.
“내가 푼돈이나 벌려고 그런 줄 알아? 뭐 이왕 이렇게 된 거 속 시원하게 털어 놓지. 난 그냥, 잘난 척하는 당신이 당황하는 꼴을 보고 싶었을 뿐이야.”
“그래 뭐. 나의 그런 꼴을 보는 것까지는 좋아. 하지만 우리 사건 의뢰인은 재판 한 번에 운명이 바뀌잖아. 3년 전 태양로펌에서 쫓겨난 내 꼴을 봤다면 충분히 통쾌했으려나? 하여간 넌 인마, 수석이야. 굳이 너보다 잘난 놈들이랑 비교하면서 자폭할 필요 없어. 나도 그렇게 살다 보니 피곤한 게 한두 가지가 아니더라고."

지상이 그의 손등을 두드리며 말을 이었다.

"변호사 할 곳 없으면 내 사무실로 출근해. 개인 변호사가 국내 최고 로펌을 상대로 승소했다니까 소송 의뢰가 줄을 서더라고. 아, 참. 네가 그랬잖아? 닮고 싶은 법조인 롤 모델이 나라고 말이야. 난 지나간 일은 다 잊었어. 그리고 고마움은 바위에 새기고 서운함은 모래에 새기는 사람이야. 내 마음의 문은 네게 늘 열려 있으니 언제든지 와."

앞서가는 지상을 바라보는 그의 눈이 촉촉해졌다.

"강 검사님, 진심으로 죄송합니다. 그리고 고맙습니다."

세호는 눈물을 흘리며 읊조렸다.

연우와 지상은 사무실 창가에서 밖을 보고 있었다. 한겨울을 재촉하는 듯 길바닥에 낙엽이 뒹굴었다. 그때 아이의 손을 잡고 행복하게 걸어가는 부부가 보였다. 연우가 가만히 말문을 열었다.

"선배님은 그 이후로 가족 이야기를 안 하시네요. 형수님과 아이는요?"

"아내는 몇 번의 대수술에도 불구하고 암이 뇌까지 전이되어 결국 하늘나라로 떠났지. 지금 유치원에 다니는 딸은 연로하신 어머니가 보살피고 있어. 아이에게는 빵점짜리 아빠지."

"그랬군요."

연우는 그의 아픈 상처를 건드린 것 같아 미안했다.

"아버지라는 무게는 말이야. 힘들어도 힘들다는 말을 할 수도 없고, 해서도 안 되는 존재인 것 같아."

"아직 저는 아버지가 아니라 잘 모르지만 우리 아버지도 정말 그러셨던 것 같아요."

"그걸 느꼈다면 연우는 철이 들었다는 거네."

지상이 그의 등을 토닥거렸다.

"재판에서 이기면 뭐가 달라지나요?"

"명예가 지켜지지."

"그러면 선배님께서 이 재판에 올인한 이유가 그것 때문인가요? 아니면 너무 깊은 나락으로 떨어진 게 아쉬워서 다시 비상하려는 겁니까?"

"둘 다 아니야. 진실이 눈앞에 있는 걸 알면서도 차마 모른 체를 할 수 없었을 뿐이야."

"선배님, 과연 변호인이란 무엇일까요?"

"여기 희대의 연쇄살인마가 있다고 하자. 그런 그가 경찰에 쫓기다 교통사고를 당해 중태에 빠졌어. 의사는 이 사람을 살려도 사형 선고를 받을 것은 뻔해. 그러면 이 의사는 어차피 죽을 살인마를 방치해야 하나?"

"어려운 질문이네요."

"그럴 거야. 모든 사건에는 나름의 이유가 있지. 우리는 그가 왜 그런 짓을 저질렀는지, 지금은 진실로 후회하고 있는지 모르잖아. 그러기에 그 목소리를 대변하는 게 변호인의 사명이라고 생각해. 의사가 생명을 살려야 하는 의무처럼."

"말씀의 의미를 알 것 같아요."

"또 변호인은 모두가 등을 돌릴 때 기꺼이 얼굴을 바라봐 주는 사람이 아닐까? 겉으로 드러난 것보다 속에 감추어진 진실을 볼 수 있으면 더욱 좋고. 비록 패소해도 그 재판으로 의뢰인이 원하는 바를 이루었다면 변호인의 역할은 다한 것이지."

이때 지상의 휴대폰이 울렸다.

"여보세요? 예… 그렇게 하지요."

전화를 받은 손이 미세하게 떨렸다.

"누구에요?"

"태양로펌 대표."

"그 사람이 왜요?"

"백 회장의 변호를 맡아 달라는군."

"맡으실 거예요? 아니죠? 선배님 때문에 백 회장이…."

연우는 설마 하는 표정을 지었다.

"아니, 한다고 했지. 네가 조금 전에 변호인이 뭐 하는 사람이냐고 물었지?"

"이해가 되네요."

"역시 우리는 전생에 부부였다니까!"

지상은 성국을 접견 갔다.

"이거 강 변호사님께 죄송하다고 해야 되나요. 고맙다고 해야 하나요. 아니, 둘 다 해야겠지요."

"그런데 저를 변호인으로 선임한 이유가?"
"변호사님께서 이 사건의 실체를 가장 잘 알기 때문입니다."
"네?"
"제가 블랙박스를 보고 도진이를 자수시켰으면 이런 비극이 일어나지 않았을 겁니다. 오로지 저의 어리석은 생각으로 주변 사람들에게 피해를 주었습니다. 그분들은 아무 잘못이 없습니다. 그러니 모든 죄를 저의 탓으로 돌리고 그분들을 위해 변호해 주십시오."
"그러면 회장님은…."
"괜찮습니다. 이렇게 간절히 부탁드립니다."
"그래도…."
"정히 저를 위해 변호해 주신다면… 변호사님께 따님이 있다고 들었습니다. 부모로서 내리 사랑이겠지요."
"무슨 말씀인지 알겠습니다."
어느새 지상은 그를 향한 미움이 사라지고 가슴이 뭉클했다.

3개월 후 집행유예로 석방된 치수가 성국을 면회 갔다.
"회장님… 제가 저지른 죄를…."
"아니야. 전부 나를 위해서 한 일이니 내가 책임져야지. 그래야 내 마음이 편해. 전에 약속한 것은 지킬 테니 걱정 말아. 아마도 나는 이곳에서 생을 마감할지도 몰라."
"왜 그런 말씀을… 그동안 사회 공헌도가 많으니 정상 참작에 도움이 될 겁니다."

"자식을 망나니로 키운 애비가 그게 무슨 소용이 있겠나."

"회, 회장님…."

흑흑, 치수는 훌쩍거렸다.

"울지 말게나. 자네 아이가 셋이라고 했지?"

"네."

"절대 나처럼 자식을 키우지 말게나. 항상 건강에 유의하고 행복하게 잘 살아. 그리고 이 사과문을 발표해 주게나."

엉엉. 치수는 어린아이처럼 울었다.

성국은 치수와 윤철이 저지른 범행을 자신이 전부 교사했다며 뒤집어썼다. 이 사건이 일어나기 전의 성품으로 인간성을 회복한 것이다. 석낙은 중징계를 받아 지방 한직으로 좌천되었다. 그리고 승진에서도 연거푸 누락되자 법복을 벗었다.

도원그룹에서 기자 회견이 열렸다. 부회장이 사과문을 읽어 내려갔다.

"도원그룹 대표인 백성국입니다. 먼저 제 자식으로 인해 누명을 쓰고 억울한 옥살이를 한 피해자와 그 가족에게 진심으로 용서를 빕니다. 자식을 올바르게 키우지 못한 부모로서 국민 여러분께 사죄를 드립니다. 이 사건의 진실을 밝혔어야 함에도 감추려 한 저의 잘못에 어떠한 질책도 달게 받겠습니다. 그래서 이 모든 책임을 통감하며 전 재산을 사회에 환원하기로 했습니다. 제 자식들에게 기업을 물려주는 것이 오히려 사회에 엄청난 폐가 된다는 것을 깨달았기 때문입니다. 이제껏 재벌들이 선고 전에 자신의 죄를 감형받기 위해 이와 같은 행동을 한 것은 사실입니다. 그러나 저는 결코 아닙니다. 이 불신을 해소하려고 이미 공증까지 마쳤습니다…."

모든 언론은 이 회견을 톱으로 다루었다. 방송에서 뉴스가 흘러나왔다.
"구치소에 수감된 도원그룹 백성국 회장은 약 15조 원인 전 재산을 도원장학재단에 기부한다고 발표했습니다. 이제 도원장학재단은 국내외 가장 큰 장학재단으로서 생활이 어려운 수많은 학생들이 혜택을 받을 것으로 예상됩니다. 특히 이 재단은 가족의 개입을 원천 차단한다는 내용이 정관에 기재되었으며…."

도진의 선고 공판이 열렸다. 재판장은 주문을 열거했다.
"피고인의 죄는 중범죄이나 부자(父子)가 동시 수감 중이고 아버지의 진정 어린 호소를 받아들여 특별히 선처하여 징역 3년에 집행 유예 5년을 선고합니다."

구치소에서 나온 그는 바로 성국에게 면회 갔다. 풍채 좋던 아버지는 어느새 초췌한 노인이 되어 있었다. 도진은 가슴이 쓰렸다. 성국은 미소를 띠며 도리어 그를 위로했다.
"너보다 내가 이곳에 있는 것이 편하구나. 이게 부모의 마음이란다."
"아버지, 제가 진정으로 잘못했습니다."
도진은 진심 어린 회개의 눈물을 하염없이 흘렸다.

두툼한 소송 서류를 안은 석낙이 법원 정문을 통과하고 있었다. 그를 발견한 지상이 뛰어가면서 외쳤다.

"어이, 고 검사! 아니 고 변, 같이 가자."

석낙은 못 들은 체하며 빨리 걸었다. 지상이 보조를 맞추며 놀렸다.

"태양로펌이 공중분해되었으니 갈 데도 없지? 소송 의뢰가 없어 명함 돌리고 다닌다며?"

"아니, 그걸 어떻게?"

"에이, 서초동 바닥에 비밀이 어디 있냐? 막상 필드에 나오니 수석도 안 먹히지? 요즘 9연패라면서? 1패만 추가하면 폐업한다는 소문도 있던데? 그래도 버텨 봐. 내가 사무실 세는 내줄게."

지상은 법원 옥상과 땅바닥을 번갈아 손짓했다.

"고변이 저기서 여기로 떨어지는 데 이름처럼 딱 이틀 걸렸네. 난 돗자리를 깔아도 될 것 같아."

이틀이란 국민참여재판 기간을 의미했다.

지상의 사무실 간판이 '상진 법무법인'으로 바뀌었다. 지상과 수진의 이름을 한 글자씩 따서 지었다. 여기에 세호도 합류하여 열심히 일하고 있었다.

지상은 그 모습을 흐뭇하게 바라보며 중얼거렸다.

"세호가 스파이였다는 것을 숨기기 정말 잘했어. 만약 발설했다면 저 행복한 표정을 볼 수 없었을 거야."

지상과 수진이 정의의 변호사로 소문나서 소송 의뢰가 밀려들었다. 상아도 직원으로 취직하여 일을 배우느라 바빴다.

두 사람이 들어왔다. 연우와 지상의 딸인 소희이다. 소희가 지상에게 뛰어와 품에 안겼다.

"연우 오빠, 로스쿨 준비가 힘들지 않아요? 내가 봉급 타면 보약 해 줄게요."

"아니. 수석 입학이냐, 차석이냐 그 문제만 남았지."

"역시 오빠는 뻥쟁이야. 그치 수진 언니?"

"그래도 강 선배보다는 겸손한 거야."

갑자기 소희가 소리쳤다.

"우리 아빠는 진짜 유명한 사람이에요."

"뭐가?"

생뚱맞다는 듯 수진이 물었다.

"패소 변호사로요!"

한바탕 웃음이 터졌다.

"이제는 아니야. 폐인 변호사에서 정의의 변호사로 완전 탈바꿈했어. 근데 언제 또 폐인으로 돌아갈지 몰라."

"야! 하 변! 아이 앞에서."

지상의 고함에 수진은 혀를 날름했다.

사무실에서 나오는 그들의 모습을 차 안에서 윤철이 바라보고 있었다. 성국이 그의 죄를 안은 바람에 집행 유예로 풀려났다.

"저놈 덕분에 백 회장의 굴레에서 벗어났군. 원수 같던 자식에게 도리어 고맙다고 해야겠지. 하긴 강지상만큼 수사와 변론을 잘하는 녀석은 없지. 그나저나 변호사 협회에서 제명당해 변호사 자격도 박탈당하고 매스컴에 얼굴이 팔려 나다니지도 못하니… 그렇다고 산속으로 들어가 자연인이 될 수도 없고 말이야."

윤철은 덥수룩한 턱수염을 매만지며 코털을 확 뽑았다.

지상은 소희를 목마 태우고 수진과 놀이공원으로 힘차게 입장했다. 그 뒤를 연우와 상아가 따랐다.

연우가 상아에게 속삭였다.

"우리 사귈래?"

"피, 오빠는 내가 어떤 사람인지 잘 모르잖아?"

"잘 알아서 사귀는 게 아니라 알고 싶어서 사귀는 거야."

연우는 슬그머니 손을 잡았다.

"두 사람 아주 그림이 좋은데!"

지상의 놀림에 상아는 볼이 발개졌다.

한적한 벤치에서 연우가 지상에게 물었다.

"형, 인생의 가치란 뭘까요?"

"자신의 선택에 자부심을 갖는 것이 아닐까? 네와 내가 이 재판에 뛰어든 것처럼."

"사실 나는 빚을 갚으려는 마음이 컸어요."

"그렇다고 누구나 너처럼은 아니지. 자신을 합리화하며 외면하는 사람이 훨씬 많으니까. 너의 따뜻한 가슴이 인생의 나침반이 되어 줄 거야. 법조인이 되면 왜 사는지, 어떻게 살아야 하는지, 스스로에게 이 물음을 포기하지 않았으면 해. 우리는 매일을 사는 것 같지만 하루씩 죽어간다는 것을."

"늘 기억할게요. 현실에 대한 판단은 자신의 몫이라는 진리를요."

"난, 너를 믿어."

그들은 놀이기구를 타며 즐거운 비명을 질렀다. 어느덧 연우와 상아는 연인이 되었다. 지상과 수진 두 사람의 사랑도 무르익고 있었다.

급하강하는 청룡열차에서 연우가 외쳤다.

"완벽한 작전으로 나는 배심원에 선정되었다. 그래서 평생 죄책감에서 벗어나 완전한 자유인이 됐다."